남의
타임슬립

남의 타임슬립

최구실 장편소설

TXTY

등장인물 소개

남은우(여, 26세)

심리학과를 졸업하고 여행사에서 근무하다가 코로나 바이러스가 터져 직장을 잃었으나 기지를 발휘해 이직까지 성공한 한국의 건실한 청년이다. 원체 남을 챙기고 사는 성격인지라 대학 시절부터 후배들 식권을 그렇게 사 주더니, 이번에는 눈 속에서 웬 남성을 하나 주워 왔다. 덕분에 상상도 못 할 미래의 문을 열게 된다.

류남(남, ?)

남은우의 레이더에 걸린 신원 불명의 남성. 별안간 말도 안 되는 이야기를 주장한다. 그렇지만 성격이 온순하여 아무런 공격력도 느껴지지 않는다.

국태영(여, 26세)

중학생부터 친구였던 은우와 같은 대학교에 진학한 이후 함께 록밴드 '우와시스'를 결성했다. 리더 자리는 은우에게 양보한 뒤 뒤에서 드럼을 쳤다. '우와시스'의 해체에 한몫했다. 경제학도 출신으로 증명할 수 없는 사실은 끝까지 믿지 않는 편이다.

나나세 치나츠(여, 26세)

'우와시스'의 보컬. 한국으로 유학 와 건축을 전공했다. 좋아하는 한국에서 취업까지 성공하나 싶었지만, 코로나 바이러스 때문에 일본으로 돌아가야 하는 일본인이다. 한국인보다 한국어에 능통하다. 상상의 여지가 무궁무진한 미래를 기대하는 쪽이다.

김희재(여, 25세)

'우와시스'의 베이시스트. 검도로 대학에 진학해 검도를 전공하고 도장 사범님이 되었으나 마찬가지로 그놈의 바이러스가 뭐라고 백수 생활을 못 면하고 있다. 서로에게 심드렁한 세상 속 재미를 찾고 있다.

남정우(남, 26세)

은우의 쌍둥이 오빠이자 하나의 아빠.

남하나(여, 2세)

은우의 조카로, 그의 조카인 걸 감안하고 보더라도 몹시 귀엽다.

선생(?, ?)

류남과 모종의 관계가 있는 듯하다.

장 교수(여, 52)

'미래예측데이터전략팀'을 구성한 공학 교수이다.

목차

0 .... *9*

2021 .... *25*

2023 .... *107*

2121 .... *291*

2018 .... *315*

*책에 나오는 QR 코드를 스캔하여 음악과 함께 뮤지컬처럼 즐겨 보세요.

0

'남'과 '은우'는 경찰서에서 만났다.

준법정신을 갖춘 평범한 시민 남은우가 어째서 경찰서에 가게 됐는지 그 경위를 설명하자면 제법 엉뚱한 상황으로 거슬러 올라가야 했다.

사건의 발단은 한국에 살고 싶은 일본인과 한국에 살기 싫은 한국인의 동시적인 실직이었다. 전자는 남은우의 친구 나나세 치나츠, 후자는 남은우의 이야기다. 나란히 백수가 된 치나츠와 은우의 상황은 엄밀히 따지자면 꽤 달랐다. 치나츠는 스스로 사표를 썼고, 은우는 해고되었기 때문이다. 그 두 사람을 포함해 총 네 사람이 속한 대화방에는 끝끝내 일본행 편도 티켓을 끊었다는 치나츠의 말풍선이 떠올랐다. 치나츠가 한국을 떠나 가족의 곁으로 돌아가게 됐다는 내용도 뒤따라왔다. 치나츠의 부모님은 대략 1년 전부터 끈질기게 그의 귀국을 요청했으나 치나츠는 한국의 방역이 자국보다 낫다는 핑계를 고집하며 다니던 건축사무소를 그만두지 않았다. 하지만 걷잡을 수 없이 나빠지는 팬데믹 상황에서 치나츠는 고모를 여의었고, 치나츠의 가족은 고모를 추모하기 위해 모일 수조차 없었다. 상실의 고통과 불안에 짓눌린 부모님을 더 지치게 만들고 싶지는 않았다. 사흘 밤낮으로 고민하던 치나츠는 그 길로 건축사무소를 관두고 말았다.

친구들에게 비행 일정을 공유한 치나츠의 말풍선 아래로 씁쓸한 침묵이 감돌았다. 말풍선을 확인했다는 숫자들은 속속 줄어들고 있었으나 아무도 흔쾌히 인사하지 않았다. 지겹게만 여겨왔던 직장인의 일상이 깨져버렸다는 것. 침대에 누워 핸드폰을 만지작거리던 은우는 이건 축하할 일이 아니라고 생각했다. 네 사람이 동시에 접속 중인 대화방에서 준비했던 말을 쓰고 지우길 반복하며 조금 뜸을 들이던 은우는, 예정대로 친구들에게 본인의 정리해고 소식을 알렸다. 그제야 그들은 조그마한 숫자만이 줄어드는 침묵을 깨고 송별회 겸 위로회의 시간을 조율하기 시작했다.

다행히 정부의 방침을 준수할 수 있는 인원으로 이루어진 네 사람은 은우의 자취방에 모여들었다. 그때 사달이 났다. 대학 시절 은우가 손수 꾸린 동아리에서 만나 햇수로 5년이나 오밀조밀 모여 놀던 그들은 '이별'이라든가 '해고'라는 차갑고도 매서운 단어에 저항하지 못한 채 그것들을 안주 삼아 빠른 속도로 술을 붓고 마셨다. 때문에, 금세 바닥을 보이는 술병을 보충하기 위해 편의점으로 가야 했다. 술이 모자라단 핑계를 들어 이 자리를 파하기에는 치나츠의 출국일이 코앞이었다.

집주인이지만 솔선수범 정신이 나머지보다 뛰어난 은우는 겉옷을 챙겨 입었다. 위로주의 주인공이기도 한 남은우가 훌쩍이는 목소리로 "마스크가 어딨더라?" 중얼거리자 괜히 코끝이 찡해졌는지 국태영도 묵묵히 패딩을 걸쳤다. 은우를 따라나선 겸사겸사 태영이 담배를 태우려는 속셈이구나 오해한 김희재가 뒷주머니를 뒤적거리며 일어서자, 반쯤 취해 뜨끈해진 이마를 깐 나나세 치나츠 역시 찬바람을 맞겠노라 합세했다.

네 사람은 똘똘 뭉쳐 혹한의 밤바람을 뚫었다. 그렇게 요 앞 편의점 문짝을 민 순간이었다. 그 편의점에는 하필이면 마스크를 쓰지 않은, 얼큰하게 취한 아저씨가 추태를 부리고 있었다. 혼자서는 몰라도 넷이서는 세상 무서울 게 없던 그들은 그 사태를 관망하지 못했다. 온화함과는 거리가 먼 네 쌍의 눈동자가 취객을 향해 부라려지자, 경멸 가득한 그들의 눈빛에 상처받은 아저씨는 제 나이를 과시하며 츄파춥스가 7할 정도 꽂힌 플라스틱 원기둥을 깨뜨리고 말았다. 아직 고등학생으로 보이는 아르바이트생이 마스크로 가린 입을 틀어막았고 청년 넷은 영차영차 그 아저씨를 경찰서로 연행했다. 순경에게 넘겨진 아저씨의 귀에는 은우가 씌운 편의점 비닐봉지가 마스크처럼 걸려 있었다. 이렇게 남은우는 경찰서에 오게 되었다.

용감한 이들에게 모자를 살짝 벗어 고개를 기울이는 몸짓으로 감사를 표한 순경은 요즘 이런 일들로 경찰서가 북새통을 이룬다고 말했다. 편의점 계산대 대신 경찰서 캐비닛을 두드리던 아저씨는 "너희들, 내가 누군지 아느냐"라며 조사를 시작하지도 않았는데 알아서 본인 신분을 밝혀댔다. 인사불성 아저씨를 무력으로 주저앉힌 순경은 조서를 작성하기 위해 책상 안쪽으로 들어갔다. 그의 말대로 경찰서 안은 마치 질병이 유행하기 이전의 시장 바닥 같아서, 네 사람은 속히 자리를 비우기 위해 발길을 돌렸다. 그때였다.

"거기, 학생. 마스크도 받았는데 집에 안 갈 거예요? 보호자가 아직 안 오셨나?"

자정이 넘도록 집에 가지 않고 경찰서에 앉아 있는 남학생. 은우의 시선이 그리로 향했다.

그 애가 '남'이었다.

북적북적한 경찰서 대기실 의자 가장 끄트머리에, 남들보다 덜렁 머리 하나가 큰 소년이 안절부절 앉아 있었다. 도리도리, 의미 모를 고갯짓. 축 처진 어깨는 널따랗지만 초라했다. 소년은 금방이라도 쪼그라들다 못해 사라질 것 같았다. 마스크 안으로 기다란 한숨을 내쉰 순경은 잠시 이마를 짚었다. 길거리 한복판을 마스크 없는 얼굴로 꺼벙하게 헤매다가 주위 사람들의 언성에 떠밀려 경찰서에 왔다는 소년은 겉옷 없이 달랑 교복 하나만 걸친 채였다. 날이 추워 길쭉한 손가락의 마디마디가 붉디붉었다. 은우의 시선이 그 손에 머물렀다.

"시간이 이렇게 늦었는데 집에서 걱정하시겠다. 혹시 가출이라도 한 거야?"

한 발짝 다가와 학생과 시선을 맞추며 묻는 순경의 목소리가 그리 강압적인 것도 아닌데 동그란 뒤통수는 면목이 없다는 듯 자꾸만 푹 떨어졌다. 은우는 이제 집으로 돌아가자는 친구들의 손짓에 잠시 제동을 걸었다.

"여기에 계속 있으면 학생을 조사하는 수밖에 없어. 이 교복이 어느 학교 교복이더라? 이 근방에선 영 처음 보는 교복인데……. 학생, 이름이 뭐야."

"……."

묵묵부답이었다. 말하지 말라는 뜻으로 마스크를 씌워 놓은 게 아닌데. 뒤통수를 긁적거린 순경이 이번에는 제법 목소리를 깔았다. 금방이라도 조서를 쓸 모양새였다.

"이름."

"……류남이요……."

"류남이? 성이 류, 이름이 남이?"

새빨간 소년의 손이 허공에 멈칫, 떠오르더니 머지않아 주먹을 웅크렸다. 두 사람은 서로를 답답하게 여기고 있었다.

"그냥 '남'이요. '남'."

순경은 살짝 인상을 찌푸렸다. 그렇지 않아도 귀찮은 일이 잔뜩 쌓인 경찰서인데 골치가 아파 보였다. 이제 순경뿐만 아니라 경찰서 안의 몇몇 시선이 더 모여들었다. 은우가 보기에 그 시선들은 꼭 소년을 찌르는 꼬챙이 같았다. 학생이 흠씬 겁을 먹었기 때문이다. 은우는 경찰서와 교복이 어울리지 않는다고 생각했다. 추측이 맞았는지 소년은 정수리를 보인 채 주위를 경계하는 눈동자로 공간을 빠르게 훑고 있었다. 그대로 소년과 은우의 시선이 부딪쳤다. 슬쩍 확장되는 동공이나 늘어지는 눈꼬리는 꼭 은우에게 조용한 도움을 요청하는 것만 같았다. 그 신호를 느낀 은우는 잠시 눈을 가늘게 뜨며 왕방울만 한 눈을 자세히 들여다보았다. 흑갈색 눈동자가 공포감에 촉촉하게 젖은 채 은우에게 말을 걸고 있었다. 그래서 은우는 제가 대충 척, 하면 착, 따라오는 친구들을 고갯짓

으로 이끌었다. "아이고, 세상에. 남아." 남은우는 그들의
록밴드 동아리 '우와시스'의 리더였다.

"류남! 너 인마, 지금 이모가 얼마나 걱정하시는 줄 알
아? 말씀 중에 죄송합니다. 제가 이 녀석 사촌 누나 되는
사람입니다. 안 그래도 이렇게, 친구들 대동해서 찾는 중
이었거든요. 야, 넌 나이가 몇인데 아이돌 되고 싶다고 가
출을 하니. 가자. 이모부가 된장찌개 끓여놓으셨다더라."

순발력과 완성도를 동시에 잡은 남은우의 스토리텔링
을 빠르게 접수한 국태영이 학생의 턱을 쥐고 순경들이
씌워놓은 마스크를 살짝 벗겨 그의 얼굴을 확인했다.

"그러네, 맞네. 남이 맞네. 너 우리가 얼마나 찾은 줄
아냐?"

맞장구치며 애를 일으켜 세우는 태영의 손길에 '남이'
는 어정쩡한 자세로 쭈욱 늘어났고 그 신장에 놀란 나나
세 치나츠는 엄지를 치켜세웠다.

"가출은 나쁘지만, 난 이 친구 편. 야, 듣던 대로 아이
돌 할 만하다."

능청이라면 언니들 못지않은 김희재가 그럴듯한 한숨
을 내쉰 뒤 떡볶이 코트 주머니에 양손을 꽂았다.

"너 집에 들어가면 된장찌개 젓던 국자로 맞을 수도
있어."

'우와시스'의 완벽한 합주였다. 덕분에 순경의 미심쩍

은 표정이 풀어졌고 낯선 사촌 누나 포함 네 여자에게 둘러싸인 남의 동공이 흔들렸다. 은우는 얼른 손바닥을 올려 저보다 한 뼘은 더 키가 큰 소년의 동글동글한 뒤통수를 꾹 누르고 경찰들에게 인사를 시켰다. 처음에는 얼떨떨해 머리통에 힘을 주어 버티고 있던 남은 곧 은우의 손길과 의도를 읽었는지 순순히 목에 힘을 풀었다. "그럼 수고하세요!" 손이 바쁜 은우 대신 나머지 세 사람이 복작복작한 경찰서의 유리문을 밀었다.

"감사합니다. 조금 무서웠어요……."

경찰서 뒤편으로 한참 돌아서 후미진 골목 구석에 모인 무리는 하나둘 마스크를 내렸다. 그들의 눈치를 살피던 소년도 꼼지락 마스크를 내리며 인사했다. 호흡이 자유로워진 입에 담배를 꺼내 물던 치나츠가 별거 아니라는 양 그저 인심을 썼다는 표정으로 손짓했다. 차라리 학생 때 경찰서에 드나들어보는 게 낫다고 허세도 부려가며. 정작 주도자인 은우는 너스레도 떨지 않고 서서히 피어나는 담배 연기를 휘저어 흐리기에 바빴다.

"너네는 왜 애 앞에서 담배를 피워. 학생, 마스크 다시 써."

"원래 이거 피우고 술 사려다가 졸지에 경찰서 온 거 아니야."

희재에게 라이터를 넘겨준 치나츠가 은우의 꾸중에 무

심히 대꾸하며 패딩 앞섶을 고쳐 여몄다. '우와시스'의 혈중알코올농도가 찬바람을 맞아 옅어지고 있었다. 유독 추위를 많이 타는 은우는 오한이 들 것 같아 몸을 바짝 웅크린 채 핸드폰을 꺼내 시간을 확인했다. 새벽 1시를 조금 넘긴 시각. 한국에 살고 싶은 일본인의 송별회와 한국에 살기 싫은 한국인의 정리해고 위로 파티가 어그러진 시각. 경찰서를 드나든 일 때문에 음주의 흐름이 깨져버린 이들은 마지막 담배를 끝으로 흩어지자 인사하며 희미한 다음을 기약했다. 멋진 뭉게구름을 그리는 치나츠의 흡연 장면을 가만히 눈에 담던 은우가 손을 뻗어 그의 등을 두드렸다. 그러자 정말로 이별인지, 치나츠는 은우에게 정식으로 인사했다.

"고생했어, 남은우."

은우는 울컥 차오르려는 눈물을 겨우 눌러 삼킨 채 입꼬리를 올렸다.

"잘 가, 최나츠."

치나츠와 귀갓길 방향이 같은 희재는 그와 팔짱을 끼며 은우를 향해 손을 흔들었다. 걱정하지 말고 조심히 들어가라는 눈빛이었다. 어차피 한동네에 살아 특별한 목적 없이 만나고 헤어지는 은우와 태영은 따로 인사하지 않았다. 이들 중 유일한 비흡연자인 은우는 더 이상 세 사람의 흡연을 방해하지 않고 코트 앞섶을 빳빳이 여민

다음 설렁설렁 뒷걸음질 치며 그들과 멀어졌다. 새벽하늘에 흔들리는 은우의 손은 얼음장보다 차가웠다. 유구한 수족냉증 때문이었다. 얼른 다시 주머니에 손을 꽂은 은우는 골목을 벗어나면서도 쉽게 뒤로 향하지 못했다. 언젠가는 다시 만날 수 있을 것이다.

마스크를 고쳐 쓴 은우는 골목을 벗어나면서 큰 가로등을 기점으로 빙글, 등을 돌려 어둡고 좁은 길을 완전히 빠져나왔다.

골목 전봇대 옆에 붙어 마치 빌려 온 고양이처럼 멀뚱히 자리를 지키던 류남은 잠시 뚝딱거리다가 기다란 다리를 움직여 아직 아스팔트 바닥에 남아 일렁이는 은우의 그림자를 따랐다. 경찰서에서 남을 꺼내준 사람은 저 '사촌 누나'였으니 그게 맞는 것 같아 그랬다. 남은 그들과 완전히 멀어지기 전, 재차 고개 숙여 그들에게 인사했다. 정작 세 사람은 담배를 태우기에 여념이 없어 소년의 인사를 받아주지 못했지만 말이다.

언제부턴가 은우는 묘한 인기척을 느꼈다. 슬슬 근처 호프집이 눈에 띌 만큼 큰길로 빠져나온 은우는 첫 번째 횡단보도 신호에 멈추어 선 뒤에야 어째서인지 자신과 함께 걷고 있는 남을 눈치챘다. 골목과 달리 훤한 대로에서 은우는 열심히 눈동자를 굴려 그 애를 훑어 내렸다. 명찰과 교표가 없는 교복, 계절감을 잃고 훤한 목덜미가 희었다. 취기와 새벽이라는 시간 때문인지 어딘가 몽롱해 보이는 은우의 새까만 동공을 느낀 류남도 천천히 은우의 얼굴을 향해 시선을 내렸다. 두 사람은 한참 눈이 마주친 채로 초록불이 켜지는 것도 모르다가 신호등이 깜빡거리며 그들을 재촉할 때야 잰걸음으로 횡단보도를 건너갔다. 은우는 건너가며 물었다.

"나 따라오는 거야?"

"길을 잃었어요."

남도 건너가며 대답했다.

"아하, 경찰서 다시 갈래?"

경찰서라. 또다시 도리도리. 류남은 갑갑한 마스크 끝을 만지작거리며 입을 꾹 다물었다가, 은우와 말문을 좀 텄다고 조용히 중얼거렸다.

"불편해요."

"불편해도 잘 쓰고 다녀야 방금처럼 경찰서 안 가지."

"안 쓰는 게 정말 큰 잘못이에요?"

"뭐야, 딴 세상 사람이네."

"맞아요. 딴 세상 사람이에요."

영양가 없는 대화는 은우가 사는 빌라 앞 놀이터에서 끝났다. 작은 놀이터에는 페인트칠이 군데군데 벗겨진 코끼리 모양의 미끄럼틀과 단출한 두 칸짜리 그네가 전부였다. 놀이터를 열 걸음 앞에 두고 은우는 두 다리를 멈추었다. 여전히 따라붙던 남도 멈추었다. 은우는 그리 길지 않은 고민을 끝으로 지갑을 꺼내 들었다. 동글동글한 남의 눈망울이 은우의 손가락을 따라 구르고 있었다. 남은 은우의 손가락이 꼭 나뭇가지를 닮았다고 생각하는 중이었다.

"요즘 모텔 일박이 얼만지는 잘 모르겠는데, 아마 부족하지는 않을 거다. 혹시 부족하면…… 핸드폰 꺼내봐."

"모텔이요? 핸드폰이요?"

현금을 잘 쓰지 않아 거의 부적의 용도로 지니고 다니던 5만 원권을 뽑아 든 은우는 제 계좌를 적어줄까, 고민하다가 어차피 2차가 무산된 참에 나가야 했을 돈이었거니 생각하기로 마음먹었다. 소년을 집에 들일 수 없는 상황에서의 괜한 부채감과 뉴스에 도사리는 온갖 도시 괴담이 아무렇게나 뒤섞여 은우의 오지랖을 자극했다. 다 차치하고서라도, 미성년자잖아. 남은 은우가 내민 종잇장보다 그 종잇장을 끼운 손가락의 주름을 세는 것처럼 마냥 서 있기만 했다. 은우는 결국 손수 남의 교복 주머니 안으로 지폐를 쑤셔 넣었다. 짧은 한숨을 끊어낸 은우는 이제 등을 돌렸다. 그러나 주춤, 따라오려는 걸음. 은우가 다시 등을 돌렸다. 날카로운 인상을 꾸며낼 줄 아는 은우의 눈초리가 순식간에 차가워져, 남은 그제야 은우가 보낸 메시지를 해독했다. 남의 입에서 "아." 멍청한 감탄사가 한 방울 터졌다.

"웬만하면 모텔 말고 택시 잡아서 집에 들어가. 사정은 있겠지만, 그래도 부모님이 걱정하시겠다. 우리 이모 속 썩이지 말아라?"

자비 없는 기온 때문인지 남의 눈가가 붉어 보였다. 그게 또 마음이 쓰여 은은한 농담이 섞인 끝인사를 남기고 은우는 곧 빌라 현관문 너머로 사라졌다. 기다란 여자가 코트 자락을 휘날리며 열고 들어간 건물 현관의 잠금장치는 남이 풀 수 없는 모양새였다. 남은 주눅이 들었는지 눈썹을 늘어뜨리고는 여린 턱 아래가 불긋해지는 추위를 이기지 못한 채 앓는 소리를 끊어냈다. 끙. 다시 혼자가 된 남은 갑갑한 마스크를 완전히 벗고 습관적으로 시선을 들어 하늘을 올려다보았다. 하늘에는 별 한 조각 없는데다 매연 같은 구름조차 보이지 않았다. 그저 막막하도록 새까맸다. 사실 저 어디쯤 눈구름이 숨어 있을 테지만 남은 그 구름을 찾을 수 없었다. 멍하니 하늘 너머를 응시하던 남은 서서히 얼어 들어가는 속눈썹을 깜빡였다. 남의 매끄러운 콧대 위로 뽀얀 눈송이가 떨어졌다.

소복소복. 삽시간에 온 세상은 하얗게 물들었다.

욕실 거울은 하얗게 수증기가 끼어 있었다. 어느새 눈

가를 훌쩍 덮어버릴 만큼 길어진 앞머리를 쓸어 넘기며 거실로 걸어 나온 은우는 상·하의가 세트인 파자마에 손가락의 물기를 톡톡 닦아냈다. 사람은 잘 들여도 집이 더러워지는 꼴은 못 보는 은우는 샤워하기 전 미리 청소해 둔 거실 소파에 자리를 잡았다. 친구들이 먹고 마신 흔적이 말끔히 사라진 소파였다. 목에 걸친 수건으로 층이 많은 머리칼을 털어내던 은우는 충전기가 꽂힌 핸드폰을 가져왔다. 잘들 들어갔나. 단톡방에는 국태영 님과 김희재 님과 최나츠 님이 보낸 밥값과 술값이 쌓여 있었다. 모두 안전히 귀가한 모양이었다. 은우는 착착 수금했다. 남은우 님이 3만 원을 받았습니다. 받았습니다, 받았습니다. 길게 늘어진 충전기 케이블 때문에 어쩌다 보니 소파에 무릎을 꿇고서 엎드린 모양으로 수금을 마친 은우는 언제나 그랬듯 모두 잘 자라는 메시지를 적고 있었다. 그때 단톡방에 눈이 내렸다.

언니들 밖에 눈 진짜 예쁘다

와 내일 출근 어떡하냐

언니는 출근하지 않는다

아직 눈에 대한 낭만을 안고 사는 취준생 희재와 집에

낭만을 두고 출근해야 하는 태영 밑으로 나츠는 승리자의 이모티콘을 띄웠다. 은우는 허겁지겁 [잘 자라]로 대화를 마무리 지은 다음 곧장 핸드폰을 내던지고 소파를 벗어나 베란다까지 달려갔다. 낭만과 출근, 그 어디에도 속하지 못한 실직자는 아직 함박눈을 사랑하여 한동안 서울에 드물었던 광경을 눈에 담고 싶어 했다. 암막 커튼을 활짝 걷어내자 풍경은 이미 눈밭으로, 은우가 반 시간을 넘게 청소하고 샤워하는 동안 열심히 쏟아진 모양이었다. 올겨울은 춥고 폭설도 잦다더니 이마저 누군가에게는 재해겠지만 은우는 마냥 아름다운 것을 감상하듯 베란다 창에 볼을 붙인 채 펑펑 내리는 눈송이를 헤아렸다. 지난여름 대학 때 쓰던 자취방의 계약이 끝나 직장인용 투룸으로 좀 이르게 이사했던지라 두툼한 눈 이불을 덮은 저 아래 놀이터와 가로수는 은우에게 처음 보는 풍경이었다.

아침이면 이 동네의 아이들이 쏟아져 나와 너도나도 동동 눈사람을 뭉쳐놓겠구나. 이제 백수가 된 마당에 합류해도 되지 않을까? 장갑을 어디에 뒀더라. 고무장갑과 오븐용 장갑이 전부인 것 같기도 하고. 하지만 격년 만에 쌓인 함박눈인 만큼 눈사람은 포기할 수 없잖아. 그래, 딱 저만 한 눈사람을 나도…… 눈사람을?

"아니, 그새 누가 눈사람을?"

조금만 더 관찰하면 저것이 정말 '눈 사람'임을 알아챌 수 있었다. 눈과 사람. 눈이 쌓인 사람. 눈이 쌓인 류남. 은우는 벌컥 창문을 열고 최대한 상체를 내밀었다. 눈을 가늘게 뜨니 누군가의 정수리 위로 커다란 눈송이가 차곡차곡 쌓여가는 광경이 선명해졌다. 그 애다. 류남이 귀가하지 않고 놀이터 그네에 앉아 얌전히 눈발을 맞고 있었다. 심지어 반으로 뚝 구겨진 몸에 미동이 없어, 덜컥 겁이 난 은우는 허둥지둥 손에 잡히는 패딩 두 벌을 끌어안고 냅다 현관문을 밀었다. 성큼성큼 서너 칸씩 계단을 뛰어내려 놀이터로 달려간 은우의 다급한 발자국이 눈길 위에 아무렇게나 찍혀버렸다. 가는 중에 일단 파자마 위로 패딩 하나를 꿰입은 은우가 그네 앞까지 뜀박질했다. 그리고 소년의 어깨에 쌓인 눈부터 털어내고 얼른 여벌의 패딩을 그 위에 걸쳐주었다. 남이 부스스 창백해진 얼굴을 들었다. 투둑. 흑갈색 머리칼을 타고 눈 뭉치가 부서졌다. 은우는 다급히 손바닥을 펼쳐 얼음장처럼 차가워진 애의 등을 문지르며 기겁했다. "너 정말 미쳤구나!" 아무런 대꾸 없이 혹한 속에서 죽음의 문턱을 오가는 줄도 모른 채 꾸벅꾸벅 졸고 있는 남을 부둥켜안고, 남은우는 빌라 현관문의 비밀번호를 눌렀다.

2021

집주인의 남색 후드티를 입고 퉁퉁 부은 눈을 비비적대는 류남의 볼이 반들거렸다. 간밤에 숙면했다는 증거였다. 거실 창밖에는 정오인 지금까지 쏟아지는 함박눈 때문에 온통 새하얀 풍경이 펼쳐져 있었다. 지형지물을 분간하기조차 어려운 그 백지 위에는 빗자루를 쥔 관리인 할아버지 한 사람만 피규어처럼 우뚝 서 있었다. 할아버지는 아침 댓바람부터 눈길을 쓸었으나 말짱 도루묵이 되어버린 빌라 입구를 막막하다는 듯 바라보고 계셨다. 은우는 꼭 그 관리인과 비슷한 표정을 지었다. 그리고 제 거실 소파를 차지하고서 긴 다리를 구겨 끌어안는 남을 흡뜬 눈으로 응시했다. 그러다가 자조적인 한숨을 내쉬었다. 누굴 탓해. 자취를 시작하고부터 은우에게는 종종 이런 일이 생겼다. 친하지도 않은 후배가 하룻밤 신세를 지거나, 술독에 빠진 선배가 또 이틀 밤 신세를 지거나. 물론 여태까지 그 신세를 갚는 사람은 아무도 없었다. 하지만 은우는 그 신세들을 장부에 달아두는 사람이 아니었다.

소파 앞에 놓인 앉은뱅이 탁자에 커피포트를 가져온 은우는 남과 마주 앉으며 소년에게 따뜻한 차 한 잔을 내밀었다. 남은 조금 의심하다가 받아 마셨다.

"아시다시피 제 이름은 류남이고요, 길을 잃었어요. 저는 2121년에 사는데 여기로 수학여행을 왔다가 일행들을 전부 놓쳤어요. 다들 어디로 갔는지 모르겠어요. 연락하거나 돌아갈 수 있는 통신기도 잃어버렸어요. 아마 애초에 제가 좌푯값을 잘못 입력한 것 같아요, 정신을 차렸을 때부터 혼자였거든요."

은우는 조용히 제 몫의 차를 마셨다.

"제 말 안 믿죠?"

호로록.

"가출했어요. 아이돌 되고 싶은데 엄마가 허락을 안 해주셔서 대판 싸우고 집 나왔어요. 아빠가 끓여주신 된장찌개 먹고 싶다."

"그래, 밥 먹자. 밥 먹고 집에 가라? 어?"

자취 경력이 상당한 은우는 손쉽게 된장찌개를 끓였

다. 말 그대로 뚝딱 끓여진 그 뚝배기 안을 한참 관찰하다가 한 숟갈 떠먹은 남은 방금까지의 제 의심이 무색하리만치 쉽게 반색하더니 나머지 밑반찬도 열심히 집어먹기 시작했다. 며칠 굶은 사람처럼 잘도 집어넣기에 오히려 입맛이 사라져 숟가락을 들다 만 은우는 그냥 핸드폰을 꺼내 토독토독 메시지를 입력했다.

> 어제 경찰서 걔 우리 집에서 재웠다

> 은우 테레사 가출 청소년한테
> 유사 사촌 누나 먹어?

백주에 제일 먼저 은우의 연락을 확인한 사람은 백수인 일본인이었다. 뭘 먹어? 은우는 치나츠가 쓰는 말이 한국어가 맞는지를 의심했다. 치나츠는 항상 이들 중 가장 어린 희재와 갖은 SNS를 통해 유행하는 밈이며 은어들을 필사적으로 습득하고 있었다. 언젠가 은우가 치나츠에게 그 이유를 물었을 때, 치나츠는 더 한국인처럼 말하고 싶다고 대답했었다. 한국인인 남은우나 국태영에게는 그런 간절함이 부족하다며 지적하는 것도 잊지 않았다. 치나츠의 말풍선을 빤히 바라보던 은우는 뒤이어 자신을 향해 쏟아지는 국태영의 적나라한 욕설을 물끄러미 바라보다가 도로 화면을 껐다.

성장기답게 한가득 배를 채운 남은 은우가 무어라 추궁할 새도 없이 다시 소파로 돌아가 꾸벅꾸벅 졸기 시작했고, 무릇 손님에게 집 안 살림을 맡기는 법이 없는 은우는 밥상을 말끔히 치우고 설거지를 마친 뒤에야 거실을 돌아보았다. 남은 결국 졸음을 못 이겼는지 소파에 풀썩 구겨진 모습이었다. "얼씨구." 중얼거린 은우가 애 발치에 구겨져 있던 담요를 집어 툭 덮어 주었다. 하기야, 그렇게 꽁꽁 얼었다 녹은 몸 상태가 엉망일 터였다. 남은 금방 다시 잠에 빠진 듯 색색 숨소리를 퍼뜨렸다. 여기가 공항도 아닌데 정말 긴 여행이라도 떠나온 사람처럼 후드를 뒤집어쓴 채 곯아떨어진 소년의 구부정한 등판 위로 정오를 넘긴 햇살이 뚝뚝 떨어지고 있었다.

"······아니요······."

무어라 웅얼거리던 남이 크게 뒤척인 건 그때였다. 그의 몸을 덮었던 담요가 기다란 팔 안으로 빨랫감처럼 끼어 들어가 안긴 꼴이 되었다. 아무리 품이 큰 옷이라지만 은우의 남색 후드는 비틀어진 남의 팔을 전부 감싸지 못했고, 남의 손목과 팔뚝 반절이 드러났다. 허리에 손을 짚고 거실에 멀거니 서 있던 은우는 순간 눈살을 구겼다. 피부가 하얀 편이라 선명하게 뻗어 있는 핏줄을 따라 얼룩덜룩한 상흔과 알 수 없는 자국이 난무했기 때문이었다. 은우는 저도 모르게 손을 뻗어 조심스럽게 남의 소매를 걸었다. 하지만 그의 팔오금이 드러나기 직전, 기다란 몸이 또 한 번 뒤척여 기회를 잃었다. 뭐였지. 은우는 잠시 뒤통수를 긁었다. 그리고 구석에 널브러진 교복을 뒤지기 시작했다. 이건 김희재가 시켰다.

> 얘 핸드폰이 없는데?

사촌 누나가 하나 해줘야겠네

언니 희재도

태영이도

은우는 제 측은지심을 비꼬는 친구들의 텍스트를 깔끔히 무시했다. 경각심이 없다며 욕할 땐 언제고? 단톡방을 켜둔 채 계속해서 교복의 안쪽이나 겉쪽이나 달린 주머니를 전부 뒤집어봐도 나오는 건 새벽에 은우가 건넨 5만 원 한 장이 전부였다. 은우는 골몰했다. 가출했다는 애가 핸드폰도 없어, 지갑도 없어. 무슨 깡이람. 자는 이는 말이 없으니 교복을 붙잡고 머리를 굴려봐야 체력만 떨어진다는 사실을 빠르게 받아들인 은우는 다시 교복을 개켜놓은 뒤 작게 딸린 침실로 들어가 노트북을 가지고 나왔다. 백수가 되자 할 일이 많아진 은우였다. 아무래도 시야에 남이 확인되는 위치가 마음이 편했는지 식탁에 자리를 잡고 앉아 동그란 안경을 꺼내 쓴 은우는 취업 카페에 접속해 쪽지함에 꽉 찬 열두 개의 쪽지를 확인했다.

심리학과를 졸업한 남은우는 대학원에 진학하지 않고 곧장 취업 전선에 뛰어들었다. 임상심리 센터를 운영 중인 아빠의 영향 아래 선택한 전공이었으나 방학마다 센터에서 어깨너머로 삶의 현장을 체험한 결과, 그 바닥은 제 적성이 아니었기 때문이다. 대학원에까지 돈과 영혼을 바치기 전 내린 결정에 후회는 없었지만 흔하디흔한 학사 졸업장 하나뿐인 은우가 문을 두드릴 수 있는 회사는 많지 않았다. 그러나 그 척박한 취업의 사막에서도 소비자 심리를 파악한 마케팅 전략이 어쩌고, 심리학도가 바라본 귀사의 경영 철학이 저쩌고, 불굴의 자소서를 집필한 은우의 노력을 높이 산 회사가 있기는 했다.

은우의 첫 직장은 여행사였다. 대기업은 아니었고 재산이 넉넉한 한남동 노인들이나 개인정보 보안이 중요한 셀럽들, 혹은 셀럽 지망생들의 개인 여행 일정을 설계하고 일정 중 발생하는 모든 돌발 상황을 관리해주는 업무가 메인인 중소기업이었다. 늘 열정적이었던 그 회사의 대표는 은우를 채용한 뒤 곧장 인턴이 아닌 정규직으로 대우했다. 또한, 자기 계발 지원을 아끼지 않았던 그 회사에서 은우는 항공권 예약 및 발권을 위한 CRS 자격증을 빠르게 취득할 수 있었다. 그리고 머지않아 스페인 일대를 담당하며 종종 인스타그램에 자신의 고객이 된 연예인과 함께 찍은 어색한 구도의 사진을 게시하기도 했다. 시차를 고려하지 않고 비상 상황이 아닌 비상 상황마다 핸드폰을 울려대는 고객님들 탓에 5킬로그램 정도 살이 빠지기는 했으나, 은우는 단골 환자가 100명인 아빠의 상담 센터보다 직원이 대여섯뿐인 그 여행사가 좋았다. 남은우는 과거에 머무른 사람들을 돕기보다 미래를 기대하는 사람들을 돕는 일이 좋았다.

그리고 1년 뒤, 전 세계에 역병이 돌았다. 의료 시스템이 무너진 스페인에서도 우후죽순 사망자가 발생했다. 은우는 천천히 정리해고를 당했다. 솔직히 1년이면 꽤 오래 버텨주었다고 생각한 은우는 직원들의 월급을 해결하느라 빚더미에 앉아버린 대표님께 진심으로 감사했다.

"공기업 계약직 공고……. AI 데이터 구축 사업……."

취업 카페로부터 도착한 세 번째 쪽지에는 좀 혹할 만한 정보가 적혀 있었다. 혼란해진 사회에서 와르르 실직자가 된 청춘들을 단기로 고용해 과다 출혈은 막아보겠다는 정책에서부터 창출된 가짜 공무원직이긴 하지만, 재택에 세후 150. 반년이면 재취업을 준비하는 동안 입에 풀칠은 할 수 있겠지. 은우는 천천히 스크롤을 내렸다. 수료증도 준다고? 어떻게든 자소서 한 줄을 더 채워

먹을 생각에 눈이 동그래진 은우는 모니터로 얼굴을 붙이며 공고 사이트 링크를 클릭했다. 그리고 공고를 꼼꼼히 읽었다. 지원 과정은 간단했다. 자기소개서를 제출한 뒤 서류 전형에 합격하면 AI와 면접을 본다고 한다. 무려 자택에서, 비대면으로. AI는 바이러스가 옮아도 V3 같은 백신 프로그램을 돌리면 그만이니 이 시국에는 효율적인 기술이었다. 게다가 시뮬레이션 시험까지 치를 수 있다는 안내가 괄호 안에 적혀 있었다. 뭐로 보나 사람보다 나았다. 한 페이지짜리 요강을 정독하며 지원 기간을 스케줄러에 표기한 은우가 N차 재난 지원금을 신청하던 중에 드디어 류남이 눈을 떴다. 조금 요란한 기상이었다. 은우는 어딘가 하얗게 질린 그의 얼굴이 심상치 않다고 생각하며 남의 표정을 관찰하다가 다시 차를 끓였다.

"지금부터 네가 어떤 대답을 하느냐에 따라 널 경찰서로 돌려보낼지, 며칠 밤이라도 도움을 줄지 내 결정이 달라질 거야."

차를 내주고 속내를 추궁하는 수법은 드라마에 자주 등장한다. 환생 문을 목전에 둔 영혼을 다루듯 은우는 저승사자처럼 근엄한 말투를 꾸며내며 소년의 앞으로 찻잔을 밀었다. 한번 마셔보아서인지, 남은 이제 더 의심하지 않고 받아 마셨다.

"길을 잃었을 때를 대비한 행동 지침 같은 게 있을 거

아니야. 열여덟이나 열아홉쯤 먹었으면 사고에 대비할
줄도 알아야지."

"제 말을 믿으세요?"

"밥 먹였으니까 집에 보내려고."

호로록.

그들은 동시에 차를 한 모금 더 마셨다. 남의 눈빛이
아주 조금 반짝였다.

"저는 열여덟이나 열아홉이 아니에요. 올해로 스물한
살이 됐어요."

류남은 이 순간만을 기다렸다는 듯 상체를 꼿꼿이 세
웠다. 그리고는 줄곧 외워온 대사를 내뱉는 배우처럼 주
먹을 움켜쥔 채 웅변하기 시작했다.

"그런데 왜 학교를 다니느냐고요? 그야 수명이 늘어난
만큼 기초 교육 기간도 길어졌거든요. 제가 사는 곳에서
는 스물세 살까지도 고등학생이에요. 중학교랑 고등학교
가 이곳 2021년을 기준으로 각각 2년씩 늘어났어요. (남
은 이 대목에서 검지와 중지를 쫙 펼쳤다) 성인이 되는
법적 나이는 그대로지만 그런 건 의미가 없고, 배워야 할
것들이 아주 많아졌기 때문이에요. 학교마다 조금씩 다
르긴 한데, 보통 고등학교 3학년 때는 역사 시간에 수학
여행을 다녀와요. (약지도 펼쳤다) 역사적으로 커다란 사
건이 있었던 과거를 고르고 그때로 돌아가 경험하는 거

예요, 이렇게. (나머지 손가락까지 전부 펼쳐 커다래진 손바닥을 가슴팍에 얹었다) 그런데 제가 길을 잃어버려서, 소지품을 전부 잃어버려서, 살던 곳으로 돌아갈 수가 없는 거예요, 이렇게!"

(쾅) 소파 앞의 앉은뱅이 탁자를 내려친 남의 주먹에 불끈 핏줄이 일어섰다. 그런데 어쩐지 입술은 어색하게 찢어져서 살짝 비뚤어진 치열이 드러났다. 은우는 이제 차를 마시기보다 좀처럼 진심을 읽을 수 없는 저 아이의 눈동자에 집중하며 숨 막히는 정적을 유지했다. 은우는 이 순간만큼은 남이 경찰서보다 자신을 더 무서워했으면 좋겠다는 마음으로 류남을 빤히 보았다. 도르륵. 남의 시선은 곧 무너졌다. 남은 은우의 의도대로 그가 조금 무섭다고 느꼈다.

"그래서 행동 지침은?"

"여기서 만난 사람한테 이렇게 얘기하기……."

"너 그렇게 얘기해서는 경찰서밖에 못 가."

"안 돼, 안 돼요."

손사래 치는 손바닥이 간절해 보였다. 이제 무릎을 꿇다시피 자세를 고쳐 앉은 남은 하얗게 질린 얼굴로 마른침을 삼키고서 덧붙였다.

"솔직하게 말해서 도움을 요청하랬어요. 기술은 미개해도 타임슬립을 이해하지 못할 수준은 아닐 거라고, 선생님께서……."

"듣는 과거인 기분 나쁘네? 백번 양보해서 그걸 이해한들 네 말처럼 기술이 미개한데 널 어떻게 집에 보내냐?"

"하지만 제가 아는 게 조금 있어요."

갑자기 자신에 찬 얼굴로 탁자를 짚은 소년이 은우의 얼굴 가까이 다가왔다. 그때 남의 앞에 놓인 찻잔이 소년의 부주의한 손길에 치여 조금 밀려났고 내용물이 넘실거렸다. 기민한 은우는 그 찻잔을 흘끗거렸다. 그리고 이 녀석이 제법 둔감한 편인 것 같다고 판단했다. 이 집에는 어차피 두 사람뿐인데 쓸데없이 목소리를 낮춘 류남이 속삭였다.

"타임머신은요, 앞으로 5년 뒤에 개발될 거예요. 어느 회사인지도 정확히 알고 있어요. 저는 그걸 타고 돌아가면 돼요."

"……그러니까……."

"5년만 저를."

바닥에 엎어놓았던 핸드폰을 집어 든 은우는 다이얼로 넘어가 112를 입력했다. 통화 버튼은 누르지 않고 "거기 경찰서죠?" 시늉하자 우는 소리를 내던 남이 긴 팔을 뻗어 은우의 손목을 쥐고 애원했다. 순간 두 잔의 차는 모두 털그럭 소리를 내며 쏟아지고 말았다. "야! 네가 치워!" 기껏 꺼내준 남녀공용 파자마 바지가 얼룩졌을 때 류남은 앞으로 5년 동안 뭐든 치우겠노라 또다시 웅변하다가 기어이 꿀밤을 맞았다.

하지만 과거에 머무른 사람들과 미래를 기대하는 사람들을 도와온 은우는 기어이 112로 연결되는 통화 버튼을 누를 수 없었다. 미래로부터 불시착했다는 소년이 반드시 돌아가는 길을 찾겠다며 다시금 은우의 도움을 요청했기 때문이다. 도무지 겉치레 같지가 않았다. 은우는 후드 소매에 싸인 남의 팔을 가만히 응시했다. 지나친 타격을 예상케 하는 상흔이었다. 류남에게는 '며칠 밤'의 유예 기간이 생겼다.

"그런데 들어봐, 이상한 점이 한두 개가 아니야."

첫째로 류남은 정말 핸드폰이 없었다. 정확히는 핸드폰을 '필요로' 하지 않았다.

은우가 소년을 집에 두고 관찰하는 내내 핸드폰은 어디에서도 발견되지 않았다. 심지어 남은 은우에게 핸드폰을 빌려 어디론가 연락을 취한다든지, 은우의 노트북 주변을 기웃거리지도 않았다. 남은 그저 거실의 빔프로젝터 조작법만을 간단히 익힌 뒤 넷플릭스를 틀어놓고 헤헤헤 웃었다. 상황이 이러하니 지명수배 중인 범죄자로 의심되어 전국의 경찰청 공고를 털어본 은우였으나,

실종 신고 항목에도 류남과 일치하는 몽타주는 없었다. 세상도 저 녀석을 찾지 않는다는 의미였다. 이상했다.

둘째로 류남은 '이 시국'에 대한 이론은 알아도 실체를 몰랐다.

벌써 두 해째로 접어든 팬데믹 시대의 행동 지침이 영 낯선 사람처럼 매번 마스크를 까먹는 남 때문에, 은우는 애를 데리고 외출할 때마다 현관에서 한 번씩 소동을 벌여야 했다. 맞다, 마스크, 마스크, 마스크. 우당탕탕. 수없이 중얼대며 허둥거리는 꼴을 바라보자면 은우의 의심에는 불이 붙었다. 마스크의 앞뒤조차 구분하지 못해 귀에 거꾸로 걸친 남은 "어차피 저는 면역력을 다 가지고 태어나서 사실 마스크를 안 써도 괜찮지만, 누나가 위험하니 조심할게요."라는 둥, 진위를 파악할 수 없음은 물론 정보량이 과다한 너스레를 떨었다. 은우가 류남을 데리고 향하는 곳이라곤 보통 요 앞 마트나 편의점이었다. 집에 혼자 두기가 찜찜했기 때문이다. 남과 동행한 마트에서 은우는 카트를 잡기 전 남의 손에 소독용 젤을 짜주었다. 하지만 또 멀뚱멀뚱, 그뿐이었다. 한숨을 내쉰 은우가 친히 그 애의 커다란 손바닥을 문질러 비벼주었고 알싸한 알코올 향이 날아가는 동시에 남은 귀 끝을 붉혔다. 그때부터 어딜 들어가기만 하면 남은 그냥 손만 내밀었다. 그러면 은우가 또 짜고, 또 문질러주고, 남은 또 울긋불긋. 무지하게 이상했다.

셋째로 류남은 여태까지 은우가 만난 사람과 달리 이질적인 결을 가지고 있었다. 꼭 인터넷 속 잘못 접속된 버그 같달까. 꾸며냈다기보다는, 남에게 기본적으로 내재하는 느낌 같았다. 은우는 이 느낌을 남들에게 설명할 수 없었다. 말 그대로 '느낌'이었기 때문이다.

남과 함께하는 N번째 저녁 메뉴는 경기도에 거주 중인 은우의 부모님이 올려 보낸 밑반찬 몇 가지와 은우가 직접 굴린 계란말이였다. 남은 편식하지 않고 아무거나 아주 맛있게 잘 먹었다. 중간중간 섬세한 맛 평가나 호응도 잊지 않고 말이다.

"죄송해요. 저 살던 데는 이런 음식이 잘 없거든요. 너무 맛있어서 그만……. 이건 누나 드세요."

남은 마지막 남은 계란말이 조각을 아주 몹쓸 젓가락질로 겨우 집어 은우의 쌀밥 위에 올려주었다. 그러고는 씨익 웃었다. 은우는 아빠의 상담 센터에서 근무했던 경험을 떠올리다가 단도직입적으로 남의 설정값에 맞장구를 치며 물었다.

"……그럼 너 앞으로 100년 뒤까지 생기는 일은 전부 다 알아?"

"저한테는 역사 과목이니까 어느 정도는?"

"너 공부 잘해?"

"아뇨. 공부는 못하는 편인데……. 이때 사람들보다는 뇌 용량이 크다나? 그것도 뭐 진화를 했다지만 솔직히 저는 잘 모르겠어요."

언젠가 은우는 이런 기사를 본 적이 있었다. 미래 인류일수록 시각 기능이 중요해져서 눈이 커지고, 정보량이 많아 뇌가 커질 거라는. 하긴, 요즘 태어나는 애들은 미세먼지 때문에 속눈썹이 길던데. 곱씹고 보니 남의 속눈썹도 아주 풍성하고 길었다. 남이 야무지게 밥그릇을 비워내는 동안 저도 모르게 이 우스운 가정에 몰입이 된 은우는 그 기사에 쓰였던 미래 인류의 합성 이미지를 떠올렸다. 커다란 눈망울, 짧은 중안부, 갸름하고 조그만 하관. 남의 얼굴이 딱 그랬다. 순간 은우의 흰 목덜미에는 오소소 소름이 돋았다.

"혹시 네 친구들도 다 너처럼 생겼어?"

"아뇨. 전 거기서도 잘생긴 편인데……."

"먹어라."

민망하긴 한지 류남의 눈 아래 살이 도톰하게 차올랐다. 아무튼, 정말이지 이상했다.

여기까지가 국태영과 김희재를 향한 남은우의 항변이었다.

"그러니까, 합리적인 의심이라고?"

"굳이 네 말을 정정하자면 합리적으로 따지고 들었더

니 그 애 말도 납득은 간다. 뭐 그런 뜻이지."

다 녹아 흐물거리는 종이 빨대로 플라스틱 컵에 담긴 얼음을 괴롭히던 국태영의 물음에, 남은우는 류남에 대한 교묘한 방어막을 치기 시작했다. 이마에 열이 오른 듯 태영의 표정이 사뭇 딱딱해졌고 은우는 눈동자를 좌로 굴렸다. 하필 은우가 헛소리를 지껄일 때마다 그의 편이 되어 주었던 나나세 치나츠조차 이 카페에 없었다. 치나츠는 안전히 집으로 돌아갔다. 일본이라 비행시간이 짧아 망정이지, 공항에서부터 대기하고, 출국하고, 입국하고, 다시 대기하고, 격리용 빌라에 짐을 푸는 순간까지 일정이 꽤 고생스러웠던 모양이다. 14일간 격리 중인 치나츠는 대략 2시간 간격으로 그들의 카톡 방에 넷플릭스 콘텐츠를 추천 및 취소하길 반복했다. 지금도 세 사람의 핸드폰에는 치나츠의 말풍선이 열심히 떠오르고 있었고 은우가 어물쩍 핸드폰을 만지작대려던 순간 태영이 선수 치듯 은우의 핸드폰을 엎었다.

"너 조현병이라고 아냐, 남은우."

"그럼. 망상을 현실로 착각해서 자기 삶이 정말 그런 줄 아는."

어깨를 으쓱인 은우가 몇 년 만에 전공 지식을 살려 대답했다. 그러자 은우의 건너편에 나란히 앉아 있던 두 사람은 동시에 살벌한 시선으로 은우를 쳐다보았다. 카페

안은 그리 한산하지 않아서 그들의 테이블에 내려앉은 정적이 더욱 어색했다. 여태 별생각 없어 보였던 김희재가 다리를 꼬며 자세를 고쳐 앉았다. 사태의 심각성을 실감한 듯, 희재의 미간이 잔뜩 구겨졌다.

"뭐야. 진짜 조현병이면 어디 정신병원에서 도망 나온 거 아냐? 아니, 언니는 뭘 믿고 신분도 돈도 없는 앨 데리고 지내? 그것도 그렇게 엉뚱한 소리나 늘어놓는 애를? 언니야말로 그거 병이야, 병. 지금도 언니 집에 있다며. 그 집에서 돈 되는 거 다 들고 튀면 어쩌려고!"

"일단 방문은 잠갔고 거실에는 딱히 돈 되는 게 없어. 게다가 결정적으로……."

은우는 주섬주섬 핸드폰을 열어 어떤 앱을 실행하고 그들에게 화면을 펼쳐 보였다. 거기에는 거실 소파에 앉아 있는 류남이 영화 삼매경에 빠져 뚝뚝 눈물을 흘리다가 휴지를 뽑아 벅벅 그 눈물을 닦고 쿠션을 쥐어뜯다 못해 이불까지 뒤집어쓰는 모습이 실시간으로 중계되고 있었다. 반려동물 행동 관찰 CCTV였다. 반려동물보다 더 유심히 지켜봐야 할 두 돌짜리 애가 있는 친오빠에게 은우가 급히 빌린 물건이었다. 한참이나 은우의 손바닥에 놓인 핸드폰 화면을 들여다보던 태영과 희재는 저화질을 뚫고 느껴지는 천진함에 쓰읍, 입소리를 내며 고개를 기울였다. 급기야 남은 구슬프게 울다 지쳐 소파와 한 몸이 되었고 영화의 엔딩 크레디트가 올라가기 무섭게 잠이 들었다. 그를 삼킨 동그란 이불 언덕이 오르락내리락 포르르, 일정하게 움직였다. 은우는 테이블에 턱을 괸 채 그 규칙적인 파동을 물끄러미 바라보다가 어깨를 으쓱였다.

"잘 먹고 잘 자고 잘 있어. 그게 다야."

"그게 다니까 문제지. 잘 먹고 잘 자고 잘 있는 건 무료가 아니잖아. 사람이 1인분 늘었으면 밥값은 기본이고 전기세에 수도세까지 더블인데 하다못해 돈이라도 받아야 할 거 아니야. 얘가 황금알이라도 낳으면 몰라. 남은우 너는 참, 생긴 건 차갑디차갑게 생겨서는 대학 때부터 후배들 식권을 그렇게 사 주더니…… 됐다."

태영은 초장에 차오르던 분노를 겨우 억누르며 은우에게서 시선을 돌렸다. 이번에도 이런 은우가 탐탁지 않다는 듯 입을 꾹 다문 채 보조개를 팬 태영은 애초부터 은우의 자선 행위를 이해하지 못하는 사람이었다. 스물 초반에야 어린 정의감에 불타 그럴 수도 있겠다 싶었는데, 태영은 은우가 슬슬 저러다가 큰일이 날 것 같다고 생각했다. 지금만 해도 제 행동의 정당성을 구하고 있는 은우는 당장 남을 내쫓을 수 있는 인물이 아니었다. 남이 주절거리는 어불성설의 진위는 은우에게 중요하지 않았다. 태영은 은우의 그 꾸준한 성정을 익히 알고 있었다. 태영의 직감대로 은우는 두어 번 헛기침하며 일단 남에게 집

안일을 시키고는 있다고 변명했다. 은우는 언제나 그러했듯 이들 앞에서만 최대치로 멍청해지기 시작했다.

"내 말은, 솔직히 믿진 않지만. 만에 하나 진짜라면?"

"오, 너 솔직히 믿지."

"아니라고, 태영아."

"100년 뒤 미래로부터 불시착한 고등학생. 넷플릭스에 이런 거 있지 않아? 최나츠한테 물어볼까?"

"아니. 좀, 태영아."

은우가 멍청해진 만큼 태영은 답답해졌다. 이 갑론을박에서 은우는 완전히 태영에게 밀리고 있었다. 그런 언니들을 물끄러미 지켜보던 희재는 별안간 눈을 반짝이며 태영에게는 제법 난처할 만한 말로 끼어들었다.

"근데 진짜면 재밌겠다. 까놓고 요즘 재밌는 일이 뭐가 있어. 나츠 언니는 집에 가고, 은우 언니는 회사 잘리고, 태영 언니도 언제 잘릴지 모르고. 난 뭐…… 취업이 되겠어? 당장 이 카페만 둘러봐도 재미라곤 없는 세상에, 제일 재밌는 건 내 얼굴 하나였는데 그마저도 마스크로 가리래. 있잖아, 난 진짜 요즘 사는 게 재미가 없어. 괜히 집에 박혀서 영화만 보나, 사람들이?"

딱히 은우의 편을 들겠다는 말투는 아니었다. 하지만 보통 저런 무논리는 이겨먹기가 힘들다. 때문에, 희재를 향해 무어라 운을 떼려 관둔 국태영은 빨대 끝을 물며 시간만 확인했다. 슬슬 10시였지만, 희재의 지원사격에 힘입어 어쩐지 신이 나기 시작한 은우는 가정을 멈추지 못했다.

"그래, 영화! 너네 〈12 몽키즈〉라는 영화 아냐? 지금이랑 진짜 비슷해. 브루스 윌리스가 지구 멸망 직전 미래에서 과거로 돌아가 인류를 구해야 하거든? 근데 이제 내가, 어? 미래에서 왔다, 인류는 곧 멸망한다, 이러니까 사람들이 정신병자로 몰아버린단 말이야. 내 말은, 솔직히 믿진 않지만, 만에 하나 얘가 브루스 윌리스면 어떡하냐고!"

"와, 대박. 사인 받아야지."

"아니지. 김희재, 인류를 구해야지."

이제 그들을 완전히 외면한 태영은 곡소리를 내며 겉옷을 챙겨 입었다. 두툼한 덤블 아우터 위로 모카색 목도리를 둘둘 감은 태영의 입술이 목도리에 쏙 파묻혔다. 결국, 기도 안 찬다는 듯 허허실실 웃어버린 태영은 얄미운 눈웃음을 지으며 은우에게 물었다.

"그래서. 걔는 뭐 때문에 과거로 왔대? 인류를 구하러?"

은우의 건너편에 나란히 앉아 있던 두 사람은 동시에 묘한 시선으로 은우를 쳐다보았다. 기분 탓인지, 갑자기 카페 안이 한산해졌다. 은우는 어물거리던 입술을 겨우 떼어내며 대답했다.

"⋯⋯수학여행."

국태영의 말이 맞았다. 졸지에 2인분을 떠맡게 된 집 안에는 먹거리가 평소보다 금방 떨어졌다. 장을 봐 온 지 얼마나 지났다고 허전해진 냉장고 안을 노려보던 은우는 비대면 배달 앱을 켜는 대신 굳이 마트를 찾아가는 습관을 따라 남에게 패딩을 안겨주었다. 푹 자고 일어난 남은 비몽사몽 패딩을 거꾸로 꿰다가 또다시 마스크를 까먹었고 은우의 지적을 받았다. 현관 서랍장 위 곱게 놓여 있는 일회용 마스크 상자에서 성인용을 꺼내 쓴 남이 멋쩍게 웃음 지었다. 하지만 마스크의 앞뒤는 여전히 뒤바뀐 모습이었다. 류남은 꼭 한 번 더 남은우가 자신에게 손을 뻗도록 만들었다.

"너 진짜 제대로 하는 게 하나도 없네."

"아무래도 그런 이유로 수학여행을 왔으니까요."

하지만 이 여행에서 무언가를 배웠다는 과시인지 남은 웬일로 마트에서 자신이 먼저 은우의 손에 소독용 젤을 짜주었다. 그러고는 은우가 알아서 손바닥을 문지르기도 전에 은우의 손바닥을 문질러 비벼주었다. 이제 멀뚱멀 뚱해진 사람은 은우였다. 알싸한 알코올 향이 날아가는 동시에 은우는 귀 끝을 붉혔다. 남은 그런 은우를 수상하게 여기기보다 별안간 솔직하게 놀랐다.

"사촌 누나, 손이 너무 차요."

유구한 수족냉증이었다. 남은 두 손을 넓게 펴 은우의 차가운 손을 달래듯 움켜쥐었다. 남은우는 조용히 놀랐다. 그리고 울긋불긋. 몇 번 주무른 끝에 아주 살짝 남의 온기가 옮아 온 손을 겨우 떨어뜨린 은우는 헛기침과 함께 카트를 밀었다. 그런 은우의 곁에 따라붙어 두 번째로 마트 안을 구경하기 시작한 남의 눈동자는 이번에도 여러모로 반짝거렸다. 그 기묘한 순수함 때문인지 은우는 카트에 식료품을 담을 때마다 남의 기호를 물었다. 대부분 남은 은우가 무얼 사든 좋다고 했지만 웬만하면 여행 온 사람에게 지역 음식을 먹여주고 싶다는 이상한 사명감이 든 은우는 70퍼센트 정도 미래 소년 놀이에 물들어 버린 모습이었다.

"냉동 만두 먹어 본 적 있어?"

"아니요?"

"그럼 냉동 인간 본 적 있어?"

"저게 뭐예요?"

미래 소년은 정보 방어에 철저했다. 공격이 빗나가 아쉽다는 듯 입소리를 낸 은우는 남이 가리킨 물건의 이름들에 하나하나 답을 달아주었다. 그와 동시에 은우는 기

시감을 느꼈다. 이것은 마치 반려동물보다 더 유심히 지켜봐야 할 두 돌짜리 애를 돌보는 기분이었다. 그래. 이제 막 뛰기 시작해서 마트 같은 곳에 데려왔다가는 눈 깜짝할 사이에 사라지기 십상인 딱 저만한 친조카 말이다.

"남하나!"

앞만 보고 달려온 아기는 그대로 남의 다리에 머리를 들이받았다. 남과 은우는 각기 다른 의미로 화들짝 놀라 시선을 떨구었다.

"남정우?"

"남은우?"

조그마한 아기를 단박에 따라잡고 안아 든 보호자와 은우의 목소리가 겹쳤다. 그는 은우의 조카의 아빠, 그러니까 은우의 쌍둥이 혈육이었다. 마스크 위로 똑같이 생긴 두 쌍의 눈이 서로를 겨냥했고 그들은 곧 대치했다. 뒤이어 정우의 시선이 은우의 곁을 지키고 서 있는 남에게 향했다. 육아가 버거워 이따금 은우의 손을 빌리기 위해 최근 이 동네로 이사를 온 정우였다. 그 사실을 간과하고 있던 은우는 용수철처럼 통 튀어나와 죄라도 지은 양 남의 얼굴을 가렸다. 하지만 가려질 리 없는 신장이었다. 정우가 눈썹을 구겼다가 펼치길 대략 서너 번 정도 반복하며 물었다.

"이쪽은 누구?"

남과 은우의 시선이 부딪쳤다. 슬쩍 확장된 동공, 늘어진 눈꼬리. 남은 그런 은우로부터 조용한 도움의 손길을 느꼈고 섣불리 은우를 고갯짓으로 이끌었다. 그는 빠르게 은우의 뒤에서 빠져나와 정우를 향해 냅다 허리를 숙였다.

"안녕하세요. 저는 은우 누나의 사촌 동생입니다."

"죄송한데요. 저는 댁 같은 사촌 동생이 없거든요."

엎친 데 덮쳐버렸다. 두 남자의 얼굴에 거대한 물음표가 떠올랐고 그들은 일동 은우를 쳐다보았다. 마스크 안에서 입을 벙긋거리기만 하던 은우의 등에 식은땀이 흘렀다. 100년 뒤 미래에서 과거를 찾아와 길을 잃었다는 신원 불명의 남자를 며칠째 제집에 재우고 있다는 사실을 들키면 남정우는 국태영 이상으로 펄쩍 날뛸 터였다. 부모님에게까지 연락이 가는 건 순식간이겠지. 순발력을 놓친 은우였으나 그에게는 아직 완성도와 스토리텔링이 남아 있었다. 손을 덜덜 떨던 은우는 결국 로봇 같은 움직임으로 남의 팔뚝을 폭, 끌어안아야 했다.

"나, 남자 친구."

정우의 눈꼬리가 길게 찢어졌다. 사실 그는 아까부터 '남자 친구가 아니라면 가만두지 않겠다'라는 표정을 짓고 있었다. 남이 걸치고 있는 여벌의 패딩은 남정우 소유였고, 은우의 자취방을 종종 들락거리는 정우가 보기에 두 사람은 누가 봐도 하룻밤을 함께했다는 행색이었기 때문이다. 심지어 시간은 뭉근한 평일 오전, 장소는 집 근처 마트 안이 아닌가. 친동생의 사생활에 미간이 구겨진 정우는 딸아이의 작은 뒤통수를 움킨 채 품으로 가두듯 끌어안았다. 작게 옹알거리는 소리가 새어 나왔다. 마스크 덕에 떨떠름한 표정을 겨우 숨긴 정우가 대충 고개를 끄덕거렸다.

"남은우 오빠 되는 사람입니다. 사촌 동생은 누구 아이디어예요?"

"아직, 만나는 거 애들도 몰라서."

연거푸 남이 말실수를 할까, 앞서 나선 은우가 서툰 설명을 덧붙였다. 정우는 대학 시절부터 은우와 늘 붙어 다니는 세 사람을 떠올리며 아주 살짝 의심을 덜어냈다.

"……친구들한테 비밀 만들지 말아라. 가족이면 몰라도."

"알아서 해. 그것보다 너랑 하나가 마트까지 무슨 일이야? 도우미 아주머니는?"

아빠의 품에 박혀 있던 조그만 머리가 고집스레 일어선 건 그때였다. 아기는 우연히 마주친 고모를 반가워하면서 동시에 낯선 사람에게 호기심을 띠고 있었다. 잔뜩 뒤척인 몸이 기어이 정면을 향했다. 왜인지 은우가 아니라 자꾸만 남에게로 가려고 드는 딸아이 때문에 곤혹스러워진 정우는 얘가 왜 이래, 중얼거리며 헛기침했다. 사이에 낀 은우가 하나를 넘겨받아 고집대로 남과 가까이 놓아주었다. 꺄르르 넘어가는 웃음소리가 들렸고 그런 아기에게 시선을 빼앗긴 남도 요란스레 눈을 반짝였다.

"코로나 양성이시래. 그래서 이번 주 재택 신청했어. 하나 내가 봐야 할 것 같아서. 집에 먹을 건 없지, 하나는 밖에 나가고 싶다고 창문에 딱 붙어 있지……. 아빠가 딸을 이겨?"

"아빠랑 딸……. 그렇구나. 사람이 이렇게 조그마할 수 있어요?"

은우를 가교 삼은 하나는 이제 남에게 옮겨 가기 위해 그쪽으로 크게 팔을 뻗었다. 쫙 펼쳐진 다섯 개의 손가락이 하찮아서 웃음이 날 수밖에 없었다. 천천히 그 손바닥 사이 검지 하나를 집어넣은 남은, 하나가 제 손가락을 잡고자 주먹을 웅크리기 무섭게 전율했다. 하나는 아기치고도 유독 귀여웠다. 정우는 물론 은우의 자부심이었다.

"귀엽지. 우리 조카야."

"안녕하세요. 저는 류남입니다."

"하나."

쌍방으로 다소곳한 인사였으나 은우의 품에서 남에게로 완전히 기울어진 딸을 안절부절 지켜보던 정우는 결국 그들 사이로 들어가 딸아이를 낚아채 안아야 했다. 백신을 맞았다지만 여러모로 면역력이 약한 아기였기 때문이다. 남은 하나가 떨어뜨린 검지가 아쉽다는 듯 손을 웅크렸고 정우는 남에게 사과 섞인 눈인사를 건넸다. 거리를 벌린 정우는 하나의 마스크를 고쳐 씌우며 유독 바람이 찬 냉동육 코너를 등졌다.

"우리 애가 좋아하는 걸 보면 나쁜 사람은 아닌 것 같네. 남은우 잘 부탁드려요. 얘가 누굴 제대로 만나는 꼴을 본 적이 없어서."

"각설하고 다 샀으면 조속히 귀가하세요. 하나는 바람 충분히 쐰 것 같은데."

"안 그래도 그럴 생각이었다. 하나, 고모한테 인사해."

눈을 끔뻑이던 아기는 미숙한 발음으로 인사하더니 은우를 향해 잘잘 손바닥을 흔들었다. 은우와 남도 마주 흔들었다. 혈육을 만났는데 어디 가서 마주하고 밥 한 끼 먹기는 어렵다는 현실에 씁쓸해진 은우가 혀를 차며 둘을 사람들 사이로 돌려보냈다. 계산대를 향해 멀어지는 이들을 아련하게 쳐다보는 눈빛은 남도 마찬가지였다. 남은 꼭 아기를 처음 봤다는 듯 검지에 남아 있는 온기를 되새김질하다가 은우에게로 시선을 돌리면서 물었다.

"근데 남자 친구는 뭐예요?"

은우가 기침하며 유독 바람이 찬 냉동육 코너를 등졌다.

김희재의 말도 맞았다. 까놓고 요즘은 재밌는 일이 없었다. 이별과 실직, 그리고 통제의 세상에서 재미라곤 찾기가 힘들었다. 하지만 남은우는 본인이 고작 재미가 없다는 이유로 감정, 시간, 돈을 낭비한다고 생각하기는 싫었다. 심각한 얼굴로 핸드폰을 쥔 채 평소보다 두 배는 더 찍힌 카드값을 노려보던 은우는 이 현상을 유지할 수 없다는 차가운 현실과 부딪쳤다. 월세 사는 주제에, 직업도 없는 주제에 도를 넘은 오지랖이었다. 하루빨리 저 녀석을 집에 보내야 했다. 혹은 직업을 구하거나. 핸드폰 다이얼에 찍혀 있는 번호 112와 방금까지 붙잡고 있던 노트북 화면의 자기소개서를 번갈아 쳐다본 은우는 갈등에 휩싸였다. 거실에서는 남이 틀어놓은 드라마가 재생되는 소리가 들려왔다. 결국, 핸드폰과 노트북을 모두 닫아버린 은우는 침대에서 몸을 일으켰다.

"저기, 얘기 좀 할래?"

조심스럽게 문을 연 보람도 없이 남은 아무런 대꾸가 없었다. 드라마를 보다가 까무룩 잠이 든 모양인지 은우가 불러도 깨어나질 않았다. 잠시 머리를 긁적이던 은우는 리모컨을 쥐어 빔프로젝터의 전원을 껐다. 순식간에 조용해진 거실에는 어느덧 어둠이 짙게 내려앉아 있었다. 은우는 방문을 닫고 소파 앞까지 걸음을 옮겼다. 그러고는 자신도 모르게 최대한 소리를 죽여 바닥에 널브러진 담요를 주워 드는 일련의 행위를 끝으로 조금 몽롱한 기분에 잠겨 소파 앞에 앉아 무릎을 끌어안았다.

그런 인기척에도 남은 곤히 잠든 채였다. 현관과 마주본 꼴로 길게 놓인 소파에, 그보다 길게 자란 애가 구겨져 잠든 꼴은 은우의 눈에 새삼 불편해 보였다. 거실에는 창이 커다래 밤이 찾아와도 건너편 아파트의 불빛이라든가 달빛이 일렁일렁 파고들기 일쑤라 암막 커튼을 걸어둔 건데, 남은 그런 은우의 의도를 모르고 언제나 커튼을 걷은 채 잠들어 있었다. 덕분에 레몬색 빛을 맞은 남의 얼굴이 희었고, 빛났다. 고운 얼굴. 그런데 갑자기 구겨졌다.

"남아?"

새우잠을 자던 남의 흰 손등 위로 울긋불긋한 핏줄이 일어섰다. 동시다발적으로 소년은 심하게 몸을 떨었다. 앞머리 사이사이 식은땀이 고이는 건 순식간이었다. 길게 늘어져 있던 속눈썹마저 괴로움에 움츠러드는 순간 은우는 덜컥 겁이 나 웅크린 남의 어깨를 쥐고 흔들었다. 점차 세지는 악력으로 남을 흔들던 은우는 아직 저에게 낯선 외자 이름을 수차례 뱉어내며 그를 깨웠다. 그러자 남은 소파라는 물체와 같은 극을 가진 것처럼 벌떡 튕겨 오르며 상체를 일으켰다. 드러난 눈동자는 텅 비어 있었다. 아주…… 요란한 기상이었다.

"야……. 너 괜찮아? 악몽이라도 꿨어? 남아."

관자놀이를 타고 도르륵 떨어진 땀방울이 이불에 얼룩을 남기기 무섭게 남의 얼굴은 오한이 든 것처럼 파리해졌다. 급히 안부를 살피는 은우의 목소리에도 그저 입을 꾹 다물고 살살 고개를 저었다. 은우는 남의 옆자리를 차지하고 앉아 안고 있던 담요를 펼쳐 남의 어깨에 둘러주었다. 그러고는 손등을 들어 소년의 이마를 짚고 체온을 가늠했다. 크게 덥거나 차지는 않아, 은우는 절로 안도의 한숨을 터뜨렸다. 경찰서에 가도 증명할 신분이 없다며 우기는 이 낯선 손님이 혹여 병원에 가야 할 만큼 아프다면 은우가 해줄 수 있는 일 또한 없었다. 남은우는 류남의 보호자가 아니었다. 입술을 달싹이며 망설이던 은우는 둘뿐인 공간이지만 음량을 낮춘 목소리로 물었다.

"……진통제 필요하면 얘기해. 너 팔 말이야. 집에 멍 빠지는 약도 있어."

기다란 속눈썹을 내리깐 남은 후드 소매를 억지로 당겨 손등까지 덮었다. 그러다가 어떠한 고통이 되살아난 듯 어깨를 문질렀다. 그대로 하얗게 질린 남은 아무런 대꾸 없이 몸을 웅크렸다. 남이 둥지를 튼 소파는 남의 신장보다 짧았다. 아무리 둥지를 틀었다지만 가진 것 하나 없는 남이라 소년이 덜렁 입고 온 교복만이 소파 등받이 구석에 고이 개어져 있었다. 은우의 시선은 하얗게 뜬 남의 얼굴에서 잠시 그 교복으로 옮겨졌다. 제대로 된 보호자가 있기는 한 걸까. 몸의 상흔으로 미루어 보아 어쩌면 그 보호자로부터 도망쳐 왔을지도 모르겠다는 추측이 들었다. 어떤 응당한 마음 때문에 은우는 정말 아이를 다루듯 촉촉해진 남의 앞머리를 쓸어주었다. 무언가에 시달리던 몸은 저항 없이 은우의 따뜻한 품에 기울어졌다.

남은우는 깨달았다. 이건 낭비가 아니었다.

"도와줄게. 어서 집이든 학교든 가자."

토닥토닥. 천천히 이불 위를 보듬는 은우의 손길이 어느 정도 이어질 즈음이었다.

덥석, 남은 별안간 은우의 손목을 거칠게 잡아챘다. 두 사람은 거실 창밖에 드리워진 불빛 아래에서 시선을 맞추었다. 커다란 손아귀의 악력에 놀란 은우의 동공이 미세하게 작아졌다. 그것을 본 남은 순식간에 스르륵 자신의 힘을 풀었지만 찌푸린 인상만큼은 풀지 못했다. 핏발이 오른 남의 눈빛이 바람 앞의 불씨처럼 파들거렸다. 남은 다소 날카롭게 물었다.

"왜 손을 잡아요?"

"······뭐?"

"왜 안아줘요?"

"류남."

"왜 달래줘요? 왜 재워줘요? 왜 먹을 걸 주고 왜 나를 도와줘요? 왜 이렇게 해요? 이게 도대체 뭐예요?"

태엽이 엉킨 로봇 인형처럼 발악하던 남은 은우의 어깨에 쓰러졌다. 그날 은우는 처음으로 남을 침대에 재웠고 알맞게 펼쳐지는 기다란 다리를 바라본 뒤에야 착잡한 심정으로 거실에 나와 자문해야 했다.

그러게. 나는 왜 이렇게 할까? 이게 도대체 뭘까?

쟤는 도대체 누굴까?

이제 이 거실과 본인이 직접 고르고 고른 소파가 불편하게 느껴지는 사람은 남은우였다. 늘 자신에게 친절했던 '집'이 오로라처럼 변모하는 달빛의 무게를 이기지 못하고 기우뚱, 휘청이고 있었다.

점심상이 무거웠다. 은우가 백수 생활 한 달을 못 채우고 반년짜리 계약직을 따냈기 때문이다. 실시간으로 은우를 가장 먼저 축하한 남은 은우의 성과가 정확히 뭔지도 모르면서 마구 손뼉을 쳤다. 그게 무엇이든 은우에게 일이 생긴 건 좋은 소식이었다. 더군다나 은우의 업무는 국외 데이터 분석이었기 때문에, 남을 두고 어디론가 출근할 필요가 없었다. 거실 소파보다 편안한 은우의 침대에서 또 한숨 푹 자고 일어난 남은 휘둥그레 펼쳐진 배달 음식을 낱낱이 살펴보았다. 가히 유혹적인 냄새였다.

"인사해. 순서대로 햄버거, 콜라, 감자튀김."

나열된 음식을 소개하던 은우는 남의 안색을 살펴보았다. 지난밤, 질겁을 하며 온몸의 털을 세우던 경계심은 씻은 듯 사라져 있었다. 달빛이 가신 집 안 역시 멀쩡해졌다. 날이 밝은 이후 꼭 얘기조차 꺼내지 말라는 것처럼 멀쩡하게 구는 남의 행동에 은우는 입술만 달싹거리다가 그냥 남을 따라 식사하기 시작했다. 머뭇거리는 손길로 햄버거의 포장지를 먼저 벗겨본 남은 층층이 겹친 빵과 고기를 낱장으로 떼어내고 있었다. 그를 물끄러미 바라보던 은우는 손을 뻗어 그것들을 다시 겹쳐줄 수밖에 없었다. 당혹스러운 표정으로 커다란 눈동자를 도르륵 굴린 남은 은우의 시범대로 햄버거를 한꺼번에 깨물었다. 남의 입안에서 담백한 빵과 고소한 패티와 매콤한 소스들의 합주가 열렸다. 남의 동공이 일말의 망설임도 없이 커다래지는 순간, 은우는 말없이 입꼬리를 끌어 올렸다.

……만에 하나 얘가 브루스 윌리스면 어떡하냐고. 은우는 꼬질꼬질하고 남루한 차림으로 과거에 떨어진 영화 속 상처투성이 브루스 윌리스를 떠올렸다. 햄버거를 먹을 줄 모르는 브루스 윌리스. 아니, 류남.

"100년 뒤의 음식은 어때? 진짜 알약 하나만 먹어도 모든 영양소와 포만감이 충족되는 시대가 도래하나?"

"웃기다. 누나는 그런 알약이 있으면 사서 먹을 거예요?"

은우는 즉답했다.

"아니? 식도락이 얼마나 중요한데."

"식도락? 도시락?"

"먹는 즐거움."

즐거움? 습관처럼 연거푸 세 번 중얼거린 남은 이해가 간다는 듯 고개를 주억거리며 햄버거를 크게 베어 문 입 안에 은우가 직접 넣어준 감자튀김 역시 욱여넣고는 상체를 하늘거렸다. 즐거움. 그렇게 적혀 있는 얼굴이었다. 어딘가 필사적이기까지 한 긍정의 표시 때문에 은우는 남이 겪은 악몽에 대한 궁금증을 숨기기로 다짐했다. 적어도 식사할 때는 껄끄러운 얘기를 꺼내지 않는 편이 서로의 소화 작용에 좋았다.

"100년 뒤의 음식이라....... 그냥 잘 먹고 잘살아요."

"너무 두루뭉술해. 지금이야 코로나 때문에 가게들이 문을 닫아 그렇지. 원래 사업은 요식업이랬다고. 기억을 되짚어봐. 앞으로 5년 안에 세계 시장을 간파할, 아니지. 간파했던 아이템 같은 거. 내가 널 거둬 키우는데 은혜는 갚고 가자."

"누나 사업하려고요? 그냥 주어진 환경에 최선을 다하세요. 여기 평화롭지 않아요?"

"미래 소년의 눈에는 안 보이나, 이 재난 상황. 꼬박 26년 살면서 이렇게 전쟁 같은 시기는 처음인데. 봐라.

이 집 밖으로는 한 발짝도 못 나가는 나."

"어제 저랑 마트 다녀오셨잖아요."

"비유지, 비유. 무직 생활에 대한."

"이제 취직하셨잖아요."

"관두자, 관둬."

지금이야 행동 지침에 어느 정도 익숙해졌다지만 첫해를 생각하면 여전히 끔찍한 은우였다. 마스크 물량 부족 때문에 주민등록번호상 생일 연도에 맞추어 약국에 방문해야 했으며, 그마저도 구매 개수가 제한되니 오염된 마스크를 재사용하는 사람이 많았다. 한 지역 자체가 위험군으로 분류되어 격리되다시피 담 쌓였었고, 대놓고 외국인을 배척하거나 서로 닿길 꺼리는 그 불신은 현재진행형이다. 챙겨 맞아야 하는 백신은 쌓여가는데 동네마다 설치된 간이 검사소의 의료진들은 마치 원자력 연구소에서 근무할 것만 같은 복장을 하고 둔해지는 걸음걸이를 이겨내며 분주하게 사람들의 코를 찌른다. 혼란한 정국을 타 이런저런 사상론자들이 세계적인 가짜 뉴스를 퍼다 나르는 마당에 국경이 죄 막혀 비행기를 탈 수조차 없다. 더는 사람들을 비행기에 태울 수 없게 된 은우는 직장을 잃었다. 어렸을 때를 생각하면, 정말이지 상상도 못 할 광경이었다. 이토록 맛있는 햄버거를 씹고 있으면서도 순식간에 공허해진 은우의 한숨 때문에 주섬주섬 눈치를 챙긴 남은 그제야 머리를 굴리는 척 턱을 어루만졌다. "보자……." 꼭 배추 도사 무 도사, 그런 걸 흉내 내는 표정이었다.

"2021년이면, 대한민국은 아직 휴전 상태군요."

"……그러게. 바이러스에 허덕거리느라 북쪽은 잊고 있었다. 야, 나도 아는 얘기는 됐고. 한국전쟁이 끝나기는 해? 만약 100년 안에 끝을 본다면 넌 역사 시간에 달달 외워서 시험 쳤을 거 아니야."

"그걸 안다고 누나 삶이 달라져요? 누나 군수물자 파실 거 아니잖아요."

맞는 말이었다. 전쟁 재발이나 종전 날짜는 6개월 계약직 재택근무 노동자 남은우의 로또 번호와는 거리가 멀었다. 심지어 남이 그걸 가르쳐준대도 믿을 수 있는 정보는 아니었다. 설령 무슨 정보를 얻어냈다 한들, 신원 불명의 21세 남성 말만 덥석 믿고 예금, 적금 모두를 배팅할 만큼 은우는 무모하지 않았다(물론 그럴 돈도 없거니와). 근미래 예측 사업 아이템으로 일확천금을 노리려던 은우는 10분 만에 상상의 나래를 햄버거 포장지에 싸 꼬깃꼬깃 접어버렸다. 브루스 윌리스든, 브루스 윌리스의 손자든, 국태영의 말마따나 햄버거값이나 하면 망정이었다. 비장한 눈빛으로 블루라이트 차단 안경을 찾아 쓴 은우는 식탁 중앙에 노트북을 가져와 남의 앞으로 모니터를 돌렸다.

"학생. 영어는 잘해?"

"요즘 누가 영어를 써요, 다 번역기 돌리지. 설마 여기 번역기도 없어요?"

없긴. 파파고가 있다. 구글도. 하지만 그것들은 아직 사람만 못하다. 이 논문들을 번역기에 넣고 돌렸다가는 하위 호환된 이도 저도 아닌 한글이 은우를 더 번거롭게 만들 것이다. 결론적으로 남은 오늘도 밥값을 못 하려나 보다. 친구들이 흡연할 때처럼 짙은 날숨을 뿌린 은우가 지끈거리는 관자놀이를 문지르며 다시 모니터를 가져올 때였다. 남의 커다란 손바닥이 노트북을 가로막았다.

"영어는 교양이죠. 아무래도 언어라는 문화적인 맥락에서, 제가 공부를 좀 했습니다. 교, 교과목에 있어요."

"공부는 못하는 편이라며."

"어…… . 뇌 용량이 누나보다 큽니다."

듣기 좋은 매력 어필은 아니었다. 남은 슬슬 공짜로는 이 집에 뭉갤 수 없다는 걸 깨달았는지 긴장이 역력한 얼굴로 허리를 곧추세우고 있었다. 뒤이어 남이 불끈 쥔 두 주먹을 무릎에 가지런히 붙였다. 은우는 마치 인사과의 매니저가 된 기분이 들었다. 엉성해 보이는 것투성이지만, 저 녀석, 주민등록번호가 없어 근로계약서도 작성할 필요 없는 마당에 일단 한번 두고 본다고 은우가 손해 볼

건 없었다. 안경 너머 겨우 의심의 눈초리를 거둔 은우는 거의 동영상 시청 용도였던 태블릿 PC를 가져와 제게 할당된 논문의 절반을 그 기기에 나누었다. 남은 긴장이 역력한 표정을 짓고서도 영어를 곧잘 읽었다. 불행 중 다행이었다.

그것들은 대개 미래 예측 시나리오였다. 과거의 학자들로부터 예견된 질병과 관련된 방대한 논문들은 이 시국에 갇히고 나서야 부랴부랴 재조명되는 중이었다. 공기업이 꾸린 '미래예측데이터전략팀'의 임시직 팀원이 된 은우는 번역되지 않은 논문에서 데이터를 뽑아내 정리하는 역할을 맡았다. 은우와 비슷한 업무를 배정받은 이들은 네다섯 명이었다. 팀원들은 대부분 이공계열 대학교를 막 졸업한 사회 초년생이었고, 팀장은 이름만 들어도 알아주는 대학의 이공계열 교수였다. 막상 합격 연락을 받고도 어리둥절했던 구 심리학도 및 구 여행사 직원 은우였으나, 여행사에서의 영어 실무 경험과 토익 만점이라는 무기 때문인지 첫 직무 보고가 끝나자마자 팀의 에이스가 되어 있었다.

"아니, 종수 님. 지금 오역 검토를 하나도 안 하신……. 혹시 번역기 돌리셨어요?"

—아닌데요.

대체로 직장 근무 경험이 없는 이들은 스스로 단기 직

장을 구했다는 성취감에 빠져 직무를 유기하고 있었다. 아무리 사업 초반이라지만 그를 고려해 분배된 고작 몇 페이지짜리 논문들은 엉성한 문장 짜깁기의 연속이었다.

—괜찮으시면 은우 님이 더블 체크해주시면 안 될까요? 저희 다 실무 경험이 없어서요.

"한국어로 졸업 논문 쓴 문과 출신한테 그게 무슨 소리세요. 다들 영어로 된 논문 읽고 수업 들으신 거 아니었어요?

—……영어를 이해하는 거랑 번역하는 건 다른 문제죠.

발끈한 '종수 님'이 두꺼운 안경을 고쳐 올리며 반박했다. 여행사의 말단일 때도 업무 덤터기를 쓰기 일쑤였는데 이 어설픈 조직의 뒷바라지라면 더더욱 사양하고 싶었다. 은우는 그저 내일부터는 우리가 교수님께 조금 더 제대로 된 데이터를 추출해드릴 수 있길 바란다는 소망을 끝으로 피드백을 마쳤다. 하지만 마이크를 켠 은우의 볼륨 바가 오르내릴 때마다 팀원들은 카메라의 시선을 피했다. 텅텅 비어 있는 그들의 의지가 은우의 모니터 너머까지 적나라하게 느껴졌다. 얘들은 6개월 동안 월 150 받아먹고 수료증을 떼어 가면 그만인 모양이었다. 어차피 6개월짜리 밥통이라 이거냐. 은우는 대학 시절을 끝으로 다시는 반복되지 않으리라 믿었던 지옥의 조별 과제에 갇힌 기분이었다. 심지어 이 경우는 학점이 떨어지는 것도 아니라 더 심각했다. 상황이 이러하니, 뻑뻑해진 눈두덩을 문지르던 은우는 일이 손에 익을수록 이 사업의 본질을 의심할 수밖에 없었다.

'과거부터 쌓인 전 지구적 재난, 재해 데이터를 AI에게 학습시키고 대한민국이라는 지역적 특수성을 적용해 미래의 재난 상황을 예측 및 분석합니다.'

이에 따른 전략을 세울 수 있게끔 그 기반을 닦는 일은 문자만 놓고 보면 아주 중요한 보직이었다. 그러나 남은우와 류남만이 열과 성을 다해 번역한 데이터들을 박박 긁어모은 교수가 막상 그걸 어디에 집어넣는지는 알 수 없었고, 어째서인지 반드시 할당량을 채워야 하는 '회의'라는 업무에서 팀원들은 쉽게 잡담으로 빠졌다. 심지어 교수가 차지하고 있어야 할 팀장 칸은 대부분 비어 있었다. 6분할 된 구글 워크스페이스 화면 속 한 칸을 차지한 은우는 깔끔한 카디건을 차려입은 채였다. 물론 바지는 파자마였다. 아마 모두가 그럴 것이다.

―OECD 국가별 출산율 예측에서 현재부터 향후 50년까지 내내 압도적 꼴찌라네요, 우리 대한민국이.

―이미 다 아는 얘기 아니에요? 2050년 인구절벽, 초고령화 사회를 견디지 못한 젊은 세대의 탈주 이민. 향후 20년 안에 사라지는 지방 부동산 리스트……. AI 프로그램에 데이터 집어넣고 돌리면 대한민국은 멸망 시나리오

밖에 안 나올걸요.

　—대한민국만 멸망인가. 북극도 녹고, 남극도 녹고. 핵 터지면 다 녹고.

　—예측해봐야 암울하기만 한데 이런 걸 왜 시키나 모르겠어요. ……교수님 안 계시죠?

　—전 오늘 저녁 메뉴 예측이 제일 중요합니다. 떡볶이를 시킬지, 마라탕을 시킬지.

　—그건 두 쪽 다 희망적인데……. 어, 세희 님. 무릎에 그 고양이는 키우시는 거예요? 진짜 귀엽다. 조금 더 가까이 보여주시면 안 돼요?

　어디서부터 바로잡아야 좋을지 모를 회의 속에서 혼자서만 아무 말이 없던 은우도 고양이는 못 참고 잠시 '세희 님'의 화면에 집중했다. 치즈색 코리안 쇼트헤어 한 마리가 렌즈에 대고 킁킁 냄새를 맡으며 분홍빛 코를 자랑하자 여기저기서 환호성이 터졌다. 그때 수줍어하던 '세희 님'이 우물쭈물 은우를 향해 물었다. '세희 님'은 본인 고양이를 자랑하느라 수줍은 게 아닌 듯했다.

　—은우 님, 어깨에 그 남성분은 키우시는…… 아니, 가족이세요?

　"예?"

　화들짝 놀란 은우는 반사적으로 제 뒤를 돌아보았다. 마찬가지로 고양이를 구경하겠답시고 기웃거리던 남의 얼굴이 은우의 어깨에 붙어 있었다. 은우는 황급히 남을 프레임 바깥으로 밀어냈다. 팀원들에게 남과의 관계를 정의하지 못하고 하하 웃음으로 무마한 은우는 때마침 퇴근을 가리키는 시계를 소리 내어 읽었다.

"그럼 다들 저녁 맛있게 드시고, 내일 뵐게요."

허겁지겁 화상 채팅방을 빠져나온 은우는 제 눈앞에서 천진한 미소를 띤 2121년 출신 류남을 바라보며 그의 티셔츠 끝을 꽉 움켜쥐었다.

"안 그래도 엉망진창인데 너까지 왜 나를……."

"누나, 저희는 떡볶이 먹을까요?"

스트레스에는 매운 떡볶이다, 스쳐 내뱉은 은우의 말을 기억하는 모양이었다. 그런 남의 능청에 무어라 잔소리를 더 얹으려던 은우는 그냥 푸시시 진이 빠져 의자에 늘어졌고 남은 꽁꽁 뭉친 은우의 어깨를 열심히 주물렀다. 여전히 미소가 함께였다. 도무지 침을 뱉을 수 없는, 지구가 멸망해도 웃을 상이었다.

은우는 혹시 제 번역을 도와주실 수 있느냐는 한 팀원의 개인적인 메시지를 무시하긴 했으나 떨떠름한 기분을 느꼈다. 은우 역시 남이라는 무급 사원을 고용 중이기 때문이었다. 은우는 한숨을 내쉬며 상황을 외면하듯 노트북을 덮었다. 두 사람이 먹기에도 어마어마한 양의 배달 떡볶이를 식탁에 풀어놓은 남은 어렵지 않게 은우의 근심을 읽었다.

"새 직장이 마음에 안 들어요?"

"그렇다기보다, 기대가 무너지는 순간이 버겁달까."

"새 직장을 기대하고 있었어요?"

은우는 어깨를 으쓱였다. 성인이 되었다지만 아직 고등학생이라는 남의 환상을 깨뜨리고 싶지는 않았다. 그러나 남은 은우 앞에 젓가락을 내밀면서도 온 얼굴로 물음표를 그린 채였다. 누구든 대답하지 않곤 못 배길 표정이었다. 은우는 꼭 심리 테라피를 받는 기분이 들었다.

"……너, 고등학교 3학년이라고 했지?"

"네."

"나는 고등학교 3학년 때, 내가 사회인이 되면 뭔가 더 중요한 일을 하고 있을 거라는 생각을 했거든."

"미래예측데이터전략은 중요해요, 누나."

그런 의미가 아니었다. 은우는 고작 며칠 동안의 회의에서 느꼈던, 설명하기 복잡한 이 상황을 학생의 눈높이에서 설명하기 위해 한참이나 말을 골랐다.

"……지금이 아니더라도 인간은 늘 미래를 예측하고 데이터를 분석해왔어. 이건 그냥…… 당장 빠듯해진 상황을 수습하겠답시고 정부가 예산을 푸는 거야. 이 사업으로 구실을 만들어서 실직자들을 잠시나마 도와주는 거지. 아무 일도 시키지 않고 돈을 줄 순 없잖아."

"그러니까, 누나가 하는 일이 요식행위라는 거예요?"

은우는 남이 정리 및 요약에 소질이 뛰어나다고 생각했다. 논문 분석만 해도 그랬다. 영어에 능통한 남은 은우에게 큰 도움이 되고 있었다. 아마 100년 뒤의 미래로 돌아간다면 현장학습 보고서 하나는 끝내주게 작성할 녀석이었다. 떡볶이를 하나 집어 먹은 뒤 중의적 의미로 엄지를 치켜세운 은우가 기다란 한숨을 내쉬었다. 아마 남과 은우 자신에게 대접할 수 있는 배달 음식의 빈도는 점점 줄어들 것이다. 이 요식행위의 기간은 고작 6개월. 은우는 파자마 바지 끈을 조임과 동시에 다음 직장을 준비해야 했다. 식탁에는 쫀득쫀득한 떡의 식감이 그대로 느껴지는 ASMR만이 감돌았다. 두 사람치라 외롭게 들리지는 않았다. 남은 은우가 무어라 입을 열기 전까지 가만히 귀를 기울인 채였다.

정리 및 요약하자면, 남은우는 '좀' 힘들었다. 그런데 내색할 수 없을 만큼 평범한 수준으로 힘들었다. 감염병 때문에 일자리를 잃은 사람은 은우뿐만이 아니었다. 더 척박한 상황에 몰린 사람도 많았다. 치나츠만 해도 몇 년을 공들인 한국 생활을 청산하지 않는가. 치나츠의 고모가 포함된 전 지구적 사망자 통계는 하루가 다르게 불어나고 있었다. 다행히 은우에게 코로나는 감기 수준으로 머무르다 사라졌다. 그래, 그건 일주일 정도 고통스러운 독감이었다. 씩씩하게 떨치고 나서는 안락한 투룸 자취방에 앉아 매운맛 강도를 조절할 수 있는 떡볶이를 시켜 먹는 주제에 이 '고된' 마음을 내색할 수 있을까? 감히? 남들은 은우보다 더 힘들다. 바꾸어 말하면, 바이러스가 직격탄으로 노린 실제적인 '고통'은 남의 일이었다. 은우는 그저 이 통증에 실직자라는 이유로 다리 하나만을 걸친 채 저보다 더 힘든 사람들의 이야기를 건너 듣거나 전달할 수 있을 만큼, 여유롭게 힘들었다.

결국, 은우는 선뜻 입을 열지 못했다. 남도 재촉하지 않았다. 정적이 어색해 입을 열려고 하면 은우보다는 이 집에서의 식객인 남이 여는 편이 맞았다. 그러나 저녁 식사를 끝낸 남은 조용히 뒷정리를 이어갔고 은우가 기꺼이 내어준 제 몫의 분홍색 칫솔을 빼 들어 3분짜리 양치질을 진행할 뿐이었다. 그 3분이 얼마라고 밤하늘은 더욱 무겁게 까매졌다.

또 한 번의 밤. 은우와 남이 걸어나가야 할 밤이었다.

근무를 마친 은우는 평소와 달리 바로 방에 들어가지 않았다. 그렇다고 소파에 앉아 넷플릭스를 켜두지도 않았다. 양치질을 마친 뒤 욕실을 나선 남은 흰 벽을 노려보고 있는 은우의 딱딱해진 분위기가 '미래예측데이터전략' 때문만은 아니라고 생각했다.

"……양치했는데……."

"우리 류 사원 덕분에, 오늘은 시간이 좀 남으니까."

남의 예상이 적중했다. 은우는 차를 끓이고 있었다. 그리고 안절부절 서 있는 남을 올려다보았다. 외부 조명을 받은 거실 속 그림자들이 서서히 기울어지기 시작했다. 남은 쭈뼛거리기만 했다. 경찰서에서 처음 만난 모습 그대로였다. 그런데 며칠이 지나고도 잊을 수 없는 그날 밤의 류남은 달랐다. 은우는 짧지만 분명하게 남아 있는 남의 악력을 상기하듯 손목을 어루만졌다. 남을 돌봐주는 하루가 서너 번 반복되었다고 해서 은우가 저 소년에 대해 켕겨왔던 부분을 덮어버렸다는 의미는 아니었다. 시간을 충분히 두었으니 은우는 그 돌발 상황을 이해해야 했다. 이해하지 않고 흘려보냈다가는 후회할지 몰랐다. 은우는 본인의 호의를 잊을지언정 후회하고 싶지는 않았다. ……어쩌면 저 소년을 경찰서에 돌려보내야 했으리란 후회를.

"저 카메라 보이지? 너한테는 미안하지만 내 안전을 위해 설치한 거야. 널 못 믿는다고 생각해도 어쩔 수 없어. 실제로 아직 남이 널 못 믿겠거든."

잠시 렌즈와 눈을 맞춘 뒤 이해한다는 듯 고개를 끄덕인 남은 그동안 은우가 베풀어준 인정에 비하자면 저런 카메라 정도는 아무것도 아니라고 생각했다. 그래서 입술이 더 무거워졌다. 은우는 남을 향해 적당히 남겨놓은 소파의 옆자리를 턱짓했으나 남은 선뜻 앉지 못했다. 아니, 선뜻 앉는다면 더 문제일까? 두 사람은 이상한 대치 중이었다. 격 없이 식탁에 앉아 밥을 먹고 업무를 끝낸 뒤 손뼉 치며 기뻐했을 땐 언제고 밤마다 생기는 서로의 물리적 거리가 어색했다. 사실 은우는 남이 발작을 하며 제 손목을 쥐어 옮긴 후로, 은연중 이 소파에 앉지 않았다. 은우의 자리는 식탁 의자이거나 작게 딸린 제 방이었다. 다행히, 그러니까 순전히 남은우의 기준에서 당연히, 아무 일도 일어나지 않았지만 우습게도 이제 와 남은우는 제 조심성을 꼬집었던 국태영의 욕설이 들려오는 듯한 기분이 들었다.

"야, 이 개새끼야! 문 열어!"

"언니! 남은우! 셋 셀 동안 대답 없으면 나 경찰 부른다! 하나, 둘……."

기분 탓이 아니었다. 카랑카랑한 목소리가 '셋'을 외치기 직전, 은우는 헐레벌떡 뛰어가 현관문을 열었다. 국태영과 김희재 두 사람이 현관문에 온몸을 기대고 있었는지 은우 혼자 밀어내기 버거울 지경이었다. 기다렸다는 듯 벌어진 틈새를 비집고 들어온 태영과 희재의 손에는 각각 야구방망이와 죽도가 들려 있었다. 얼떨떨한 표정으로 그들을 맞이한 은우의 모습이 예상외의 그림인지라, 쥐고 있던 야구방망이를 옆구리에 끼운 태영이 허겁지겁 은우의 뺨을 감싸 윽박질러댔다. 태영은 마스크를 쓰고 있어 비말이 튀지는 않아 다행일 지경으로 흥분한 상태였다.

"너 전화를 왜 안 받아! 우리가 얼마나 걱정했는지 알아? 무슨 일 있어? 저 새끼가 무슨 짓 한 거냐고!"

"……전화? 전화했어?"

"카톡을 읽고도 답장을 안 하니까 김희재랑 내가 몇 번이나 전화했단 말이야!"

은우는 반사적으로 식탁 의자에 놓인 노트북을 쳐다보았다. PC 카톡이 로그인된 그대로 단톡방의 메시지를 읽고 있는 모양이었다. 노트북에 의존하고 있어 뒷전이었던 핸드폰이라면 충전기를 꽂은 채 베개 아래 쑤셔 박혀 있을 것이다. 방문을 닫으면 벨소리는 잘 들리지 않았다. 부재중 통화가 몇 번 찍혔다고 다짜고짜 무장한 채 절 찾으러 달려온 친구들을 어리둥절 쳐다보던 은우는 자신이 무사하다는 손짓으로 류남을 가리켰다.

"진정해. 우리 아무 일도 없으니까."

그러나 김희재는 이미 눈이 돌아 있었다.

"우리? 우리이? 그래, 너 잘 만났다. 사람이 염치라는 게 있으면 보름 가까이 남의 집에서 이럴 순 없지. 우리 언니가 만만해? 뭐 어디 미래에서 왔다는 둥 브루스 윌리엄이라는 둥 별 미친 소리까지 다 들어주니까 은우 언니가 만만하냐고!"

슬리퍼를 탈탈 털어 벗은 희재는 은우의 몸 이곳저곳을 숨 가쁘게 살피고 있는 태영을 제치며 거실에 등판하더니 대뜸 죽도부터 남의 턱끝에 들이밀었다. 상의, 하의 전부 검은색 아디다스 운동복 차림인 희재의 움직임은 누구에게도 위협적이었다. 마른침을 꼴딱 삼키고서 뒷걸음질 치더니 소파에 풀썩 주저앉아버린 남의 눈꼬리가 시골 강아지처럼 깨갱, 무너졌다. 때마침 찻물을 다 끓인 주전자의 수증기까지 삐익, 폭발했다. 이 상황을 정리할 수 있는 사람은 집주인뿐이었다.

"……김희재. 국태영. 둘 다 손 씻고 와, 손."

더는 이웃에게 민폐를 끼칠 수 없었다. 현관문을 굳게 닫은 은우가 검지로 입술을 퍽퍽 두드리며 희재와 태영을 화장실에 몰아넣었다. 그렇지 않아도 좁아터진 은우의 자취방이 이번에도 정부의 방침을 준수할 수 있는 인원으로 복작거렸다.

"원래 밴드 동아리는 무조건 영입 아니면 창설이야. 무슨 악기 배우고 싶어서 가입하는 게 아니라 본인이 록 스타 돼야 하니까. 보통 밴드에 같은 포지션으로 두 사람은 안 받잖아. 그러니까 지금처럼 부득이하게 보컬 자리가 빈다? 싶으면 동방 복도에다 홍보 전단 붙여서 '우와시스 보컬 구함', 이런 거 적기는 하는데 사실 진짜 유명한 밴드면 누구 자리 빼는 낌새 기막히게 맡고 와서 '혹시 보컬 안 필요하세요?' 그러지."

"우와……. 혹시 보컬 안 필요하세요?"

웃음기 하나 없는 류남의 표정이 퍽 맘에 들었다는 듯 호탕하게 고개를 젖힌 김희재가 이로써 다섯 번째 남에게 맥주를 따라주려다 아차차 거두어들이길 반복했다. 그때마다 류남은 쩝, 입맛을 다셨다. 사실은 뭐든 마셔도 되는 몸이지만, 남의 음주를 극구 반대하는 사람이 은우이니 잘 참는 중이었다.

─거기 소년, 노래 잘하나?

'우와시스'의 보컬, 나나세 치나츠는 가엽게도 화면 안에 갇혀 있었다. 은우가 1시간 가까이 읽고 씹기만을 반복했던 그 그룹 채팅에 속해 있는 치나츠 역시 수차례 은우의 핸드폰을 울렸었다. 은우는 치나츠가 더 걱정하지 않도록 화상 채팅을 연결한 노트북을 모두가 볼 수 있게끔 소파의 맞은편 중앙에 거치했다. 이제 공항 근처 호텔에서의 자가 격리까지 끝나 드디어 나고 자란 요코하마의 집으로 돌아간 치나츠는 고타쓰를 펴고 앉아 자작하

더니 맥주잔을 쥔 손가락 중 검지를 뻗어 콕, 남을 가리
켰다. 모두가 눈높이를 맞추기 위해 소파 아래 바닥으로
다닥다닥 내려와 둘러앉은 거실에서 혼자서만 우뚝 솟아
있던 남의 얼굴이 해사해졌다.

"시작할까요?"

—빼지 않는 자세는 좋다. 근데 우리가 모르는 노래를
하면 실력 평가가 어렵지. 100년 뒤 케이팝이 어떤 수준
일 줄 알고.

"그러면 제가 대략 200년 전의 노래를 하겠습니다."

남의 오디션을 흥미롭게 구경하던 은우와 희재가 눈동
자를 빛내자 자세를 고쳐 앉은 남이 목소리를 내리깔았다.

"애국가."

"대박, 그때도 애국가가 애국가야? 계속?"

"뭔 소리야, 희재야. 그럼 애국가가 어디 가?"

"나라가 망했다든지."

곰곰이 생각하던 은우는 오늘 오후의 회의를 떠올렸
다. 확실히 대한민국은 망하는 쪽의 시나리오가 그럴듯
했다. 항상 희재를 향해서는 분명히 반박하지 못하는 은
우가 맥주 캔을 새로 까려는 순간, 은우와 가장 멀리 앉
아 있던 태영이 마시던 캔을 그에게 넘겨 주었다. 태영은
이제 음주를 멈출 생각이었다. 출근도 출근이지만 끝까
지 제정신인 놈이 한 명은 있어야지 싶은 마음이었다. 근

무지가 은행인 국태영의 옷차림은 늘 그렇듯 단정했고, 퇴근하자마자 점장님의 기아 타이거즈 야구 배트를 빌려 은우의 자취방으로 뛰어온 탓에 조금 흐트러진 것이 전부였다. 친구들의 헛소리가 연달아 아웃을 치고 있어 한숨만을 푹푹 내쉬던 태영은 그제야 셔츠의 첫 단추를 풀었다.

"얘들아, 좀. 보이스 피싱이 이렇게 시작한다고. 일단 아는 얘기로 현혹을 하잖아. 느이들 어머님 성함이 각각 희자, 용금, 아키코라는 걸 사기꾼들은 이미 다 알아, 우리가 모르는 얘기는 절대 안 한다니까? 봐봐. 야, 학생. 2121년 대통령 이름이 뭐야."

애국가를 부를 듯 말 듯 입술을 달싹이던 남이 '사기꾼'이라는 호칭 때문인지 흥을 누르며 태영을 향해 시무룩하게 대답했다.

"제가 그 성함을 말하면 누나께서 아실는지요……."

……취했나. 방금은 안타였다. 볼을 한 번에 잡지 못해 꽤 타격을 입은 태영이 도로록 눈동자를 굴리며 과자를 집어 먹기 시작했다. 이제 여기서는 남을 안 믿는 사람만 바보였다. 국태영은 바보이자, 류남이 무슨 소리만 꺼냈다 하면 매도하는 냉혈한이 되어 있었다.

"남이 네가 이해해. 저 언닌 대학 때도 저렇게 낭만이 없었어. 경제학과랍시고 회계에 숫자 놀이에 뭐든 딱딱 떨어지는 것만 좋아했거든. 뭐랄까, 본인이 증명하지 못하는 건 아예 없는 셈 쳐버리는."

아디다스 저지를 끝까지 잠가 시뻘게진 목덜미를 숨긴 희재가 소파에 뒤통수를 기대 똑단발을 흩트리며 킬킬거렸다. 슬슬 몸을 못 가누는 희재의 중심에는 꼬챙이처럼 죽도가 꽂혀 있었고 원래 미백색이었으리라 추정되는 죽도의 손잡이는 푸르스름하니 더러웠다. 남의 턱끝에서 그 죽도를 거두어들인 순간부터 희재에게 남은 유희의 대상이 되어 있었다. 남에게는 어떠한 공격력도 느껴지지 않았기 때문이었다. 그건 희재만이 읽을 수 있는 육체적 분위기의 흐름이었다.

"그렇지만, 정말 낭만이 없었다면 밴드부 같은 건 하지 않았을 거예요."

지금만 보아도 남은 자신을 외면하는 태영을 등지지 않았다. 순식간에 국태영을 민망하게 만들다 못해 공격력마저 떨어뜨린 류남이었다. 류남은 그저 뛰어난 수비수였다.

"자, 그럼 지금부터 낭만 치사량인 '우와시스' 밴드의 보컬 오디션이 있겠습니다. 뭐든 좋으니까 불러봐."

손뼉을 쳐 집중을 가져온 사람은 희재였다. 모두의 시선이 남에게 꽂혀도 그는 큰 수줍음을 타지 않고 잠시 선곡을 고민하는 듯 보였다. 사실 그가 부를 수 있는 노래라곤 많지 않았다. 입술을 말아 물며 목울대를 가다듬은 남은 곧이어 노래를 시작했다.

가사가 영어인 노래였다. 은우와 친구들은 처음 듣는 노래였으나 시작함과 동시에 낮게 가라앉는 남의 목소리가 매력적이라고 생각했다. 음의 흐름 또한 마찬가지였다. "Still sky is blue……" 하늘은 이렇게 푸르른데, 내 마음은 왜 이토록 붉은지를 처연하게 묻는 노래였다. 노래하는 남에게 시선을 빼앗긴 은우는 그의 눈동자가 회색으로 짙어지는 듯한 순간을 보았다. 동시에 남의 입술 바깥으로 흐르는 가사들이 구슬프게 다가왔다. 마치 가슴 깊은 곳부터 흘러나오는 호소력 같아서, 은우는 문득 길을 잃은 남이 보는 하늘의 색이 궁금해졌다. 빤히 바라보면, 세상에 남과 단둘만 남은 기분이 들 것 같았다. 끝없는 바닷속에 가라앉아…… 별 하나 없는 하늘만을 바라본 채 부유하는 기분.

노래가 몇 소절 끝난 뒤에도 이어지는 여운을 아무도 망치지 않았다. 충분한 시간을 둔 뒤 치나츠는 어쩐지 뿌듯하다는 표정을 짓더니 기꺼이 박수를 보냈다. 요코하마에서부터 시작된 박수는 랜선을 타고 서울시 성북구까지 길게 번졌다. 밴드 전원의 합격 사인이었다. 정적은 그렇게 끊어졌다.

─너, 마음에 든다. 밴드에서 보컬만 남자인 것도 메리

트가 있어. 이봐. 보컬은 밴드의 얼굴이다. 일본어로 가오. 잘 가꿔야 해. 내가 돌아갈 때까지 부탁하지.

록밴드 보컬의 스테레오 타입인 탈색모를 어찌나 부드럽게 가꾸었는지, 찰랑거리는 앞머리를 고갯짓으로 쓸어넘긴 치나츠가 화면에 맥주 캔의 엉덩이를 살짝 부딪쳤다. 남은 물잔을 들어 응대했다.

"감사합니다."

"……꽤 하네. 감사는 무슨. 누가 들으면 우리가 어디 유랑단이라도 되는 줄 알겠다."

"왜. 우리도 나름 교외 무대에 선 적 있었는데."

자조적으로 코웃음 치는 태영의 말을 끊은 사람은 은우였다. 남을 제외한 네 사람은 동시에 고개를 뒤로 넘겨 웃음을 터뜨렸다. 그저 의문으로 가득 찬 남 앞에, 희재가 신이 나 이제는 웃으며 말할 수 있는 '우와시스'의 흑역사를 파헤쳤다.

"우리가 2018년 겨울에 크리스마스 자선 공연을 한 적이 있었거든? 대학로 마로니에 공원에서. 오합지졸 밴드인 마당에 자선할 돈이 퍽도 모이겠다, 아니다, 우리도 할 수 있다. 태영 언니랑 은우 언니랑 박 터지게 싸우면서도 어쨌든 지원한 공연이니까 꾸역꾸역 올라갔어. 그 무대에서 우리가 '오아시스' 노래를 합주하는데, 호응은 무슨……. 그날부로 밴드 활동은 쫄딱 망했고 우리는 이름만 남았답니다."

—선곡이 문제였다. 역시 한국 노래를 골랐어야 했어.
난 영어보다 한국어 발음이 나았는데 그놈의 밴드 이름
이 뭐라고 은우가 강경했지.

보컬인 치나츠가 거들었다.

"하여간 생각 없이 일 벌이는 건 쟤가 상습범이야. 그
전까지는 운이 좋아 동아리방이라도 하나 겨우 건사했었
는데 그때 밑천 다 드러나서 쫓겨난 거 생각하면…… 아
직도 끔찍하다, 난."

은우 역시 유구한 태영의 면박에 반발하지 않고 아쉬
워하기는 마찬가지였다. 맥주를 한 모금 깊이 삼킨 은우
는 미미한 술기운과 함께 그날을 회고하는 모양이었다.

"그때 자선 행사에서 돈 많이 모았으면 아름이 수술도
도와줄 수 있었을 텐데. 지역 신문에서 취재까지 나왔단
말이야."

불치병을 앓고 있던 아름이를 위한 공연이었다. 공연
이란 말이 무색하게 제대로 연주한 부분이 없어 네 사람
은 그때나 지금이나 모두 찝찝했지만 하여간 보통 그런
추억은 잊기가 어렵다. 10분이 1년처럼 느껴지는 그 공
연이 끝나고 서로 얼마나 이를 세우며 아득바득 싸웠었
는지. 은우는 말도 말라는 듯 남에게 손사래를 쳤다.

"그래서 관두셨어요?"

천진한 목소리였다. 국태영과 남은우는 거의 동시에 고개를 끄덕였다. 아마 공연이 성황리에 마무리되어 우리만의 조촐한 공연으로 사람을 도울 기금을 마련할 수 있다는 어떤 숭고함을 느꼈다면 '우와시스'는 아직 건재했을지도 모른다. 은우는 나름 멋들어지게 코드를 쥐던 제 왼손을 내려다본 채 입꼬리를 끌어 올렸다.

"어릴 때잖아. 망한 기억은 너무 쪽팔리고 기타라면 다신 쳐다보기 싫더라."

"어차피 졸업하자마자 다들 취업 준비 바빴으니까, 밴드라면 글렀어. 단톡방 이름이 '우와시스'인 게 어디냐."

태영의 목소리와 함께 쓴웃음을 터뜨린 은우는 그래도 친구들 덕분에 든든해진 이 거실이 다시 순항하는 기분을 느꼈다. 기울어지지 않는 방, 안정적인 공간. 이불로 텐트를 치고 어른들의 눈을 피해 쌍둥이 오빠와 비밀임무를 속닥거리던 유년기를 잊지 못한 은우가 동아리를 만든 이유였다. 같은 것을 좋아하는 사람들이 한데 모여 눈을 반짝이고 있으면, 아무리 새까만 밤이라도 그 반짝임을 좌표 삼아 균형을 맞춰 항해할 수 있었다. 은우는 잠시 눈을 감았다. 기억 속 '우와시스'의 엉성한 선율이 삐끗삐끗 스쳐 지나갔다. 밴드부는 핑계였고 좋아하는 록 스타의 영화나 감상하며 소리 지르기에 바빴던 그들은 확실히 연습 부족이었다. 밴드 실격 수준의 엉망진창 불협화음. 그런데도 연주를 하겠다고 올라갔던, 계단 서너 칸 위의 단출한 무대.

"……조금 더 열심히 살 걸 그랬다."

시간을 만들 걸. 조금 더 함께 있을 걸. 이 좁은 방 안에 갇히고, 우리의 보컬이 저 노트북 화면 안에 들어갈 줄 알았더라면 더 열심히 살았을 텐데. 그 슬기롭다는 의사들처럼 말이다. 바쁜 시간을 쪼개고 쪼개 우리도 지하 단칸방을 하나 얻어 어떻게든 합주를 계속했을 텐데. 그랬다면 조촐하게나마 정말 '밴드'가 되어 있지 않았을까? 은우의 뭉근한 목소리와 함께 '우와시스'는 모두 같은 생각을 했다. 쓸모없는 후회일지언정 추억을 동반했다면 그런대로 쌉싸름하며 달콤했다.

그 나풀나풀한 연대의 가장자리에 오도카니 앉아 있던 남은 처음 보는 은우의 얼굴을 바라보느라 아무런 말이 없었다. 은우가 만들어내는 표정에는 남이 소속되어 있지 않았다. 당연했다. 남은 은우가 그리워하는 추억의 파편은커녕 일부도 못 되었다. 그 사실에 묘하게 시무룩해진 남은 그저 입술을 꾹 다물어 늘렸다. 그가 할 수 있는 일이라고는, 이들의 주위를 물들이며 모두의 방향을 잃게 만드는 푸른색 공기 사이를 커다란 손바닥을 뻗어 휘휘 헤치는 것뿐이었다.

"열심히 살고 있어요. 은우 누나 취직한 거 아시죠? 직업이 생겼어요."

"……그래. 남은우, 네가 뭐 졸업하고서는 제대로 쉰 적이나 있었냐. 여행, 여행 노래를 부르길래 어디 유럽을 가나 싶었더니 덜컥 여행사에 취직하고. 기왕 일이 이렇게 된 김에 지원금 받으면서 좀 쉬지."

중학교 동창인 국태영과 남은우는 서로의 인생에 얼마나 공백이 없었는지 누구보다 잘 알고 있었다. 각기 다른 고등학교로 진학했으나 같은 대학교에서 만나 그 흔한 휴학 한 번을 않았던 두 사람이었다. 어깨를 으쓱인 은우는 하필 그런 말을 하는 사람이 태영이라는 사실에 눈꼬리를 쭉 찢었다. 졸업과 동시에 그저 집 한구석을 차지하고 빈둥거리는 것이 주업이 되어버린 희재는 그런 두 언니를 못마땅하다는 듯 쳐다보며 말했다.

"나는 이제 좀 그만 쉬고 싶다."

"상황이 나아지면 관장님이 곧장 부르신다며."

은우가 희재의 품에 꽂힌 죽도를 톡, 건드렸다. 그 죽도를 베이스 치듯 고쳐 안은 희재는 죽도의 등줄을 엄지로 통통 튕기며 연주하는 시늉을 했다.

"상황이 나아지지 않아도, 어딘가에 필요한 사람이 돼야 한단 말이야. 솔직히 언니들한테 비하자면 난 모든 걸 코로나 탓이라고 돌리면서 억울해할 만큼 열심히 살지는 않았어. 도장에서 사범을 언제 도로 부를지도 모르는 판국에 스물넷 김희재, 기개를 발휘해 멋지게 이직, 그럴 능력이 없잖아. 은우 언니처럼."

"나 임시직이다. 그리고 넌 어려, 희재."

—너도 어려, 은우.

꽤 오래 묵묵하나 싶던 치나츠가 잊지 않고 지적했다. 치나츠는 이 모든 대화를 듣기는 하지만 이해할 수 없을 남을 물끄러미 쳐다보았다. 13인치 노트북을 뚫고 도쿄의 요코하마에서 서울 성북구까지 광속으로 날아온 치나츠의 시선은 강렬했다. 남은 저도 모르게 모니터를, 아니 치나츠를 쳐다보고 있었다.

—류 군. 은우는 어리고 이미 본인이라는 큰 책임을 지고 있어. 이방인은 민폐를 끼쳐서는 안 돼. 류 군의 출신지가 낯설면 낯설수록 류 군은 그곳 사람의 표본으로 낙인찍힌다. 부디 고향의 이미지를 망치지 말아줘. 다른 녀석들은 몰라도 난, 미래를 꽤 기대하는 사람이거든.

남은우의 친구들은 일동 류남을 쳐다보고 있었다. 1시간 남짓 연락이 닿지 않으면 무기를 가지고 은우의 집 현관문을 두드리는 사람들. 무엇보다 꽉 닫힌 말로 은우를 보호하는 사람들. 은우는 그런 이들이 함께 지키는 이 철옹성의 한 자리를 선뜻 내어주었다. 남은 어째서 자신의 눈시울이 붉어지는지를 몰랐으나 은우는 아마 그런 남이 자신의 고향을 그리워하는 중이리라 생각해 휴지 두

장을 뽑아 건넸다. 물끄러미 보던 희재는 휴지 너머 감자
칩을 들이밀었고, 이번에도 가장 논리정연하며 아름다운
한국말을 외국인에게 가로채였다는 모종의 패배감에 부
끄러워진 태영은 주섬주섬 새 맥주를 따서 남에게 내밀
었다.

"한잔해. 원래 수학여행 오면, 다들 맥주 정도는 마시
니까."

머뭇거리던 남이 이번에도 은우의 눈치를 살피자 피식
미소 지은 은우는 태영의 말에 동의한다는 듯 고개를 끄
덕여주었다.

이후, 은우와 남은 종종 업무를 마친 뒤 맥주를 한 캔
씩 부딪치게 되었다. 남은 고작 3.7퍼센트의 알코올이
들어간 맥주 한 캔 정도에 말랑말랑해지는 제 몸을 신기
해했고, 또 좋아했다. 대신 그 한 캔이 마지노선이었다.
이 또한 재화라는 사실을 알고 있는 남은 은우가 세운 규
칙에 토를 달지 않았다. 남도 찾지 않고 제삼자도 찾지
않아 점점 잊혀가는 류남의 교복이 신경 쓰이는 사람은
은우뿐이었다.

"……만 19세가 성인이 된다는 기준은 확실하지? 그래
도 고등학생이라니까 묘하게 죄책감 드네. 도대체 학교

에서 뭘 얼마나 가르치길래 중학교랑 고등학교가 5학년까지 있냐."

남과 은우를 고립시키다시피 쌓여 있던 빌라 단지의 눈은 흔적 없이 사라졌고 오늘 기온은 그런대로 버틸 만한 겨울이었다. 이제 가로등이 하나 켜져 있는 놀이터에서는 중학생으로 추정되는 교복 차림의 소녀가 그네에 앉아 마스크를 쓴 채 뽕뽕거리며 핸드폰 게임을 즐기고 있었다. 남이 고꾸라져 앉아 있던 그 자리였다. 남과 함께 거실 창 안쪽 테라스에 기대선 은우는 아까부터 맥주 캔을 꼼지락거리며 그 소녀를 쳐다보고 있었다. 남은 제가 이런 식으로 은우의 눈에 띄었겠구나, 깨달았다.

"수명이 길어져서 인생이 지루하다는 생각을 하게 돼요. 지식의 양은 많아지는 반면 학습하는 기간이 너무 짧고, 고작 스무 살에 학교 바깥으로 나가봤자 세상에서 제대로 기능하지 못한다는 사실을 누군가 깨달았나봐요."

놀이터 주변을 기웃거리던 관리인 할아버지는 손목시계를 들여다본 뒤 소녀에게 다가갔다. 빗자루를 옆구리에 끼고 있던 할아버지가 소녀와 무어라 대화를 나누기 시작했다. 소녀는 곧 그네에서 일어나 건너편 빌라 건물로 총총 사라졌다. 은우도 거실의 벽시계를 살폈다. 10시가 다 된 밤이었다. 저렇게 작은 아이가 혼자 앉아 있기에는 위험한 시간이라고, 은우도 관리인 할아버지와 같은 생각을 했다. 남은 학생이 집에 돌아간 다음에야 한결 편안해진 은우의 얼굴을 물끄러미 바라보고 있었다.

"나라에서 다 같이 교복 입혀주고 스물셋까지 고등학생입니다. 그러면 좋기는 하겠다. 그거 다 의무교육인데 어떻게 보면 복지 기간이 길어지는 거잖아. 그래도 100년 뒤쯤엔 대한민국 정치인들이 어째 일을 하기는 하는 모양이네."

남은 별다른 첨언 없이 눈을 동그랗게 뜨고 어깨를 으쓱이기만 했다. 이제 저 놀이터에서 놀던 아이들이 모두 돌아간 시각이었다. 안 되겠다. 은우는 더 참을 수가 없었다. 심리학으로 석사까지 땄다면 더 괜찮은 질문을 선택할 수 있었겠으나 학사로서는 진작 밑천이 드러난 은우였다.

"너 팔은 왜 그래. 그 덩치로 맞고 다니니."

"누나, 그거 궁금해서 어떻게 참았어요?"

"설마 부모님이야? 그래서 가출한 거야?"

"그럴 리가요. 그리고 저 같은 경우는 가출이 아니라 사고라니까요? 돌아갈 거예요."

"2026년에?"

"네."

타임슬립은 이해하지만 미개한 기술을 가진 2021년의 남은우로서는 답답하기 그지없는 대답이었다. 가정폭력이 아니라면 이 애가 이곳에 머무르는 보름 동안 어째서 아무도 류남을 찾아오지 않는 것인지, 그 고도의 기술을 의심할 수밖에 없는 은우였다.

"그쪽에서 널 데리러 이리 오는 방법은 없는 거냐고. 부모님 애가 타실 거야. 복장이 뒤집힐 거야."

"지금으로서는 제 위치가 엉망이에요. 우리가 공부하러 온 시대는 팬데믹인데, 아시다시피 꽤 길잖아요. 거기다가 저는 이 집의 물리적 주소를 송신할 재간이 없어요. 아마 그쪽에서는 구조 작업을 시작했을지도 모르지만."

다시 미간을 좁힌 은우의 시선은 아직도 남의 팔에 머물러 있었다. 하필 수학여행 중에 혼자서만 길을 잃고 통신기까지 분실했다면, 남은 문항은 학교폭력이었다. 이런 환자를 돌볼 때 아빠가 어땠었는지 곱씹던 은우는 잠시 머리칼을 움키며 혼란에 빠졌다. 학교폭력 가출. 학교폭력과 시간 여행. 거짓말을 하지 않는 쪽은 류남의 몸에 남겨진 상처뿐이었고 막상 당사자인 류남은 명확한 대답을 내놓을 생각이 없어 보였다. 뱅뱅 돌리는 그의 목소리가 마냥 천연덕스러웠기 때문이다. 한참 고민하던 은우는 다소 지친 목소리로 중얼거렸다.

"……그럼 지금 당장은 구조대가 널 찾아와 이 상황이 끝나기까지를 마냥 기다려야 해? 아무런 기약 없이?"

중학생 소녀 혼자 놀이터 그네에 앉아 있기에는 시간

이 늦었음을 감지한 어느 관리인 할아버지가 다가올 때까지? 남은 별안간 눈꼬리를 사르르 휘어버리고 대답했다. 꼭 자신은 아무렇지 않다는 과장 같았다.

"네. 그리고 그건 누나도 마찬가지잖아요."

남은 이 팬데믹 시대를 은우와 은우의 친구들을 통해 확실히 '수학'하고 있었다. 엄밀히 따져 보면 수학은 공감의 영역이 아니었다. 머리칼을 정리하지 않아 부스스해진 몰골의 은우는 하기야 제 코가 석 자구나, 입맛이 떨어졌는지 반쯤 남은 맥주 캔을 난간에 올려놓았다. 은우가 난간에 턱을 괴자 남도 은우의 자세를 똑같이 따라 했다.

"부모님이 걱정되긴 하지만, 그래도 전 누나를 만나서 다행이에요."

"날 부모로 여기지 말아라."

"그럼 누나는 저를 '사촌 동생'으로 여겨요, 아니면 '남자 친구'로 여겨요?"

은우가 뜨끔, 먼 시선을 던졌다. 남만이 끈질기게 은우를 쳐다본 채였다.

"저 넷플릭스에서 '남자 친구' 검색한 다음에 나오는 영화 다섯 개나 봤어요."

할 말을 잃은 은우는 순전 제 한마디 때문에 로맨스 영화를 대략 10시간 넘게 보고 있었다는 류남이 몹시 바보 같다는 생각을 하다가 슬쩍 붉어진 콧잔등을 문지를 뿐이었다.

"……영화를 그렇게 봤으면 알겠네. 남자 친구 아니라는 거."

남은 쉽사리 인정했다. 누나와는 '그런' 행동을 하지 않으니 맞는 말이었다. 하지만 계속 이곳에 머무른다면 사실 정말 불가능한 쪽은 '남자 친구'가 아니라 '사촌 동생'일 것이다. 사람 사이 피를 섞을 순 없는 문제였다.

"친오빠인 남정우한테 널 소개하기에 가장 자연스러운 말을 고른 거였어. 혹시 불편했다면, 미안하다."

가만히 고개를 저은 남이 한동안 입술을 오므린 채 한참 고민하는 신음을 내었다. 저 작은 머리통 안이 바쁘게 굴러가는 소리 또한 들리는 것 같았다.

"……누나의 남자 친구가 되면 그게 제가 여기 머물기에 가장 자연스러운 모습인가요?"

그다음 시선이 맞았을 때, 남의 뒤로 펼쳐지는 분위기는 사뭇 다른 모양새였다. 은우는 두 발에 힘을 주었다. 꼭 바다에 뜬 부표가 무게중심을 잃고 휘청이는 느낌이었다. 고작 3.7퍼센트의 알코올이 들어간 맥주 한 캔 정도에 취한 것일까? 은우가 비틀거리자 남은 집게손가락을 뻗어 은우의 차가운 검지 하나를 아주 살며시 움켜 제쪽으로 당겨왔다. 여전히 차가운 손가락이었다. 이번에도 이유 없이 그 온기를 안쓰럽게 여긴 남이 자신의 커다란 손바닥을 모두 뻗어 은우의 손을 감싸기 직전이었다.

"여보세요?"

발신자는 '남정우' 세 글자였다. 하마터면 남의 손을 맞잡을 뻔한 은우가 빠르게 녹색 버튼을 눌렀다. 마른침을 삼키며 살며시 몸을 돌렸을 때, 은우는 와르르 쏟아지는 들쑥날쑥한 목소리에 집중하고자 핸드폰을 고쳐 잡아야 했다. 불안하게 송신되는 전파 때문인지 은우의 표정은 눈에 띄게 굳어지고 있었다. 혹여 제가 침을 삼키는 소리조차 방해가 될까, 남은 미동하지 않았다.

전화를 끊은 은우는 난간에 아슬아슬 세워진 맥주 캔을 내버려두더니 급히 방을 오갔다. 은우는 남을 구하러 달려올 때 걸쳤던 패딩을 품에 안아 챙겼다. 사색이 되어서는 지갑과 핸드폰부터 겉옷 주머니에 마구 쑤셔 넣은 은우가 현관으로 직행하다 말고 거실에 핀처럼 고정되어 있는 남의 앞에 멈추었다. 찰나였다.

"……먼저 자. 늦을지도 몰라."

그 뒤로 은우는 사라졌다. 은우가 버려두고 간 맥주 캔이 휘청일까봐 그것부터 손에 꼭 쥔 남은 잠시 행동을 멈췄다. 어쩌지. 은우가 없는 집에서 남은 아무것도 할 수 없었다. 어떻게든 적막을 치워내기 위해 애쓰던 남이 맥주 캔을 깨끗이 닦아 배운 대로 분리수거를 하고, 소파에 돌아왔다. 이불을 돌돌 말아 가져와 어깨에 덮은 남은 넷플릭스 같은 걸 볼 마음이 들지 않아 그냥 현관문이 열리기를 기다렸다. 하지만 거실 벽시계의 짧은 바늘이 12를 지나고도, 이후 얼마 동안 흐르고 흐르고도, 은우는 돌아오지 않았다. 남은 아마 친오빠를 만나러 갔을 은우가 집에 남겨둔 눈과 같은 관찰용 카메라를 하염없이 쳐다보았다. 은우가 신호를 받길 바라는 마음으로.

집 안의 모든 사물은 죽은 듯 조용했다. 시곗바늘이 돌아가는 소리조차 들리지 않았다. 남은 혹시 은우가 닫고 나간 저 현관문이 시공간의 출입구가 아닐까, 생각하다가, 그래서 제가 그랬듯이 길을 잃은 걸까 걱정하다가, 미약한 알코올 농도에 기대앉은 채로 천천히 속눈썹을 깔았다. 서서히, 푸른 바다에 잠기듯이.

중환자실에는 아무도 들어갈 수 없었다. 바이러스 때문에 폐쇄된 일반 병동 역시 단 한 명의 보호자를 제외하면 외부인의 출입을 금하기는 마찬가지였다. 택시를 잡고 쌍둥이 오빠인 정우가 반쯤 정신이 나가 알려준 대학병원의 응급실에 도착한 은우는 마스크를 고쳐 쓰면서도 당장 어디로 가야 할지 길을 잃었다. 로비에서 조카의 이름 석 자를 댄 은우는 당연히 출입할 수 없다는 단호한 안내를 받고 터벅터벅 대기실 의자에 앉았다. 마음을 추스르지 못한 은우가 정우에게 도착했다는 전화를 걸자 10여 분 후 정우는 병동 엘리베이터를 타고 내려왔다. 정우는 은우의 손길이 닿기 무섭게 울음을 터뜨렸다.

정우는 딸에게 옮아간 코로나의 경로를 도무지 모르겠다며 자책했다. 도우미 아주머니나 본인의 행동반경을 하나하나 따져 묻기에는 이미 파생된 변수가 너무 많았다. 심지어 백신까지 제때에 챙겨 맞힌 조그마한 몸인데, 폐가 찢어질 것처럼 기침을 해대느라 울지도 못한다는 딸의 상태를 설명하던 정우는 급기야 다리의 힘을 풀었다. 그 몸을 겨우 추슬러 대기실 의자에 앉힌 은우는 절로 고이는 눈물을 벅벅 닦아내고서 정우의 손을 맞잡았다.

고열과 기침에 시달리는 두 돌짜리 아이의 몸 상태는 곧장 중환자실로 이송해도 이상하지 않을 만큼 최악이었다. 그러나 아이를 수용할 수 있는 병상은 부족했고 대학

병원을 뛰어다니는 소아과 전문의는 고작 한 명뿐이었다. 그저 일반 병동으로 떠밀려 당장은 손쓸 수가 없다는 애타는 목소리에 정우와 은우는 어금니를 꾹 깨물었다. 응급실 로비의 대기실 의자에는 콜록콜록, 출처 모를 기침 소리가 크고 작게 울렸다. 정우는 그때마다 고개를 떨구었다. 눈물을 머금은 은우의 마스크 안쪽으로 습기가 차올랐다. "미안해, 아빠가 미안해." 정우는 같은 말만 되풀이하며 제발 제게서 아이까지 앗아가지 마시길 절실히 기도했고 은우 또한 제 손을 보탰다. 동이 트기 직전, 간호사가 정우의 이름을 불렀다. 마스크로 덮인 간호사의 표정이 긍정적인지 부정적인지 읽을 수는 없었다. 직계 보호자가 아닌 은우는 정우를 따라 병실에 올라갈 수 없었고 다시 오빠의 전화를 기다릴 뿐이었다. 또 시간이 얼마나 흘렀는지는 모르겠다.

"여보세요?"

발신자는 '남정우' 세 글자였다. 대기실 의자에 앉아 꼬박 밤을 새우느라 피폐해진 은우가 정신을 놓기 직전이었다. 은우는 마른침을 삼키며 몸을 일으켰다.

로비 끝에서 끝까지 괜한 걸음을 서성이던 은우는 전화가 끊어지고 나서도 한동안 병원을 떠나지 못하다가 겨우 택시 정거장으로 운동화 끝을 돌렸다. 아침나절의 겨울바람이 매서웠다. 축축했던 마스크가 그대로 꽁꽁 얼어버렸다.

밤새 앓던 은우의 조그만 조카는 고열의 부작용으로 성대를 잃었다. 하지만 그런 상황에서조차 환자가 밀려 있는 소아병동에는 가보지도 못하고 해열제에 기대 서서 히 숨결을 꺼뜨리는 모양이었다. 이다음은 폐가 망가질 차례였다. 이후로는 마음의 준비를. 골든타임이 깨지기 전에 서울시 내 다른 전담 치료 병원을 찾아가겠다는 정 우의 목소리가 흠뻑 젖은 채였다. 정신없이 끊어지는 통화를 뒤로 은우는 딱히 무엇을 할 수가 없어 집으로 돌아가야 했다.

은우는 조용히 자취방 현관을 열었다. 소리를 죽인 은우는 대충 구겨 신어 리본이 전부 풀어 헤쳐진 컨버스를 던지듯 벗고 거실에 들어섰다. 날씨는 흐림. 햇빛이 쏟아지지 않아 그늘진 공간을 기계적으로 밝히고 있던 현관의 센서 등은 금세 꺼져버렸다. 꼬박 날을 세웠는데도 하루가 시작된 기분이 들지 않았다.

남은 소파에 기대앉아 팔짱을 끼운 불편한 자세로 잠시 눈을 붙인 모양인지 은우의 인기척을 감지하자마자 눈동자를 드러냈다. "누나." 살짝 갈라진 목소리는 온 새벽 동안 은우만을 기다리고 있었다. 드디어 남이 목 빠지게 쳐다보았던 문을 열고 돌아온 은우였다. 은우는 그사이 수척해진 모습이었다. 어쩌면 남이 걱정했던 대로 잠시 길을 잃었던 걸까? 쓸쓸한 표정이 짙었다. 은우를 맞이하러 남이 살며시 몸을 일으켰을 때 은우가 그의 어깨를 눌러 저지했다. 은우는 평소와 달리 손을 씻지 않고, 마스크만 벗어낸 뒤 아주 몽롱한 기분을 따라 소파 앞에 앉아 무릎을 끌어안았다. 오늘도 암막 커튼을 닫지 않아 두 사람의 얼굴에는 우중충한 새벽빛이 그림자처럼 내려앉고 있었다. 도심 속 흐린 아침은 모두가 깨어 있는 저녁보다 어두웠다. 채도가 하나도 없는 그 공간에서, 남의 얼굴을 마냥 쳐다보던 은우의 눈매가 구겨졌다.

"남아."

은우는 푹 가라앉은 음성으로 이제는 낯설지 않은 외자 이름을 불렀다. 볼품없이 갈라지는 목소리가 이어졌다.

"하나가 코로나에 걸렸대."

'안정'이라는 배가 삽시간에 난파했다. 사실은 꽤 오래전부터 누수를 겪고 있었지만, 은우는 잘 메꾸어왔다고 생각했다. 은우는 드디어 이 상황이 견디기 어려울 만큼 끔찍하다는 사실을 인정했다. 고개를 떨군 은우가 눈물을 흘렸다. 거실 바닥에 물방울이 번져갔다. 남은 천천히 일어나 은우처럼 소파 아래에 주저앉았다. 그의 눈동자에 버석버석 메마른 남은우의 얼굴과 정전기로 부스스

부유하는 몇 가닥의 머리카락이 비추었다. 그만큼 두 사람은 가까이 있었다.

"……그 작은 아기 말이에요?"

은우에게는 감기처럼 머무르다 사라졌던 그 바이러스가 조그만 아이의 생명을 좀먹고 있었다. 이제 바이러스가 직격탄으로 노린 실제적 '고통'은 남의 일이 아니었다. 은우는 더 이상 여유롭게 힘들지 않았다. 이대로 조카를 잃는다면, 누군가 자신의 이야기를 건너 듣거나 전달할 때마다 끔찍한 통증을 느끼게 될 것이었다. 이 고된 마음을 내색하고 싶었다. 하필 남의 앞에서였다.

"마음, 마음의 준비를…… 해야 한대. 병원에 환자가 너무 많아서 아무도 하나를 돌봐주지 않아."

은우가 어떻게 했었더라. 허공에 머물던 손끝을 움츠린 남은 천천히 은우의 어깨를 감쌌고 다른 손으로 은우의 앞머리를 쓸어 넘겼다. 손가락에 걸린 축축한 눈물이 낯설었다. 그 손길이 무언가를 건드린 듯 숨을 크게 헐떡인 은우는 남의 어깨에 이마를 묻고 무너졌다. 주체할 수 없는 눈물에 잠기다 보면 심해로 가라앉는 기분이 들었다. 은우는 점차 언제 숨을 들이쉬고 내뱉어야 하는지 잊어갔다.

"은우 누나, 저 좀 봐요."

남은 제 손가락을 잡고자 주먹을 웅크려야 했던 하나

를 떠올렸다. 그때 느낀 전율은 이제 다른 의미로 남의 심장을 저릿하게 만들었다. 남은 중심을 잃고 흔들리는 은우를 감당하기 어려웠다. 웃는 얼굴이 맑은 사람이었다. 우는 얼굴이 남의 숨을 막았다. 남이 소중히 쓰다듬은 은우의 머리카락은 물먹은 모양으로 흘러내리기 시작했다. 이제 정전기가 일지 않았다. 남은 아무런 대답이 없는 은우를 토닥토닥, 두드렸다. 은우가 그러했듯이.

"……분명 아기를 살릴 수 있을 거예요."

남은 은우의 어깨에 걸쳐진 패딩을 만지작거리다가 더욱 추슬러 주었다. 자비 없는 함박눈이 펑펑 내리던 날, 남을 감싸주었던 따뜻한 옷이었다. 남은 제게 기댄 은우를 살며시 붙잡아 떼어내고 거실의 뿌연 윤곽을 겨우 더듬어가며 은우와 시선을 맞추었다. 은우의 몸에는 아무런 힘이 없었다. 호흡은 불규칙했고 코와 입술이며 눈가까지 모두 붉어진 채였다. 후드득 떨어지는 은우의 생명력과 머릿속을 어지러이 오가는 숫자들을 헤아리던 남은 서서히 눈꼬리를 내렸다. 이윽고 남은 은우가 붙잡을 수 있는 밧줄을 던져줄 것을 결심했다. 남은 잠시 눈을 감았다가 기계적인 목소리로 목젖까지 차오른 그 말들을 내뱉기 시작했다.

"지금은 2021년 2월 21일, 서울에 코로나19의 전담 치료 병상이 늘어나기까지는 9개월이 더 남았어요. 아마 서울 어디를 가도 하나를 돌봐주지 않을 거예요. 그러니까 당장 경기도로 내려가세요."

“……뭐?”

은우의 울음보다 낮게 가라앉은 남의 목소리는 여태까지와는 달랐다. 남의 말을 더듬더듬 이해해보려던 은우의 동공이 마구 흔들렸다. 공간과 닿아 있는 남의 몸체가 열과 압력이 가해진 듯 올록볼록 끓어올랐기 때문이었다. 은우는 남의 목소리보다 그의 몸체를 인식하기 위해 젖은 눈꺼풀을 벅벅 문질렀다. 하지만 분명 가까이 존재한다고 생각했던 남의 '몸'이 부지불식간에 아득해졌다.

"누나, 이제 머지않았어요. 팬데믹은 2023년에 끝날 거니까요."

"……남아?"

"그러니까 울지 마세요."

한겨울 나뭇가지를 닮은 남은우의 손가락을 타고 꽃망울처럼 물거품이 피어올랐다. 그 거품을 이루는 요소 중 가장 반짝이던 남의 두 눈망울은 여전히 은우에게 고정된 채였다. 하지만 그 모든 것이 점차 사라졌다. 모든 채도가 메말랐던 은우의 거실을 섬광이 훑고 지나갔다. 그 광경에 놀란 은우가 울음을 뚝 멈추었다.

류남은 남은우의 눈앞에서 사라졌다.

그건 움켜쥘 수조차 없는 물거품이었다.

그날을 잊을 수 없다.

처음으로 하늘이라는 것을 보았던 순간.

세상에 이토록 높고 드넓은 공간이 존재하다니.

그러나 내 삶은 하늘만큼 푸르르지 못해, 나는

저 너머를 오래도록 바라볼 수 없었다.

105

Still Sky Is Blue

2023

인천국제공항은 제 몸보다 큰 수화물을 끌거나 미는 사람으로 북적거렸다. 국제선 도착을 알리는 전광판에는 알록달록 다양한 색의 꼬리표를 단 항공편이 빽빽했다. 개중에는 도쿄 나리타 공항에서부터 출발한 항공편도 끼어 있었다. 그 비행기를 타고 한국으로 돌아오는 나나세 치나츠 앞의 출국 게이트 펜스에는 이미 그의 친구들이 다닥다닥 모여 있었다. 한 번씩 자동문이 열릴 때마다 등장하는 이들 중 치나츠의 얼굴이 있고 없고를 분간해내는 건 어렵지 않았다. 아무도 마스크를 쓰고 있지 않았기 때문이다. 남은우는 오히려 그런 군중이 어색하다고 생각했다. 너무 적나라한 얼굴들이었다. 은우에게는 사람의 얼굴에 눈이 둘, 코와 입이 하나씩 붙어 있다는 걸 굳이 알고 싶지 않은 순간이 아직 더러 있었다. 이상한 시각적 피로감이었다.

그렇게 한 10분을 기다렸을까, 수차례 번쩍 여닫히는 자동문 사이로 드디어 목베개를 착용한 치나츠가 등장했다. 치나츠는 공항용 카트에 커다란 수화물을 두 개나 이고 있었다. 짐짝들을 울컥울컥 토하는 레일 앞에서 치나츠가 다른 승객보다 시간을 더 할애한 이유였다. 이민용 가방도 모자라 주렁주렁 달린 면세품 쇼핑백이 치나츠의 걸음걸이대로 흔들렸다. 그가 나리타 공항에서 비행기가 뜨기 직전 종류별로 모조리 쓸어 담은 일본 과자 보따리였다. 펜스에서부터 펄쩍 뛰어나간 김희재는 그 쇼핑백을 품 안에 끌어안았다.

"너 그거 1년치다."

"일주일 안에 끝내는 진기명기를 보여줄게. 말차 초콜릿 있지? 그 가운데 마시멜로 들어간 쿠키도?"

"내 눈에 보이는 초록색이라면 다 담았어. 혹시나 해서 묻는 건데 누구 일본 과자 말고 일본인 안아줄 사람?"

묵직한 카트를 넘겨받느라 손이 차버린 국태영이 어깨를 으쓱이자 남은우가 양팔을 넓게 벌렸다. 고작 2시간 반짜리 비행이지만 꼬박 2년 만이었다. 탈색모가 죄 까매지는 시간 동안 충분히 지쳤다는 듯 앓는 소리를 낸 치나츠가 은우의 품에 와락 끌어안겼다. 치나츠의 등을 두드리는 은우의 손길이 담백했다.

"한국 방문을 환영합니다, 나나세 사마."

다시 만날 수 있을 거라고 했지? 그제야 치나츠의 체온을 실감한 은우는 다른 누구도 아닌 자신을 향해 속삭이듯 중얼거렸다. 치나츠가 가진 특유의 건조한 웃음이 은우의 귓전에 닿아 왔다. "뭐 하느라 이렇게 살이 빠졌어?" "어른이 되느라." 꼭 끌어안은 두 사람 사이에서 맴도는 안부는 발화자가 분명하지 않았다. 은우도 살이 빠졌고 치나츠도 살이 빠졌기 때문이다.

네 사람의 재회는 요란하지 않았다. 매일같이 주고받는 카톡이며 영상통화며 족족 근황이 올라오는 SNS 덕분에 서로의 소식에 빠삭한 한국인 친구들은 치나츠의 실물만이 다소 어색할 뿐이었다. 이제는 치나츠의 빈자리가 물리적으로 채워졌다. 은우는 꼭 누군가가 빌려 간 소중한 책 한 권을 돌려받은 기분이 들었다. 책장을 꼭 지키고 있어야 하는 그런 종류의 책. 그들은 인천국제공항의 실외 주차장을 향해 들쑥날쑥 걸었다. 그곳에 태영이 몰고 온 5인승 중형 SUV가 세워져 있었다. 그 자동차는 어쩌면 세월이 헛되이 흐르지는 않았다는 증거였다. 세 사람은 공항버스를 타고 오지 않았다.

정말이지 세월은 누구에게도 헛되이 흐르지 않았다. 질병이 꾸준히 기승을 부리는 2년 동안 일본에서 건축학 석사 과정을 수료한 치나츠는 전임 교수가 제안한 자국의 건축사무소에 일자리를 얻었다. 일본인이 일본에 둥지를 틀어가는 시간은 어떻게 보면 당연했지만, 은우와 친구들은 못내 아쉬워했었다. 그들은 치나츠의 귀국을 마치 여행처럼 느끼고 있었기 때문이었다. 그러나 치나츠는 기어이 한국으로 '돌아'왔다. 치나츠의 건축사무소에 한국인 클라이언트가 문을 두드린 것이다. 한국의 대학교에서 건축공학을 전공한 치나츠의 한국어는 수준급이었고, 치나츠의 상사는 자연스럽게 그 클라이언트를 치나츠와 연결해주었다. 일본인은 아니지만 일본에 거주 중인 한국인 클라이언트는 한국에 어떤 건물을 올리고 싶어 했으며, 자신 대신 설계도를 익힌 담당 엔지니어가 건물이 완성되는 동안 현장에 머물기를 원했다. 마치 치나츠를 위해 맞춤으로 설계된 듯한 한국행 출장이었다. 치나츠에게는 이를 마다할 이유가 없었다. 강제 귀국과 함께 물거품이 되었다고 생각했던 치나츠의 모든 노력은 기어코 기회로 돌아왔다. 병든 세상은 잠시 멈춘 듯 보였으나 맥박이 낮아진 것뿐이었다. 사람들은 대부분 이들처럼 연명했다. 그리고 과거를 잊어갔다.

"T맵 추천 경로로 안내를 시작합니다. 발음 괜찮아? 나 한국말 연습해야 해. 몹시 까먹었다."

"여전히 우리 중에 네가 제일 잘해. 다 벨트 맸지? 출발한다?"

"클라이언트는 내가 개떡같이 얘기해도 찰떡같이 알아듣지 않아, 너희들처럼."

뒷좌석보다 발 뻗을 자리가 넓은 조수석에는 치나츠가 앉아 사선으로 벨트를 채웠다. 그는 유연하게 핸들을 돌려 공항 주차장을 빠져나가 드넓은 대로로 향하는 태영의 운전 실력을 흥미롭다는 듯 구경하는 중이었다. 치나츠가 저녁 비행기를 타고 온 탓에 하늘은 까맸다. 그냥 운전도 신기한데 하물며 밤 운전이라니. 태영은 그 관심이 반쯤은 민망하고 반쯤은 뿌듯했다. 면허를 따고 자동차를 몰게 된 것은 태영에게 있어 삶의 과정 중 한 단계일 뿐이었다. 그러나 2년 동안 자리를 비운 치나츠에게는 그 간극이 크게 느껴졌다. 뒷좌석에 앉아 종이나 비닐을 부스럭거리며 이상한 감탄사를 연발하는 은우와 희재에게는 이미 무감진 한 사람의 성장이었다.

"와, 언니. 이거 먹어봐. 찢었다."

"⋯⋯쿠키를 찢었다고?"

은우는 희재가 한 입 깨문 녹차 맛 쿠키를 건네받으며 아리송하다는 듯 말했다. 룸미러를 통해 그런 두 사람을 흘끗거리던 치나츠가 정정했다. 마치 '우리말 겨루기'에 나오는 아나운서 같은 말투로.

"쿠키가 과히 맛있다는 의미."

엄지를 치켜세운 희재는 이제 다른 과자의 포장을 찢었고 은우는 희재와 치나츠 사이의 여전한 의사소통 능력에 혀를 내둘렀다. 내비게이션과 전방만을 주시하던 태영이 너털웃음을 지었다.

"반대겠지. 우리가 개떡이고 네가 찰떡이다, 나츠야. 정상적인 클라이언트는 건물 올리기 바쁜 너한테 '나나세 씨, 이 건물 찢었다'라는 말 안 쓸 테니까 긴장 풀고 너 하던 대로 살아. 한국 안 변했어. 다 똑같아."

"차라리 클라이언트가 희재같이 말해주면 좋겠어. 인터넷 중독자처럼. 미팅을 몇 번 했을 때, 그 사람은 한국인이지만 아무래도 일본에 사니까 말이야. 구글 번역체 같은 한국어를 쓰더라고. 너희들처럼 붕 떠 있지 않아. 주술 관계가 분명한 문장으로만 말을 해서, 내가 주술 관계를 생략한 말을 하면 소통에 오류가 생긴다."

"그러니까 나츠, 너는 지나치게 현지화된 한국어를 쓰고, 그 클라이언트는 현지화된 한국어를 몰라서 결국 둘다 표준 한국어로 얘기해야 한다는 뜻? 차라리 일본어로 미팅하지."

"애매해. 그 사람이 쓰는 일본어든, 한국어든. 뭔가 서버가 다른 느낌? 그리고 난 이제 한국에서 그 사람을 대신해서 한국 인부들과 일을 해야 하니까."

녹차 맛 쿠키를 동낸 은우가 운전석과 조수석 사이 콘

솔 박스에 끼어들었다. 치나츠는 아무래도 오랜만에 적용해야 하는 비즈니스 한국어가 곤혹스러운 모양이었다. 팬데믹이 일어나지 않았더라면 치나츠는 공백 없이 한국의 건축사무소에서 생활하며 더 많은 사회인을 만났을 테지만, 그가 일본으로 돌아간 사이 남아 있는 한국 인맥이라곤 이 차에 탄 세 명뿐이었다. 다시 일로 엮인 새로운 한국인 때문에 치나츠는 한국 출장을 준비하며 한국어능력시험(TOPIK)을 새로 치기도 했다. 소속된 건축소장이 요구하지 않았는데도 말이다. 대교에 매달린 모든 표지판을 깜빡깜빡 읽어내는 치나츠의 눈빛이 심상치 않았다.

"역시, 더 한국인처럼 말하고 싶다."

"그럼 언니 우리랑 놀면 안 돼. 그 부분에서 나는 확실히 퇴화하는 중."

도장에서 초중고생을 상대하는 희재가 선택하는 단어는 날이 갈수록 단순해졌다. 도장의 아이들은 어른들이 모르는 순수한 방식으로 희재에게 일격을 가해왔고 희재는 머리를 얻어맞는 순간마다 솔직하게 감탄했다. 희재는 그들을 곧잘 따라 했다. 하지만 은우는 그게 퇴화라고 생각하지 않았다. 희재는 그들과도 소통할 수 있게 진화한 것이었다. 신원 불명의 남자 덕분에 이제 만 4세를 넘길 수 있게 된 조카를 떠올리며 은우는 그런 희재가 부럽다고 생각했다.

'한국어'와 멀어진 건 은우와 태영 역시 마찬가지였다. 두 사람은 직장에 몸담은 지 제법 되었으니 다소 낯선 언어가 일상어에 섞인 채였다. 국태영은 숫자, 남은우는 영어를 쓴다. 그래서 가능하면 치나츠가 김희재에게 한국어를 질문하는 방식으로 네 사람의 대화창이 돌아갔다. 이제는 복원 불가능할 만큼 케케묵은 말풍선이 2년 내리 그렇게 쌓여왔다.

좌우지간 인간이 만든 백신이 질병을 또 이겨먹을 즈음 네 사람은 모두 두 번째 사회생활을 맞이하고 있었다. 대한민국에서 가장 긴 '바다 위의 하이웨이'를 시속 80킬로미터로 정직하게 달리는 자동차 안에서, 은우는 그것만이 중요하다고 생각했다. 고여 있지 않고 순항하는 것. 출발점과 점차 멀어져 나아가는 것. 치나츠를 데리고 출발한 인천공항을 돌아본다 한들, 그 빼곡한 군중들 사이 은우가 미련을 둔 얼굴은 없었다. 어차피 사라진 얼굴이었다. 신원 불명의 그 남자 말이다.

6개월짜리 단기직을 모아둔 '미래예측데이터전략팀'은 해산한 지 오래였으나 은우는 이름만 들어도 알아주는 대학의 이공계열 교수, 그러니까 미래예측데이터전략팀장의 밑에 잔류했다. 계약 기간이 끝날 무렵 수료증을 떼어주던 팀장이 은우에게 신청한 개인 면담이 그 시작이었다. 팀장과 은우는 평소처럼 비대면 회의 프로그램을 통해 마주 앉았다. 그는 은우에게 어느 방향으로 구직 활동을 하고 있는지 물었고, 지금까지 해왔던 일이 적성에 맞아 보인다는 개인적인 평가를 첨가했다. 그도 그럴 것이 은우는 6개월을 꽉 채워 언제나 능동적으로 세계의 미래예측데이터를 모아왔다. 대개 99퍼센트 정도의 절망 속 1퍼센트 정도의 알쏭달쏭한 희망이 있는 데이터를. 팀장은 은우의 집념이 반년짜리 계약직에서 그치기에는 아깝다고 생각했다. 은우에게 제법 매력적인 다음 일자리를 귀띔하고자 밑 작업을 까는 모니터 속 교수를 눈앞에 두고, 은우는 그를 향해 동문서답했다. 그즈음의 남은우는 류남이라는 허깨비를 아직 떨치지 못한 채였다.

"교수님은 코로나가 언제쯤 끝날 거 같다고 생각하세요?"

장한결 교수는 '팀장님'이라는 호칭보다 '교수님'이라는 호칭을 선호하는 여자였다. 팀장일 때보다 교수일 때 사람을 더 잘 가르칠 수 있기 때문이리라. 은우는 방금 제가 뱉은 질문에 얼마나 많은 모순이 들어 있는지 아주 잘 알고 있었다. 코로나는 끝이 있는 개념이 아니었다. 장 교수는 은우가 그 본질을 이미 다 꿰뚫고 있다는 사실을 알고 있었다. 장 교수는 입꼬리를 끌어 올릴 뿐이었다. 은우도 어색하게 마주 웃었다.

"그러니까, 한시적으로라도, 이 팬데믹이 말이에요.'

―은우 씨가 무슨 말을 하고 싶은지 알아요. 조카에게 후유증이 생겼다고 했죠?"

"적응하고 있어요. ……사실 아직 못 했는데, 해야죠."

류남이 눈앞에서 물거품처럼 사라지고 나서 몇 차례나 눈을 비비던 은우는 그가 둘러준 패딩을 챙겨 입고 곧장 하나의 집으로 향했다. 정우가 온 서울 병원을 돌기 위해 채비 중이었다. 은우는 북극성을 본 선장처럼 곧장 정우의 차를 경기도로 이끌었다. 쌍둥이는 그들이 자란 본가 옆의 대학병원을 떠올렸다. 다행히 그 병원에는 소아 격리병상이 남아 있었고 빠르게 전원 절차를 거쳐 하나는 폐가 손상되기 직전, 정상 호흡을 돌려받았다. 비현실이 불가능을 뒤집은 순간이었다. 그렇게 류남은 수학여행 중 인류 하나를 구해냈다. 그는 브루스 윌리스가 맞았다. 그러나 남은우가 아니라면 그 누구도 류남을 믿지 못할 터였다. 혹시나 하는 마음에 자취방 인근 서울 병원 여기저기로 전화를 걸어본 은우는 모든 병원에서 소아 격리병상이 포화라 당장은 수용이 어렵다는 답변을 받았다. 곧장 경기도로 오지 않아 골든타임을 놓쳤더라면……. 죽음과 멀어진 제 딸이 기특하다는 듯 쓰다듬던 남정우는 이 모든 일이 기적이라고만 생각해서, 남은우는 혈육에게 비밀을 만들고 말았다.

—유감이지만 정말 미래를 예측하는 게 우리 일은 아니에요. 어떤 미래가 올지 모르니까 대비를 하는 거지. 은우 씨, 여행사에 다녔다고 들었는데. 큰 맥락에서 보면 비슷하다고 생각해요. 고객의 여행에서 어떤 일이 벌어질지 모르니까 준비물을 챙겨주고 적절한 상품을 기획하거나 보험을 팔죠. 은우 씨가 여태까지 착실하게 수집해준 데이터는 준비물이에요. 덕분에 조금 더 마음 편히 미래로 나아간다고 생각하면 우리가 해왔던 일은 꽤 멋진 직업이 아닐까요?

은우는 장 교수의 말대로 '꽤 멋진 직업'이라서 본인과 함께 같은 일을 계속해달라는 그의 제안을 받아들인 게 아니었다. 하지만 은우를 자신의 연구실에 정규직으로 채용하고 싶다는 그의 설득 정도면 이 직업의식을 설명할 구실은 되었다. 급여가 높지는 않아도 취업은 됐잖아. 사무직이고, '꽤 멋진 직업'이라는 나름의 비전이 있더라고. 당시의 은우가 친구들과 가족들에게 구태여 덧붙인 설명이었다. 사실 본인의 직업에 대해 사람들을 설득해야 할 이유는 전혀 없었지만, 은우는 그런 말을 굳이 입 밖에 내며 속내를 외면하고 살았다. 은우는 타인이 아닌 자신을 설득시키고 싶었을 뿐이었다.

그러나 2022년 8월 7일 자로 자취 중인 직장인용 투룸 빌라의 월세 재계약 논의차 부동산을 들락거렸을 시점에는, 슬슬 출근을 위해 학교와 조금 더 가까운 곳으로 이사하는 게 어떻겠냐는 장 교수의 두 번째 제안을 거절하며 이 모든 선택이 현상 유지를 위한 핑계였음을 인정해야 했다. 그러니까, 남은우는 최대한 2021년의 남은우에게서 벗어나지 않기 위해 애를 썼다. 심지어 은우는 월세 5퍼센트 상승이라는 달라진 조건에도 방을 빼지 않았고 무려 2년이나 계약을 연장했다. 이성과 타협하지 않은 은우 본성의 돌발 행동이었다. 이미 마음이 심란해진 은우는 '이사가 귀찮다'라는 단출한 문장을 방패로 가족과 친구들의 참견을 막았다. 그러면서 지하철을 무려 두 번이나 갈아타야 하는 지옥의 출퇴근길을 묵묵히 다녔다. 마스크를 쓰고, 서울의 찜통더위 속에서 스스로 인파 사이에 다리를 끼우는 일은 흡사 수행길 같았다. 그래도 에어컨이 빵빵해 정수리는 차가웠다. 머리가 식어갔다. 하지만 뇌까지 정상 온도를 되찾지는 못했다. 한여름에도 차가운 손을 지하철 손잡이에 툭 걸친 은우는 스크린도어에 비친 자신의 하얗고 답답한 KF94 마스크를 반만 뜬 눈으로 응시하며 주문을 걸었다.

이제 반년만 더 버티면 돼.

반년을 버텼더니 팬데믹은 종식되었다. 해가 짧아지

는 가을부터 실외 마스크 착용은 선택 사항이 되었으며 2023년 1월 30일부로 대부분의 실내에서 마스크 의무 착용이 해제됐고, 5월부로 국제적 공중보건 비상사태 역시 해제됐다. 2023년, 코로나19의 범유행이 사실상 끝났다. 류남의 말이 맞았다.

'류남'은 도대체 어떤 현상이었을까? 이 집에서 무려 한 달 남짓 머무르다 사라진 성인 남성은 은우의 눈에만 보이는 형상이 아니었다. 은우의 친구들도, 하물며 경찰서 순경들도 류남을 보았다. 누가 심리학도 출신 아니랄까봐 은우는 한동안 집단적 정신병에 관한 사례를 쥐 잡듯 찾아보기도 했다. 하지만 사이비 종교 단체나 한 가정의 동반자살과 같은 자극적인 조각 기사만이 끊임없이 쏟아져 곧 그만두었다. 류남이 사라졌다고 해서 친구들의 일상은 달라지지 않았다. 은우의 일상 또한 그랬다. 사실 은우는 류남이 눈앞에서 사라진 기이한 순간을 친구들에게 털어놓지 못했다. 그들이 못 믿을까봐서가 아니라, 은우조차 그 현상에 확신이 없어서였다. 은우는 그냥 남이 이제 집으로 간 것 같다고만 얘기했다. 지하철이나 택시를 타고 갔는지, 물거품을 타고 갔는지, 무어라 덧붙이지 않았다. 그러나 그가 두고 간 교복은 차마 버릴 수가 없어 옷장 어딘가 구석에 넣어두었다.

김희재와 국태영은 사뭇 아쉬워하다가 금방 류남을 잊

었다. 그게 정상이었다. 2년은 14개월. 그중 한 달 정도 인생에 난입한 사람을 오래도록 기억하며 이따금 그리워하는 일은 무척이나 비효율적이었다. 하지만 남은우의 입장은 김희재나 국태영, 나나세 치나츠와 달랐다. 류남은 남은우의 집에 머물렀다. 남의 말을 빌리자면 그가 맞닥뜨렸다는 위기 상황에서 겨우겨우 숨통을 틔운 거처가 은우의 집이었다. 게다가 남은 신세를 갚지 않을 것 같다가도 가장 큰 값을 치르고 사라졌다. 때문에, 은우는 제 이름을 남의 장부에 달아두어야 했다. '그래서' 은우는 월세 계약을 연장했다.

그래서…….

이런 속마음은 너무 이상하지 않은가. 누구도 이해할 수 없을 것이다. 앞으로 꼬박 16개월을 더 머물러야 하는 빌라 단지의 입구를 지나며 은우는 묘하게 울렁이는 기분을 느꼈다. 그러다가 건물 현관을 향하기 직전, 발을 멈추었다.

"진짜 놀이터가 없어졌어요. 하루아침에."

"뛰어노는 애들이 없다잖아요. 학생이라도 뛰어놀지 그랬어요."

은우가 언제나 대학생인 줄 아는 갈색 가죽 손목시계를 찬 관리인 할아버지도 이 빌라에 근속하셨다. 사실 두 해는 그리 길지 않아 많은 것이 바뀌기에는 무리가 있었다. 하지만 사람들은 마음을 먹었다 하면 너무 빨리 무언가를 바꾸곤 했다. 은우는 치나츠의 귀국 축하 파티에서 털레털레 돌아오는 길이었다. 3월 말일치고는 날씨가 아직 쌀쌀해 밤색 스웨이드 재킷을 걸쳤다. 하얀 피부가 도드라지는 흑발을 쓸어 넘긴 뒤 주머니에 양손을 넣은 은우는 쓸쓸하게 웃었다. 코끼리 모양의 미끄럼틀도, 두 칸짜리 그네도 이제는 없었다. 원래는 새로운 놀이터로 재정비하겠다는 빌라 측의 공고가 있었는데 거기에 들어가는 공금이 지나치다고 생각한 입주민들이(정확히는 소유주들이) 아예 녹슨 놀이기구의 철거를 요구했다. 어차피 빌라 단지 안 놀이터를 이용하는 아이들도 없다는 논리였다. 은우는 반박할 처지가 못 됐고, 관리인 할아버지도 마찬가지였다. 두 사람은 한동안 오도카니 서서 시멘트만 덜렁 깔린 공간을 바라보았다. 이곳은 아마 주차장이 될 것이다. 한 칸의 주차장도 아쉬운 서울이었다.

"……사라지는 건 한순간이네요."

"애들이 없어서 놀이터가 사라지는 건지, 놀이터가 사라져서 애들이 없어지는 건지."

"어……. 사실 저도 애 낳을 생각이 없어요. 죄송해요."

"뭘 죄송해요. 애는 나도 없어요."

은우보다 키가 조금 더 작은 관리인 할아버지가 앞서 웃어서, 은우는 시선을 낮춰 그와 함께 잠시간 웃었다.

그는 습관처럼 손목시계를 살피며 은우에게 시간이 너무 늦었으니 그만 집에 들어가라고 권했다. 꾸벅 인사한 은우가 집으로 올라왔다. 거실 커튼을 살짝 젖히자 놀이터는 정말 완벽히 증발해 있었다. 은우는 이런 식으로 10년이 흐른다면, 정말 강산이 바뀔지도 모르겠다는 생각을 했다.

"⋯⋯안 되는데."

무의식이 또 은우 마음의 이상한 형태를 건드렸다. 불현듯 저기 사라진 놀이터 그네에 앉아 까무룩 눈 사람이 되었던 남을 떠올렸다. 하필이면 오늘은 남이 자꾸 생각나는 날이었다. 치나츠 때문이었다. 회사에서 구해준 거처에 짐을 푼 치나츠는 공항에서 자신을 데리러 와준 친구들에게 배달 음식을 베풀었다. 이사하는 날은 중식이라며 짜장면과 탕수육 사이 희재가 시킨 깐풍기까지 넉넉한 저녁이었다. 그들은 칭다오 맥주를 한 캔씩 까 이따금 목구멍에 낀 기름기를 씻어냈다. 흥이 절로 오를 즈음 치나츠가 왼편에 앉은 은우에게 남의 안부를 물었다. "혹시 걔 소식 없어? 우리 밴드 임시직 보컬 소년." 멈칫 손이 굳은 은우는 애써 입꼬리를 끌어 올렸다. "나야 모르지." 그리고 어색한 젓가락질로 깐풍기 한 조각을 푹 찍었다. "야, 완전 까맣게 잊고 있었다." 양심 한 조각이 푹 찔렸다.

완전히 까맣게 잊고 싶었다. 은우의 희망 사항이었다. 도저히 도달하지 않을 것 같던 어마어마한 숫자 2023년으로 달력이 바뀌었을 때, 은우는 남을 잊기 위해 삶을 바삐 굴렸다. 그 덕분인지 어쩌다 한 번씩 신장이 유독 커다랗고 좀 미래 인종처럼 생긴 미디어 속 인물을 맞닥뜨리는 경우 '어, 쟤 약간 남이 닮았다.' 상념에 빠지는 정도로만 남을 기억했다. 혹은 옷장 정리가 필요한 계절마다 자신도 모르게 발견한 남의 교복을 버릴까 말까 고민하다가 도로 개어 넣는 빈도로만 남을 떠올렸다. 그 소년은 사라지기만 했을 뿐 돌아올 기미라곤 보이지 않았다. 앞으로도 이런 식이라면 또 2년 즈음 지났을 땐 은우의 머릿속에서 까맣게는 아니고 회색 지대까지는 밀려날 류남이었다.

"팬데믹은 2023년에 끝날 거예요."

처음 마스크 없이 지하철에 오른 날, 은우는 군중 속에서 2년 전 류남의 목소리를 들었다. 반 이상의 무수한 사람들이 마스크를 착용하지 않았고 그들의 얼굴은 평화로웠다. 아무도 어딜 감히 얼굴을 생으로 내놓았냐며 서로를 나무라지 않았다. 정말 모든 게 끝이 난 듯 보였다.

그래서…….

은우는 끝을 낼 수 없었다.

그날 밤, 류남은 처음으로 남은우의 꿈에 나타났다. 은

우는 저 멀리 어딘가에 서 있는 그에게로 부리나케 달려
가 남색 후드 소매를 붙잡았다. 붙잡고서, 나는 사실 처
음부터 네 말을 다 믿고 있었다고, 심지어 너라는 사람을
아직도 믿고 있다고, 하나뿐인 조카를 살려줘서, 그날 거
실 바닥에 무너져 앉은 내가 버틸 수 있게 도와줘서, 희
망을 줘서 고맙다고, 마음껏 호소했다. 그래도 남 보기에
이상하지 않은 꿈이었다. 은우는 이제 와 다시 자박자박
자신의 의식에 밟히기 시작한 남 때문에 체력이 닳아감
을 느꼈다.

여전히 남은우는 류남이라는 허깨비를 떨치지 못한 채
였다.

방금 수조에서 토해져 나와 온몸이 흠뻑 젖은 류남은 남색 후드티를 입고 있었다. 물기를 머금어 거의 검은색으로 보이는, 완전히 바뀐 옷차림이었다. 옷뿐 아니라 목구멍까지 젖었는지 기침을 콜록거리며 계단을 겨우 내려와 바닥에 주저앉은 남은 물기를 잡아먹는 규조토 바닥을 손으로 짚은 채 바보처럼 웃었다.

"선생님."

하얀 방 안은 뭐 하나 바뀐 것 없이 여전했다. 남은 한 달을 채우지 못하고 이곳으로 돌아왔다. 홀로 이 건물을 지키고 있던 '선생'은 흠뻑 젖은 류남과 마주하자마자 무척이나 허무하다는 표정을 지었다.

"죄송해요. 재미는 있었는데, 조금 힘들었어요. 자꾸 악몽을 꾸더라고요. 여기서 겪었던 일, 선생님까지 이렇게 두고 어떻게 마냥 행복할까요."

밤마다 찾아오는 악몽은 고통스러웠다. 따뜻한 집에서, 따뜻한 사람들을 만나 맛있는 음식을 먹고 안전한 소파에 머물렀기에 차가운 꿈속이 몇 배는 더 잔인하게 느껴졌다. 남은 수조의 물인지 눈물인지 분간할 수 없는 무언가가 번들거리는 눈가를 닦은 뒤 고개를 떨구었다.

"……규칙을 위반한 것 같구나."

고개를 끄덕인 남은 어쩔 수 없이 흘러갔던 충동을 어떻게 설명해야 할까, 망설이다가 은우의 눈물을 떠올렸다. 불가항력이라면 그쪽도 마찬가지였다.

"선생님 말씀대로 가장 빛나는 사람을 찾았어요. 일부러 코로나 시대로 절 보냈다고 하셨죠?"

"그래. 선의는 혐오 속에서 가장 빛나는 법이니까."

"사실 다시 돌아올 각오로 그랬어요. 누나가 너무 좋은 사람이라 팬데믹이 언제 끝나는지도 알려주고 싶었고 누나한테 소중한 사람을 구해주고도 싶었어요. 저는 태어나서 선생님을 제외하고는 한 번도 그런 사람을 본 적이 없었거든요. 누군가의 손을 잡아주고, 안아주고, 달래주고, 기꺼이 제집에 재워주면서 먹을 걸 주는 사람. 남을 보살피는 사람. 도대체 어떤 마음인지 가늠이 되질 않아요."

류남은 이 세계에서 사라졌던 21일 동안 제게 전해진 친절을 이야기했다. 무언가를 처음 경험해 들뜬 표정과 짙은 아쉬움이 뒤섞인 얼굴이었다. 가만히 그의 말을 듣던 선생은 남의 여행에 천운이 닿았다고 생각했다. 때문에, 선생은 류남의 몸을 일으켜 다시 수조를 향해 이끌었다. 꽤 절실한 표정으로부터 나이답지 않은 힘이 나왔다. 남은 그에게 죽죽 밀리면서도 선생을 안쓰럽게 바라보았다. 그의 마음을 모르는 바는 아니었다. 수조 앞 모니터에 다다른 선생은 다급히 손가락을 움직여 좌표를 입력하기 시작했다. 날짜를 조정하는 듯 보였다.

"그런 사람이라면, 반드시 너를 기다리고 있을 거야.

온전히 널 믿을 수 있게 팬데믹이 끝난 뒤로 돌아가자."

"……그럴까요? 제가 누나를 도와줬기 때문에?"

선생은 단호히 덧붙였다.

"사랑을 가진 사람이기 때문에."

류남은 천천히 남은우를 떠올렸다. 사랑. 이곳에는 없는 사람. 정말일까.

단호한 목소리를 내며 남의 젖은 후드티를 추슬러주던 선생은 잠시 눈을 감았다. 뒤이어 남을 데리고 다시 수조의 계단에 그를 올렸다. 선생은 남의 양손을 붙잡으며 신신당부했다.

"다시는 미래를 예언하지 마. 내가 정보를 입력해놓은 2026년까지만 버티면 돼. 남이 네 머릿속에 든 그것으로 누군가를 도우려고 하지도, 누군가의 삶에 개입하려고 하지도 마. 널 사랑해주는 사람들과 조용히 살아. 만에 하나 여기에 문제가 생겼을 때 네가 물거품이 된다면, 넌 영원히 어디에도 존재하지 못해. 네가 거기에 살아 있는 것이 내가 인류를 구하는 길이란다. 너만이 내가 구하고 싶은 인류야."

마치 한 편의 작전을 명령하듯 완강한 문장들이 쏟아졌으나 남도 얌전히 굴 수만은 없었다. 선생님을 여기에 남겨두고 또 혼자서만 비겁하게 시간의 문을 통과하기는 싫었다. 차라리 이곳에서 함께 고통받을지라도 선생님의 옆자리를 지킨다면 그 나름의 의미가 있겠지. 그러나 메스를 든 잔상들이 남의 눈앞을 어지럽히자 용기는 주춤거렸다. 남은 그대로 목소리를 늘어뜨렸다.

"……저는 그냥 선생님이 걱정돼요."

"류남."

하지만 선생의 결심은 남보다 단단했다. 두 손을 뻗어 남의 어깨를 움킨 선생은 시선으로 남을 압박했다. 그제야 제대로 선생을 마주 보게 된 남은 그에게서 어딘가 달라진 모습을 포착했다. 선생의 숨을 돕던 호흡기가 사라진 것이다. 남은 주름진 선생의 손등을 감싸가며 미간을 좁혔다. 설마 선생님이 모든 걸 포기한 건 아닐까, 발걸음이 더욱 무거워질 때였다. 선생은 마지막으로 남의 손길을 제법 매섭게 털어냈다.

"이곳의 사람들은 너라는 희망을 가질 자격이 없어. 그러니까 다시는 이곳에 돌아와서는 안 돼."

여기는 네 '집'이 아니야. 그 장소를 기억해. 네가 돌아갈 '집'을 기억해.

다시 수조에 빠질 즈음, 류남은 그네를 기억했다. 함박눈이 내리던 날, 뒤통수에 커다란 눈송이가 차곡차곡 쌓이던 날. 마냥 놀이터 그네에 앉아 얌전히 눈발을 맞고 있으면 저 멀리서 허둥지둥 뛰어오는 발소리가 들려왔었다. 쌓인 눈을 첫 번째로 밟고 오는 소리. 그 사람은 자신의 어깨에 쌓인 눈을 털었고, 무언가 따뜻한 옷으로 절 감싸안았다. 얼굴을 들어 올렸을 때, 걱정으로 가득한 표정을 짓더니 등도 문질러주었다. 그리고 저쪽 건물로 들어가 집의 문을 열어주었는데…….

물속에서 류남은 손바닥을 뻗어 올렸다. 모순적으로 몸이 마르는 기분이 들었다. 뜨거운가 싶더니 따뜻함에 가까워졌다. 희미해진 손끝에 푸른 공기가 닿았다. 처음으로 맞이하는 봄이었다.

토요일만 되면 알람을 끄고 늦잠을 자던 은우는 은은한 숙취 때문에 갑자기 뜨인 눈꺼풀을 끔뻑이며 무심히 핸드폰을 만지고 있었다. 오랜만에 넷이 뭉친 파티의 여파였다. 모로 누운 채 이불을 어깨까지 둘둘 말아 덮고 엄지만 움직여 최소한의 근육을 사용 중인 은우의 핸드폰 화면에는 친구들의 메시지가 미리보기로 한 줄씩 빼꼼 떨어지는 중이었다.

누가 은우 언니 좀 깨워봐

남은우 토요일에는 정오까지 잠

만국 직장인은 다 그래

그러니까 나츠 언니 출근 전
마지막 주말인데 이대로 보낼 거냐고

일단 당사자로서도 연속 이틀은 좀

내가 밥 산다고 그래도?

희재 못 본 사이 많이 컸네

믿지 마 최나츠 쟤 저거 그냥 만우절
거짓말임

만우절인가? 오늘이? 곁눈질로 읽어도 시끄러운 그 대화방에 들어가지는 않고 달력을 확인한 은우는 훌쩍 사라져버린 3월치의 날짜들을 미련 맞게 헤아리며 한숨을 내쉬었다. 3월이야말로 무얼 시작하기에 제격인 달이거늘, 은우는 치나츠가 돌아왔다는 핑계로, 개강을 맞이한 장 교수의 연구소가 훨씬 바빠졌다는 핑계로, 헬스장 이용권을 한 달째 날리고 있었다. 근육이라곤 평균 이하 수준인 몸인지라 이런 주말마다 더더욱 몸을 일으킬 수 없었다. 30대로 접어들면 생존을 위해 운동을 한다던데 이대로 가다가는 30대를 맞이하지 못할 만큼 은우는 피로했다. 수업이 생긴 장 교수가 은우에게 일임한 논문의 양이 두 배가량 늘어났기 때문이다. 이 정도라면 은우가 장 교수 대신 강단에 서도 무리가 없을 지경이었다. 은우는 조금 더 자고 싶다는 소박한 소원을 빌었다. 핸드폰을 엎은 뒤 눈두덩이에 손목을 얹고 5분 정도를 씨름했다. 하지만 금방 다시 핸드폰을 집었다. 은우의 배에서 위액이 들끓는 소리가 들렸다. 배달 앱으로 점심을 주문하고 그 점심이 도착할 때까지만 늑장을 부릴 생각이었다. 은우는 주문 목록에 접속해 지난 주말의 브런치 메뉴를 그대로 담아 결제창을 만들었다.

라이더님께

문 앞에 두고 노크해주세요

이제 한 30분만 더 졸고 일어나면 된다. 30분 정도는 잠이 얕아서 누군가의 노크 소리 정도를 알람으로 삼기에 적당했다. 심지어 그 사람이 베이글 샌드위치와 아이스 아메리카노를 포장해 온 라이더라면 잠은 말끔히 달아날 테다. 은우가 두근거리는 마음으로 베개를 꼭 끌어안고 다디단 늦잠을 이어갔을 때였다.

현관 바로 옆, 은우의 침실까지 두어 번의 노크 소리가 규칙적으로 울렸다. 유난히 고된 일주일을 보낸 은우는 눈꺼풀을 꿈틀거리며 몸을 반 바퀴 뒤집었다. 은우의 의식은 라이더님을 반기고 있었으나 몸은 그렇지 못했다. 물먹은 솜처럼 사지가 침대에 달라붙어 떨어지질 않았다. 춘곤증일지도 모르겠다. 까닥하다가는 조금 더 잠에 빠져 배달 음식을 분실하거나 아이스 아메리카노의 얼음이 죄 녹은 다음에야 점심이라고 일컫기조차 민망한 차가운 식사를 하게 될 것이다. 이를 안타깝게 여긴 라이더님의 배려였을까? 노크가 아닌 초인종 소리가 울렸다.

띵동.

암묵적인 규칙을 따르자면 라이더는 문 앞에 음식을 두었고 노크를 했다면 돌아가야 한다. 배달한 뒤에는 음식이 식든 말든 알 바 아닌 경우가 보통이었다. 심지어 초인종 소리는 한 번에 그치지 않았다. 은우가 곧장 반응하질 않자 뒤이어 초인종 소리가 서너 번 연거푸 이어졌다. 괴로워하며 귀를 감싼 은우가 미약한 신음을 끊어냈다. 현관 밖에 선 사람은 이렇게 노크를 해도 고요한 집 안이 불안한 모양이었다. 기어이 쾅, 하고 울리기도 했다. 그제야 정수리 위로 화가 터진 은우가 산발 꼴로 벌떡 일어나 침대를 벗어났다. 현관으로 향하는 고작 몇 발짝의 걸음에 분풀이를 담아 문을 열어주기 전 안쪽에 달린 안전고리가 제대로 걸렸는지를 확인했다. 은우는 딱 그 길이가 허락하는 만큼 좁은 반경에서 문을 밀었다.

"아니, 문 앞에 두고 가셔야지 지금 뭐 하시는……."

"미안해요, 학생. 내가 자는 데 깨운 건 아니지요? 도통 문 앞에 두고 갈 수가 없는 것이라."

"소장님?"

관리인 할아버지였다. 따지고 보면 초인종을 누르는 게 실례일 시간은 아니었다. 눈을 비빈 은우가 괜찮다며 도리질을 쳤다. 그는 용건이 확실해 보였다.

"다름이 아니고 누가 학생을 찾아왔어요. 이 늙은이도 쓰는 핸드폰이 없다길래 도와주고는 싶은데 대뜸 이 빌라 현관문만 열어줄 순 없잖아요. 쓸데없는 놈이면 내가 데리고 나갈게요."

관리인 할아버지는 좁은 틈새로 누군가를 끌어당겼다. 은우에게 확인을 바란다는 듯.

"누나."

그 애는 눈가가 젖어 있었다. 고작 두 음절을 뱉어내는 목소리가 사시나무처럼 떨리는 채였다. 소년은 언젠가 은우가 빌려준, 그래서 분실한, 남색 후드티를 입고 있었다.

"누나……. 놀이터가 없어졌어요. 원래 거기에서 기다리려고 했는데, 그래서 저는 이 집이 아닌 줄 알고……."

횡설수설하던 소년의 변명이 울음기에 뭉개졌다. 마른침을 깊이 삼킨 은우는 지금 이 상황이 방금까지 이어졌던 수면의 연장인지 가능한 한 빨리 뇌를 굴리다가, 고작 한 뼘 사이의 공간에서는 저 애의 행색을 제대로 판단할 수 없다는, 타인들 보기에 어리석은 생각이 들어 후들후들 떨리는 손으로 안전고리를 풀었다.

"쓸데없는 놈이에요?"

"……아뇨. 감사합니다, 소장님."

그것참 다행이라는 듯 고개를 끄덕인 관리인 할아버지는 유유히 자리를 떠났다. 류남은 반 발짝 물러나 은우가 직접 문을 열어주길 기다렸다. 이제 한 사람의 얼굴이 전부 보일 만큼 공간의 틈이 쩍 벌어졌다. 빌라 복도의 창가에서 뿌연 봄날의 햇빛이 쏟아지고 있었다. 덕분에 레몬색 빛을 맞은 남의 얼굴이 희었고, 빛났다. ……고운 얼굴.

"그네가 사라질 만큼 긴 시간이었어요? 그래서…… 혹시 저를 잊어버렸어요?"

은우는 세상에 태어나 처음 짓는 표정을 만들었다. 온전히 드러난 그의 형태를 깨닫고서 은우의 얼굴 근육이 전부 풀어지는 순간 동공과 입술까지 벌어졌다. 은우의 표정은 남을 불안하게 만들었다. 남은 덜컥 심장이 내려앉는 느낌을 받았다. 누나가 나를 기억하지 못한다면 어떡하지. 사람은 사람을 금방 잊는다고 했다. 전혀 이상할 게 없는 경우의 수였다. 불안해진 남이 다시금 행동 지침을 반복했다.

"제 이름은 류남이고요, 길을 잃었어요. 저는 2121년에 사는데 여기로…… 수학여행을 왔다가……."

남은우가 류남의 팔뚝을 잡아당겨 그 기다란 몸을 현관문 안에 들였다. 동시에 그의 목덜미로 양팔을 뻗어 너른 어깨를 와락 끌어안았다. 갑자기 품 안에 뛰어든 은우가 휘청일까봐 은우의 허리부터 팔로 꽉 감은 남은 잠시 머뭇거렸다. 어쩌지. 잠금장치의 기계음은 누구의 귀에도 들리지 않았다. 은우는 남의 뒤통수에 손을 뻗어 동그란 머리통을 쓰다듬으며 웃지도, 울지도 않았다.

"고마워. 이 말 못 듣고 갔지?"

"누나?"

눈이 감길 만큼 꼭 안아준 뒤에야 살짝 남에게서 떨어진 은우는 입꼬리를 꾹 다문 채 어쩐지 하나도 변하지 않은 남의 얼굴을 살피다가 그가 입은 후드티의 소매를 끌어 올렸다. 상처는 낫지 않았다. 잠깐 고개를 끄덕인 은우는 이내 방 안을 들락거렸다. 또 다른 후드티를 뒤집어 쓴 채 현관에 나란한 운동화와 슬리퍼 중 후자를 선택한 은우가 더는 자신과 남의 마스크를 새로 뜯지 않고 오로지 남의 몸만을 챙겨 집 밖을 나섰다.

"핸드폰 사러 가자."

행여 팔뚝을 붙잡으면 상처가 아플까, 남의 손을 움켜쥐고서 은우는 길을 안내하듯 뒤통수만 허락한 채 뚜벅 뚜벅 걸었다. 도무지 남에게 이 이상한 얼굴을 보이고 싶지 않았기 때문이다. 이상한 생각을 하는 이상한 표정 말이다.

너를 잊어버렸느냐니. 나는 그냥 2년 전부터, 2년 동안, 다음에 널 다시 만나면 꼭 핸드폰부터 하나 해줘야겠다고 생각했어.

손과 손이 얽힌 두 사람은 수십 걸음을 걸어 나갔다. 좀처럼 현실감이 돌아오지 않았다. 하지만 류남은 남은 우의 집으로 돌아왔다. 오늘은 만우절. 거짓말 같은 일이 일어났다. 그래서 은우는 친구들에게 입도 벙긋할 수 없었다.

항공편과 더불어 꽤 오랜 시간 정체되어 있던 대규

모 산업은 건축이었다. 수출입이 원활하지 않아 건축자재값은 폭등했고 손해를 보지 않기 위해 꾸역꾸역 날림 공사를 진행하더니만 결국 600~700 가구에 달하는 고층 아파트를 골조만 남긴 채 와르르 무너뜨린 건설회사가 한둘이 아니었다. 한동안 은우가 사는 빌라를 기준으로 왼편에 자리한 대로 건너편에는 그런 사정을 못 견딘 건축 회사들이 못생긴 회색 판넬을 세워 공사가 중단된 시멘트 덩어리를 가려놓았고, 벽에는 착공을 보장하라는 동네 사람들의 원성이 덕지덕지 붙어 있었다. 다행히 2022년이 저물어갈 즈음에는 붉은 서체로 쓰인 현수막이 걷히고 녹이 슨 회색 판넬도 사라졌다. 고작 1년이 지나 꼭 마법을 부린 것처럼 그곳에는 반짝반짝한 쇼핑센터가 등장했다. 은우는 그 건물을 비둘기라고 불렀다. 국내에서 내로라하는 건설회사인 주명건설이 회색 모자에서 짠, 하고 꺼낸 비둘기 쇼핑센터. 이제 은우의 집 거실 테라스에서는 가로등 한 짝과 칙칙한 시멘트 공터, 비둘기 쇼핑센터가 반의반 정도 희미하게 보였다. 가히 2023년의 광경은 류남이 혼란스러워할 만했다.

"그러니까, 이게 있으면 여기서 누나랑 저랑 통신이 되는 거예요?"

"통신만 되는 게 아니야. 별거 다 되는데 아마 너는 나보다 잘 쓸 거다. 공부는 못하는 편이지만 뇌 용량이 크다며. 이미 다 알고."

　눈이 조금 부어 있는 남은 반사적으로 입꼬리를 끌어올렸다. 안도의 웃음이었다. 누나는 다 기억하고 있었구나. 하지만 이내 남의 얼굴에는 죄책감이 한 조각 떠올랐다. 여전히 감정 따위 숨기질 못하는 솔직함 때문에 서서히 미소가 지워졌다. 대충 옆에서 보기에도 큰 지출 같았는데 흔쾌히 본인과 같은 모델을 골라 신용카드를 내밀던 은우의 표정이 너무 비장해서 남은 아무런 제지를 할 수 없었다. 보호 필름이 부착된 핸드폰 액정을 소심하게 매만지던 남은 거기에 저장된 딱 하나의 번호를 실없이 톡 건드렸다. 그러면 한 잔에 6,300원인 아메리카노를 쓰디쓴 표정으로 음미하던 은우가 제 손바닥에 가려지는 커피 컵을 내려놓으며 전화를 받아주었다.

　"여보세요? 집에 잘 다녀왔어?"

　"여보세요? 제가 사는 집에서도 누나랑 이걸 쓸 수 있을까요?"

　"글쎄다. 우리가 기술이 미개해서."

　어쩌면 뇌 용량은 은우가 남보다 클지도 모르겠다. 멋쩍은 듯 목덜미를 어루만지던 남의 앞에는 그의 손가락 두 개만큼 조그만 케이크가 놓여 있었다. 8,400원이었다. 차마 어떻게 잘라야 좋을지 모르겠는 디저트를 두고 남은 자기 쪽에 가까운 모서리부터 갉아 먹고 있었다. 은우의 눈에는 그 덩치가 생쥐 같아 보였다. 은우는 혀를 차고서 먼저 성큼 반을 잘라 남의 입에 넣어주었다. 아마 또 처음 맛보는 음식일 테다. 하지만 블루베리 잼과 크림치즈의 하모니에도 남은 그다지 즐거워하지 않았다.

"맛은 있는데 비싸요. 제값을 하느냐고 묻는다면, 아니요."

"그렇게 따지면 너도 나한테 제값 이상을 해줬잖아. 내가 그 며칠 재워준 게 뭐였다고. 덕분에 하나는 건강히 잘 지내고 있어."

"누나가 절 믿어주셔서 아기를 살린 거예요."

남은 슬그머니 반색하며 안도의 날숨을 내쉬었다. 그러면서도 그 목숨 값을 은우가 돈으로 갚으려 들지는 않았으면 좋겠다고 생각했다. 남은 잠시 번지르르한 카페 인테리어를 훑고서 자세를 고쳐 앉았다.

"그렇다고 저 데리고 이런 곳 안 와도 괜찮아요, 누나. 가능하면 누나도 이런 사치는 주의하는 것이 어떨까 싶은……. 외람된 의견입니다."

남은 비둘기 쇼핑센터를 낯설어하고 있었다. 2021년에는 없던 곳이니 당연할지도 모르겠다. 하기야, 이런 실없이 비싸기만 한 카페가 낯설고 불쾌한 건 은우도 마찬가지였다. 다만 핸드폰을 구매했으니 잠시 지쳤을 뿐이었다. 어디 앉아 류남과 이야기를 좀 하고 싶기도 했고. 아메리카노를 깊이 빨아 삼켰는데 고작 그 한 모금에 얼음 사이 사이 끼어 있던 커피가 사라졌다. 공기가 부딪히는 빨대에서 요란한 소음이 났다. 은우는 토요일의 근사한 브런치로 주문한 베이글 샌드위치와 아이스 아메리카노를 완전히 잊고 있었다. 아마 분실되었거나 아이스 아메리카노의 얼음이 전부 녹았을 테고, 나중에 발견하더라도 점심이라고 일컫기조차 민망한 차가운 덩어리가 되어 있겠지. 하지만 이런 상황에는 배달 음식이 식든 말든 알 바 아니었다.

"부모님은 뵈었고?"

"……네."

"그럼 여기는 왜 다시 왔어? 코로나 끝나고 어떻게 됐는지 공부하려고?"

"……누나, 정말 제 말을 믿으세요?"

입안으로 가져온 얼음 한 조각을 어금니로 깨뜨리며 은우는 골몰했다. 류남의 말이 사실이고 그래서 류남을 믿는다면, 그러니까 류남이 정말 시간 여행 중에 길을 잃은 처지라면, 2년이라는 시간은 은우에게만 흘렀을지도 모른다. 꼭 죄를 지은 것처럼 어깨를 늘어뜨린 채 은우의 맞은편에 앉아 있는 남은 놀라우리만치 은우의 기억 속 모습과 똑같았거니와 저 옷차림은 남이 사라지던 날 그가 당분간 잠옷으로 빌려 입었던 은우의 옷이었다. 게다가 남의 상처는 2년 전의 상태에서 호전되지 못했다. 부모님을 뵙기는커녕 아직 미아 처지를 못 벗은 걸까.

이제부터 신중해야 했다. 자칫 잘못했다가 남은 또다시 은우는 모를 이유로 사라질 수 있다. 은우는 한참이나 말을 고르고 골랐다.

"아직 수학여행 중이야?"

남은 망설이다가 고개를 한 번 주억거렸다.

"길을 잃었고, 2026년에 타임머신이 개발되면 돌아갈 거고?"

두 번째로 주억거릴 때, 남은 이제 은우를 쳐다보지 않았다. 자신에게 고정되어 있던 시선을 툭 떨어뜨리는 남의 얼굴이 이번에도 정말 지친 여행자의 몰골이라 은우는 이만 질문을 멈추었다.

이제 3년이 남았다. 2년 전에는 터무니없이 길다고 생각한 5년이 3년이 된 것이다. 이번에도 남의 말이 사실이라면, 적어도 3년 동안은 은우가 남을 지켜볼 수 있었다. 진짜 남이 아는 그 회사에서 타임머신이 개발되는지 아닌지는 은우에게 중요하지 않았다.

"토요일은 늦잠 자는 날이야. 이제는 금요일까지 직장으로 5일 내내 출퇴근을 해야 해. 모종의 사정으로 내 회사가 집이랑 너무 멀어서, 나 엄청 피곤해. 아까처럼 그런 식으로 날 깨우면 곤란하겠지?"

"네?"

"따라 해, 토요일은 늦잠 자는 날."

"……토요일은 늦잠 자는 날."

"잠든 남은우를 깨우지 말 것."

"잠든 남은우를 깨우지 말 것……."

"집에 가자."

"집에 가자?"

"핸드폰 챙겨. 비싼 거야."

"핸드폰 챙겨. 비싼 거야."

"그만 따라 해."

"그만 따……."

방금까지 유들유들하다고 생각했던 은우의 눈꼬리가 삽시간에 뾰족해졌다. 그제야 긴장이 풀린 남은 헤실헤실 웃었다. 카페 테이블에 흩어진 핸드폰 포장 박스의 조각들을 쇼핑백에 쓸어 담은 남이 은우의 뒤꽁무니를 따랐다. 정신을 차리고 나서야 아주 깨끗한 카페 문에 비친, 세수도 못 한 자신의 얼굴을 맞닥뜨린 은우는 허겁지겁 후드를 뒤집어썼다. 부끄럽기도 하고 심란하기도 했으나 그건 별책 부록 같은 감정이었다. 본문이 무어냐면, 설렘이었다.

류남과 남하나가 다시 만난 날, 남은 밥벌이를 해결했다.

고열에 성대가 불탔을 뿐 고막에는 아무런 문제가 없는 하나는 오밀조밀 붙은 손가락으로 사람들과 의사소통을 시작했다. 아이는 흘러나오는 동요를 좇아 나비같이 뛰어다니며 자신의 아빠보다 먼저 불편한 삶에 적응했다. 하나는 자라는 동안 고모의 손을 자주 빌렸다. 은우가 연차를 쓰는 건 하나를 위해서였고, 가능하면 주말 하루 정도 하나를 위해 할애했다. 돌아온 어느 뿌연 봄날의 일요일에도 하나는 은우의 빌라 앞에 아빠의 차를 타고 도착했다. 마중을 나와 있던 은우가 뒷좌석 시트에 앉은 하나의 벨트를 풀자마자 하나는 토끼처럼 펄쩍 뛰어 은우의 목에 매달렸다. 점차 무거워지는 조카의 엉덩이를 영차, 받쳐 안느라 잠깐 뒤뚱거린 은우가 운전석을 향해 인사했다.

"꼼꼼히 둘러보고 와. 애 걱정은 말고."

"뭐 시켜 먹으려거든 내 카드로 계산해. 있지?"

"절대 사수하고 있지. 가라. 하나야, 아빠 가세요, 해."

은우의 품속에서 고개를 빼꼼 돌린 하나가 아빠를 향해 단풍잎처럼 통통한 손을 휘이휘이 밀어냈다. 입꼬리가 찢어지게 웃던 정우는 문이 닫힌 뒤 브레이크에서 발을 떼어냈고 차량은 서서히 멀어졌다. 언제나 따뜻하고 자그만 몸을 와락 끌어안으며 애정을 표현한 은우는 하나와 함께 봄날의 미세먼지를 피해 남이 기다리는 집으로 올라갔다.

"······아기······."

"······."

소파에 마주 앉은 두 사람은 멀뚱멀뚱 대치했다. 2년 전보다 세 배로 자라난 아기는 남이 보기에 그래도 여전히 아기였다. 몸 전체가 인형인 것처럼 덩그러니 앉아 있던 하나가 먼저 별안간 배시시 웃었다. 우리가 구면이구나, 깨달은 듯 말이다. 차마 아기를 쓰다듬거나 만지지 못해 얌전히 주먹을 말고 있던 남도 하나를 따라 웃었다. 그 웃음에 짐짓 수줍어하는가 싶던 하나가 폴랑폴랑 손바닥을 흔들었다. 남은 꾸벅 고개를 숙여 인사했다.

두 사람이 재회의 미소를 나누는 동안 은우는 하나와 남이 함께 먹을 만한 점심을 준비하고 있었다. 맛 좋다는 봄 감자를 깎던 은우는 정우에게 이 집의 객식구에 대해 미리 언급하지 않았다는 점을 찜찜하게 곱씹고 있었다. 그래도 딸아이인데, 집에 남자 사람이 들어와 지내고 있다고 말을 해주었어야 했나? 하지만 이 집을 지키는 사람은 남은우다. 손님이 둘일 뿐인 거잖아. 껍질을 벗긴 감자를 삶고 그걸 으깨기 위한 그릇을 준비하는 동안 은우는 시야에 곧장 보이는, 체격 차이가 가히 엄청난 두 사람에게 이따금 주의를 돌리며 말했다.

"기억나지? 하나가 막 걷기 시작했을 때 마트에서 같

이 만났었잖아. 이제 벌써 다섯 살이다? 하나야, 하면 자기 부르는 줄 알아. 그냥 말만 못 해."

"하나야……."

하나는 오른손바닥을 들어 새끼손가락이 바깥으로 향하게 세우고는 검지를 새 부리 같은 입에 톡 가져다 댔다.

"대답하는 거야. 그냥 말만 못 하는데, 아무튼 말을 되게 잘해."

"수어네요?"

"……너 예쁘대."

"감사합니다."

"너는 누구냐."

"역시 이름까지는 기억을 못 하시는군요. 저는 류남입니다. 2121년에서 왔는데…… 아니지, 은우 누나 남자…… 사람 친구예요."

"너 왜 나랑 친구 먹어?"

"죄송합니다."

어째서인지 자그만 다섯 살짜리 아기 앞에 무릎을 꿇고 앉은 남은 지난주보다 신수가 훤해져 있었다. 일주일 동안 깨끗한 이 소파에서 숙면하고 은우 덕분에 몸을 보살폈으니 당연한 일이었다. 심지어 은우는 남의 옷까지 몇 벌 주문해주었다. 지금 입고 있는 회백색 긴소매 티셔츠도 개중 하나였다. 커다랗게 그려진 곰돌이 프린트는 은우의 취향이었다. 하나도 그 곰돌이가 마음에 들었는지 남을 별로 무서워하지 않았다. 하기야, 류남은 절대로 무서운 인상이 아니었다. 길을 지나다가 꽃 한 송이도 꺾지 못할 부드러움이 남의 얼굴에 깃들어 있었다. 아이들은 그런 인상을 어른보다 더 잘 구분한다고 했다.

"은우 누나가 절 도와줘서 이 소파에서 지내고 있어요. 감자 좋아해요?"

"아, 감자 빼느라 못 봤다. 좋아할걸? 감자 샐러드 만들어줄 때마다 잘 먹었어."

"그런가봐요. 누나가 만든 음식 중에 제일 좋아한대요."

"뭐?"

잘 삶은 감자를 그릇에 와르르 떨어뜨리던 은우가 커다란 포크를 쥔 채 두 사람을 쳐다보았다. 하나는 오른손을 꾹 웅크려 주먹을 만들고 그걸 제 코앞에 갖다 붙인 모습이었다. 하나에게 시선을 고정하던 남이 맑게 웃었다.

"저는 은우 누나가 만드는 음식은 다 좋아해요."

하나는 환하게 웃었다. 소리는 없었지만 언제나 주변을 울리는 미소였다. 두 사람은 서로의 눈을 쳐다보고 있었다. 할 일을 빼앗긴 은우는 얼떨떨한 표정으로 다시 감자를 으깰 수밖에 없었다.

"일반 학교에서 배운다고? 수어를?"

"네. 농인 비율이 높아져서……. 약간 제2외국어 같은 느낌?"

"배울 게 많아졌다더니 정말이네……."

미래가 어떤 모습인지는 모르겠지만 농인 비율이 높아졌다는 부분에서는 그럴듯한 예측 자료를 몇 개 훑은 적이 있었다. 환경호르몬이나 방사능 같은 위험 물질에 쉽게 노출되는 미래의 아이들이 이런저런 장애를 동반하게 된다는 AI 기반 기사였다. 어렵지 않게 남의 말을 수긍한 은우는 제 말을 알아듣는 게 신기한지 그 좋아하는 감자 샐러드와 전용 주먹밥을 앞에 두고도 손이 바빠 먹는 데 소홀한 하나를 흐뭇하게 쳐다보았다. 하나는 낯선 사람을 만날 때면 절로 말이 적어졌다. 아빠와 고모, 도우미 아주머니를 제외하면 제 말을 알아듣는 사람이 극히 드물었으니 자연스러운 일이었다. 남과 이야기를 주고받을 때마다 화사해지는 조카의 입에 직접 샐러드를 먹여주는 것도 잠시, 은우는 갑자기 손뼉을 쳤다.

"남이 너 취업할래?"

"제가요?"

"물론 3년 동안 나더러 널 받들어 모시래도 할 말이 없긴 한데……. 내가 아직 월급쟁이라 2인분은 버거워서. 너도 2년 전처럼 마냥 놀고먹기보다 일거리가 생긴다면 더 좋지 않겠니. 물론, 그때도 네가 영어를 좀 도와주긴 했지."

"'좀'이 아니라 '꽤'⋯⋯."

말꼬리를 늘어뜨리는 남과 옆에 나란히 앉은 하나를 번갈아 쳐다보던 은우는 핸드폰을 집었다. 아무래도 저 두 사람의 인연이 '꽤' 깊어질 모양이었다. 정우는 지금 이사 준비를 위해 발품을 팔고 있었다. 이제 하나를 유치원 특수학급에 보내야 하는데 그 유치원이 이 동네와는 조금 거리가 있다는 이유 때문이었다. 하나의 교육을 위해서라면 이사 정도야 기꺼이 치를 만큼 정우는 제 딸밖에 모르는 사람이었다. 물론 은우의 집과 많이 떨어져 있는 위치는 아니었다. 유치원을 기준으로 방향이 바뀌었을 뿐, 동네를 이어주는 버스가 몇 대나 있었다. 은우는 우선 두 사람에게 마저 식사를 권하며 남의 것과 마찬가지로 감자 샐러드를 듬뿍 끼워 넣은 모닝빵을 한 입 베어 물었다. 동시에 정우에게 전화를 걸었다. 물끄러미 은우를 쳐다보던 남은 검지를 뻗어 은우의 입가에 묻은 샐러드를 닦아주었다. 은우가 그렇게 했기 때문이다. 은우는 조금만, 조용히 놀랐다.

"⋯⋯어, 남정우. 매물 잘 보고 있어? 2019년 이후 완공된 집에 입주하려면 특히 주의해서 알아봐. 골조를 다 빼먹고 공사하는 회사가 더러 있었다고 나츠가 단단히 경고하더라. 그보다 지금 하나 봐주시는 선생님께서 새로 이사하는 집까지 출퇴근은 어려우시다는 상황, 여전해?"

유치원에 입학하면 오전부터 낮까지는 시설에서 하나를 돌보겠지만 어느 집이나 그렇듯 문제는 정우가 퇴근하는 5시까지였다. 3시부터 하나를 데리고 하원해 2시간가량 아이를 보살필 수어 선생님 겸 전문 도우미가 꼭 필요했다. 하원이야 둘째치고 어린 하나에게 언어를 가르쳐줄 만큼 수어에 능통한 인력은 정말 드물었다. 정우와 은우는 기꺼이 하나의 세계를 확장하기 위해 새로운 언어를 배워왔으나 타인에게는 쉽지 않은 일이었다.

"내가 어쩌다 보니……. 대체 가능한 사람을 찾은 것 같은데 네가 의향이 있다면 한번 자리 만들고."

없어서 못 찾는 처지에 무얼 가리느냐, 반색하는 정우의 목소리가 식탁까지 넘어왔다. 우선 볼일 마저 보라며 에둘러 통화를 종료한 은우는 막상 내지르고도 정우에게 이 친구를 이번엔 또 어떻게 소개해야 하나 막막해졌다. 무려 2년 전에 교제했지만, 지금은 헤어진 남자 친구? 그런 추억팔이야 각설하고 그냥 수어를 할 줄 아는 스물세 살 대학생? 아니지, 얘는 여전히 스물한 살인가? 내가 스물여덟이 된 동안에도? 엄청난 불공평이다. 은우의 속을 알 턱 없는 남은 멀뚱멀뚱 감자 샐러드를 끼운 모닝빵을 동내고 있었다. 어찌나 깔끔하게 먹어치우는지 입가에 남아 있던 빵가루조차 날름 사라졌다. 뭔가 희망에 가득 찬 표정으로 은우만을 쳐다보는 남에게 슬쩍 어깨를 으

쓰여 보인 은우가 마저 식사했다.

"남정우가 흔쾌히 동의할지는 모르겠네. 아무래도…….
남이 네가 남자라."

"제가 남자인 게 왜요?"

"하나가 여자니까 애 아빠는 여성 선생님을 선호해. 지
극히 당연한 논리고."

"여기서는 여성과 남성이 같이 있으면 안 되나요? 게
다가 저는 하나가 여성이라는 생각을 안 했어요. 아기잖
아요. 같이 있으면 안 된다고 쳐도, 누나랑 저는 이미 같
이 있는데……."

"……너처럼 정상적인 사고방식을 두고 범죄 데이터를
쌓은 남성들 때문에 편견이 생긴 거지. 미안하다."

"누나가 미안할 일은 아니에요. 혹시 누나도 저랑 같이
있는 걸 위험하게 생각했어요? 누나가 보기에 제가 남성
같아서? 일단 아기는 아니니까?"

"입 닫고 밥 먹어, 물음표 살인마."

"입 닫으면 어떻게 밥을……."

아무 토핑도 들어가지 않은 맨 모닝빵을 남의 입에 쑤
셔 넣은 은우의 귓가는 묘하게 불긋했으나 머리칼이 길
어 남의 눈에 띄지 않았다. 피가 섞이지 않은 여자와 남
자가 한집에 살아도 이상하지 않은 논리. 남정우라는 보
호자의 시각에서 볼 때 류남이 남하나의 수어 선생님이

되어도 이상하지 않을 논리.

역시 '남자 친구'뿐인가.

남정우는 그의 아내를 사랑했고 한집에 살며 하나를 탄생시켰다. 자연스러운 인류의 섭리였다. 하지만 이내 은우는 고개를 가로저었다. 요즘은 자연스럽지 않은 인류의 반항이 대세니까. 말도 안 되는 억지로 머릿속에 동동 뜬 네 글자 단어를 쓱싹쓱싹 치워낸 은우는 완벽한 사랑의 산물이라는 하나의 머리칼을 쓰다듬어준 뒤 식사를 마무리했다.

은우가 보기에 사랑은 산물보다 부산물이 많고 그래서 고통스러운 행위였다. 사랑이라 하면, 도저히 엄두조차 나질 않았다. 예컨대 쌍둥이 남매에게 찾아온 한 여자는 유독 많은 것을 남기고 사라지는 사람이었다. 사랑이라는 이름표를 달고서.

호화롭지는 않지만 궁색하지도 않은 가정에서 남은우와 남정우는 똑같이 나이를 먹었다. 고작 1분 차이로 태어났으니 오빠 동생을 가리지 않고 담백한 친구처럼 함께였던 그들은 성인이 되는 동안 크게 마찰하는 일이 없었다. 이차성징이라든가 사춘기라든가, 합법적으로 신경질을 발산할 수 있는 시기에도 정우와 은우는 물과 물처럼 고분고분 흘렀다. 보험회사에 장기근속 중인 엄마와 심리상담 센터를 운영하는 아빠가 세운 한 지붕 아래 아무도 역류하지 않던 남매였다. 의무교육은 같은 학교에서 배웠으나 선택한 대학교는 서로 달라 몸이 멀어졌다. 하지만 각자의 방향이 바뀐 20대가 되었다고 남매의 관계가 달라지지는 않았다. 그런데 별안간, 쌍둥이만의 잔잔한 호숫가에 웬 선글라스를 낀 여자가 유유자적 나타나더니만 새빨간 수영복 차림으로 다이빙을 해버렸다. 그들의 나이, 스물셋이었다.

이제 막 병역의 의무를 해치운 주제에 남정우는 결혼을 선언했다. 남은우와 남정우는 처음으로 목청을 찢어가며 다투었다. 고작 스물셋이라는 어린 나이에 결혼을 선택하겠다는 정우가 아쉬워서는 아니었다. 은우는 쌍둥이보다 다섯 살이 많은 그 사람이 정우 같은 미숙한 남자에게 인생을 걸겠다는 사실에 화가 났다. 남정우가 인턴으로 근무하는 호텔의 이사님이라는 여자는 사회적으로 성공한 사람이었고, 이제 막 전문대학의 졸업반을 지나는 예비 백수 남자애와 견주기에 지나칠 만큼 빛이 났다. '빛이 났다'는 말은 단순한 묘사가 아니었다.

이사님은 은우의 대학교 정문 옆 주차장에 세워진 차량 중 가장 번쩍이는 차종의 운전석 문을 열더니 두 다리를 한쪽씩 내밀었다. 곱고도 단단한 구두를 신은 발이었다. 뒤이어 열린 조수석 문에서 제 혈육이 내렸는지, 내리다가 넘어졌는지, 혹은 아예 안 내렸는지 은우는 알 수가 없었다. 아마 은우의 곁에 있던 밴드부 전원도 몰랐을 테다. 그만큼 주변을 흐릿하게 만들고 모든 집중력을 앗아가는 여자였다. 그는 하교하는 학생 중 단박에 은우를 찾아내더니만 살랑, 손끝으로 바람을 연주했다. 캠퍼스를 전경으로 흐드러지던 벚꽃잎이 일순 그를 향해 달라붙었다. 그렇게 거짓말 같은 사람이? 어째서?

은우는 제 이름에 존칭을 붙여 부르는 단아한 목소리를 생전 처음 들어보았다. 뒤이어, 정중하기 그지없는 인사말이 들려왔다. 검은 세단을 등진 채 은우를 향해 가까워지는 여자가 입은 옷, 그가 타고 온 차가 얼마나 값어치가 나가는지는 후일 국태영이 미주알고주알 분석하곤 했다. 그는 고작 스물여덟에 경제적 조건이 훌륭한 건 둘째 치고 세련된 미인에다 몹시 예의가 바른 사람이었다. 어린 사람을 함부로 대하지 않는 태도, 일말의 무례라고는 선택지에 없는 말투. 정우와 연애하며 은우와도 왕왕 식사했던 이사님은 가정을 꾸리고 싶다는 욕구가 강한 사람이었다. 부유한 부모 아래 형제가 없이 자란 이사님은 남정우라는 남자가 한 사람에 그치지 않고 남은우라는 여자와 같은 속성을 공유해 무려 두 사람으로 존재한다는 사실에 매료되었다. 자신이 사랑하는 '좋은 사람'이

둘이나 된다는 안정감이었을지도 모른다.

이사님은 정우의 나이가 결혼하기에는 이르다는 사실을 이해했고 정우가 자신의 나이가 될 때까지 기다리겠다고 했으나, 여기서 고집을 피운 사람이 남정우였다. 남은우는 그게 화가 났다. 그러니까 네가 뭔데? 정우의 독단이 한 신중한 어른의 인생을 망칠 것만 같았다. 이사님과 사랑하는 남정우는 이제 물 위에 동동 뜨는 기름같이 남씨 가족의 울타리를 벗어나고 있었다.

하지만 그 남자의 어리숙한 프러포즈를 함박웃음으로 승낙할 수밖에 없는 것. 언니는 그것이 감출 수 없는 사랑이라고 말했다. 스물셋짜리 남은우는 그 아름다운 여자의 찬란한 사랑이 쌍둥이 오빠를 뒤덮자마자 평범하기 그지없던 남정우의 인생이 반짝거리기 시작해 배가 아팠다. 남정우는 확실히 신데렐라처럼 특별해졌다. 아무에게도 말하지 못하는 남은우의 유치한 속마음이었다.

성인이 되고 처음 참석한 결혼식이 동갑내기 형제의 결혼식이었던 은우는 이름 모를 사람들 앞에 평생을 언약하고 '부부가 되었음'을 알린 그들을 향해 조금만 손뼉을 쳤다. 남들이 두 번 칠 때 한 번 치는 정도로. 결혼식장은 당연히 이사님의 호텔이었다. 하객들은 대부분 정우의 인생 역전을 시샘했다. 은우 역시 그 감정에서 자유로운 사람은 아니었다. 나도 언젠가 나와 함께 태어난 저

혈육처럼 인생을 바꾸어줄 사랑을 만날 수 있을까? 혼주석에 앉은 부모들을 향해 깊이 인사하는 은빛 티아라를 멍하니 응시하며, 은우는 그래도 저렇게 거짓말 같은 사람이 우리의 가족이 되었다는 사실에 감사하기로 마음을 다잡았다.

축복은 거기서 끝이 아니었다. 남정우와 언니는 금방 세 가족을 이루었다. 서른이 되기 전에 임신을 원했던 언니의 계획이었다. 정우는 아빠로서 자신의 능력 미달을 걱정했지만, 이사님에게는 엄마가 된다는 것이 경제적으로는 별일 아니었다. 한창 '남석중 심리상담 센터'에서 대표님의 아량으로 사무를 돕고 최저 시급을 받아 가던(그리하여 퇴사할 결심까지 세웠던) 은우는, 아직 아이를 가졌다는 티가 나지 않는 언니의 배를 물끄러미 바라보며 정우와 자신의 격차가 더욱 벌어져버렸다고 생각했다. 자신이 당장 딱히 결혼이라든가 아이를 원하는 건 아니었지만, 부모가 된다는 것은 인생의 목차가 완전히 달라진다는 의미 같았다. 사랑하는 사람을 만나 무난히 남편이 된 남정우. 심지어 부모가 된 남정우. 당시 대학을 막 졸업해 이리저리 이력서를 돌리기 바빠 허덕이던 은우가 보기에 정우의 삶은 너무나 매끄럽게 풀려가고 있었다. 그때 느낀 설명할 수 없는 껄끄러움. 어쩌면 똑같다고 생각한 저들의 속성을 등진 정우를 향한 배신감일지도 모르겠다. 물인 줄 알았는데 기름이 된 남정우. 그래, 정우가 걷게 될 앞날은 비옥한 기름의 땅이었다.

기쁨을 느끼면서도…… 기쁨을 느낄 수 없었다.

그때 은우는 아직 타인을 완벽하게 축하하는 법을 도무지 깨우칠 수가 없었다. 이런 마음가짐을 갖고 있으면서 타인을 돌보겠답시고 임상심리를 공부하는 스스로가 부끄럽게 느껴졌다. 은우의 심정을 헤아렸던 사람은 모순적으로 정우의 아내였다. 언니는 마치 은우의 개인 상담사 같았다. 대화를 나누던 중 묘한 분위기가 찾아오면 은우에게 고맙다고도 말했고, 미안하다고도 말했다. 언제나 무엇이 그렇다는 것인지 알 수 없는 타이밍이었다. 지금 생각해보면, 아마 이런 미래를 예견한 사람 같았다.

"거짓말하지 마."

설계해야 하는 고객 여행 일정이 산더미인 회사에 다급하게 반차를 쓰고 곧장 산부인과로 달려가던 중, 은우는 부고를 통보받았다. 산모는 갑작스러운 심장 이상을 견디지 못해 산아를 낳자마자 숨을 놓았으며 울음을 터뜨리는 아기의 손 한 번을 끝내 잡을 수 없었다고 했다. 기절할 듯 오열하고 있는 정우 대신 엄마로부터 걸려 온 기이한 전화였다.

허겁지겁 병원 로비에 도착한 은우는 방금의 전화와, 지금 이 순간이 한낮이라는 것까지 전부 실감 나지 않았다. 아름다운 부부의 그림은 꼬박 두 해를 넘기지도 못했다. 완벽한 사랑을 쟁취한 쌍둥이 오빠는 한순간에 그 사랑을 빼앗겼다. 이제 남정우는 생전 처음 보는 신생아를 남은 평생 사랑해야 하는 환부가 되었다. 언니는 마치 물거품처럼 그들의 삶을 두고 사라졌다.

남정우는 하얀 강보에 싸인 핏덩이를 끌어안은 채 까만 상복 차림으로 아내의 장례식을 치렀다. 자신의 재산이 오로지 이 아이만을 위해 쓰이길 바란다는 아내의 유언장은 마치 서른을 보지 않고 인생의 막을 내려버린 극작가의 마지막 대사 같았다. 남정우는 관을 삼킨 불꽃을 넋 놓고 바라보았다. 출처 모를 곡소리가 시끄럽게 울렸으나 이제는 울지도 못했다. 툭툭 떨어지는 사람의 조잡한 눈물 따위가 인생을 멋대로 집어삼킨 불꽃을 끌 재간이 없다는 사실을 깨우친 사람처럼. 그의 뒤에서 자리를 지키던 은우 역시 부득불 울음을 참았다.

……남정우가 이렇게까지 특별해지길 바란 적은 없었다. 미숙하고 어리석은 사람은 정우가 아닌 은우 자신이었다. 변함없는 자책감은 몇 년이 지나도록 은우의 마음에 서려 있었다. 하나가 엄마 없이 쑥쑥 자라나는 만큼 스스로 박은 가시가 깊어지는 느낌이었다. 아무도 은우를 나무라지 않는데도 은우는 자꾸만 뒤돌아 식은땀을 닦았다. 하나의 얼굴이 언니를 닮아가는 내내, 은우는 정

우 못지않은 언니를 향한 그리움을 느꼈다. 도무지 미워할 방법이 없는 거짓말 같은 사람. 언니가 보고 싶을 때마다 언니를 기억하는 머릿속 공간에 푸른곰팡이가 피는 기분이었다.

"잠든 지 30분도 안 됐어. 조심해서 눕혀."

빌라 공터에 비상등을 켜고 정차한 정우는 은우의 몸에 폭 싸여 늘어진 따끈한 하나를 넘겨받아 뒷좌석의 유아용 시트에 옮겼다. 최대한 소리를 죽이며 벨트를 채운 뒤 문을 닫은 정우의 표정이 썩 유쾌해 보이지는 않았다. 은우의 옆을 지키는 낯설면서도 묘하게 눈에 익은 남자 때문일 테다.

"안녕하세요. 제 이름은 류남입니다."

"……언제부터 같이 지내고 있는데? 왜?"

2021년부터 2023년까지 대략 한 달 하고도 일주일 동안. 미래 소년이 수학여행 중 길을 잃어서. 은우는 별안간 고개를 도리도리 저어 잡념을 털어낸 뒤 대답했다.

"설명하긴 복잡해, 이제 내 친구들이랑은 안면 텄고……. 아무튼 내 집에 머무르는 만큼 신원은 내가 보증할게. 하나랑 대화가 잘 통하더라. 일단 늦었으니까 오늘은 들어가."

까만 밤이었으나 당장이라도 경찰을 대동해 류남의 신분을 뒷받침할 서류들을 깐깐하게 요구할 듯 미심쩍은 표정을 짓고 있는 정우라서, 은우는 하마터면 '네 딸을 살린 생명의 은인이니 그만 눈을 깔라'라고 남을 변호할 뻔했다. 답답함에 가슴을 두드리는 은우의 뒤에서 남은 입을 꾹 다문 채 그저 은우와 분위기가 똑같은 정우를 조심스레 바라볼 뿐이었다. 나란한 두 얼굴은 마스크가 없으니 더욱 비슷했다. 은우는 정우의 어깨를 툭툭 밀며 운전석 안으로 집어넣었다. 겨우겨우 시트에 걸터앉은 정우를 향해 은우는 상체를 숙이고서 목소리를 낮추었다.

"엄마한테 말하면 죽는다."

"그러면 아빠한테 말한다?"

"야, 나도 내일모레 서른이야. 넌 진작 결혼해서 애가 다섯 살인데 난 뭐 집에 누굴 들이지도 못하냐고."

159

정우는 불쑥 가자미눈을 떴다. 은우와 쏙 빼닮은 눈초리였다.

"너 이거 동거야."

"브레이크 밟아, 시동 건다."

"다시 사귀어? 한 2년 내내 이런 말 없었잖아. 코빼기도 안 보였다고."

"아버님 안전 운전하시고요."

"애인 아니면 더 문제인 거 알지? 세이브 더 칠드런, 뭐 그런 거 아니지? 야. 에어비앤비도 안 된다?"

참지 못한 은우가 욕설을 지껄였다. 기다렸다는 듯 입꼬리를 끌어 올린 정우는 기어를 바꾸어 넣기 전 은우의 머리칼을 대충 헝클였다. "다 컸네." 그리고 유유히 딸과 함께 빌라를 떠나갔다. 고작 그 몇 분이 뭐라고 녹초가 된 은우가 마구 마른세수를 해댔다. 뒤에서 은우의 정수리를 물끄러미 쳐다보던 남은 엉망이 된 은우의 머리칼을 쓱쓱 정리해주었다.

"저…… 취업 된 건가요?"

"특채야. 쟤한테 월급 받으면 나한테 꼭 밥 사렴."

여전히 은우만이 열 수 있는 빌라 현관 자동문을 향해 나란히 걸으며 남은 제가 아는 음식의 이름을 종알종알 나열했다. 3년 동안 뭐든 사드리겠노라 상기된 목소리가 2년 전과 똑같았다. 완전히 그 문을 지나치기 전, 은우는 남에게 자동문 비밀번호를 가르쳐주었다. 초인종을 누르는 방법과 현관 비밀번호까지 모두 가르쳐주었다. 언제 어디를 가든, 더는 류남이 문밖에서 은우를 기다리지 말고 이 집에 들어올 수 있길 바라는 마음이었다. 은우는 기약 없는 기다림이 얼마나 고약한지 누구보다 잘 알고 있었다.

멍 빠지는 약이 효과가 있었다. 남에게 커다란 흰색 반소매 티셔츠를 입히고 남의 상처를 돌보던 은우는 이제 거리낌 없이 제게 맨 팔뚝을 드러내는 남을 거실 바닥에 앉혀둔 채 구급상자를 펼쳤다. 어느 한쪽에만 몰린 상처가 아니라 양팔 나란히 불거진 멍들은 선명했던 보랏빛을 지나 노랗게 번져갔다. 마치 뾰족한 물건으로 찌른 듯 보이는 오금의 흉들은 언제고 사라질 기미였다. 완전히 딱지가 진 상처 위로 연고를 얇게 바른 뒤 입김을 분 은우는 마무리하듯 반창고를 붙여주었다. 남은 자신의 상처에 집중한 동그란 정수리를 빤히 보고 있었다.

"이제 거의 다 나았다. 처음 만났을 때부터 진작 이렇게 해줄걸."

대체 어쩌다가 생긴 상처인지 남은 절대 대답하지 않을 테니 은우는 무어라 덧붙이지 않았다. 대신 캐릭터 패턴이 찍힌 반창고 위로 손바닥을 지그시 눌렀다 뗀 뒤 입꼬리를 올리고서 고개를 들었다. 남은 그런 은우의 눈동자를 1초 정도 쳐다보다가 급히 속눈썹을 아래로 내리깔았다. 은우는 얇게 헛기침을 했다.

"누나. 혹시 제가 사라지고 나서 저를 기다렸어요?"

"……하나를 살려준 사람인데, 당연히."

"고마워서요?"

"그럼?"

은우의 온기가 머문 팔뚝을 만지작대던 남은 이 거실에서 몇 편이고 재생했던 로맨스 영화들을 떠올렸다. 우리는 손을 잡았고, 누나가 나를 끌어안았고, 누나는 나를 걱정하고 있다. 누나와 '그런' 행동을 하게 된 것이다. 류남은 겨우 남은우의 눈동자를 바라본 채 커서가 깜빡이듯 시선을 보냈다. 눈썹을 끌어 올린 은우가 살며시 고개를 기울였다. 남은 꼭 누군가에게 들은 말이 있다는 듯한 어투로 말했다.

"고맙다는 마음만으로는 남자 친구 못 해요."

은우는 동그래진 눈동자를 삐걱삐걱 좌우로 굴렸다. 이런 종류의 분위기가 주변에 형성될 때마다 온몸에 쥐가 나는 듯 발가락부터 뻣뻣해지곤 했다. 쌍둥이인 남정우가 무려 스물넷에 아빠가 되는 동안 남은우의 연애 기록이 백지에 가까운 이유였다. 그 영화 몇 편이 뭐라고 이런 남은우보다 '남자 친구'에 대해 빠삭해졌는지 류남은 짐짓 심각한 표정을 지으며 이상한 훈계를 이어갔다.

"그런 마음 때문에 남자 친구를 사귀면 안 돼요."

"누가 사귄대?"

"제 생각에도 누나는 아직 먼 것 같아요. 누나 계정의 알고리즘에 SF만 뜨는 이유가 있었네요."

"너 이제 내 계정 쓰지 마."

쓰게 해줄 거면서. 남들이 그리는 다정함이 동그라미라면 은우가 그리는 다정함은 별 모양 같았다. 은우는 처음부터 그랬다. 제일 먼저 남을 도왔으면서 그 마음을 따라 돌아오는 감정에는 도통 신경을 쓰지 않았으니까. 서

로를 향한 고마움이 보답이 되고 뒤이어 관심이 따라오
는 단계마다 현관문을 쿵쿵 닫았다. 남은 은우가 조금 얄
밉다고 생각했다. 그래서 별안간 은우와 사이를 벌려 앉
았다.

"누나도 이제 저 만지지 마세요."

"너 남이 들으면 오해할 말을 하네? 만져? 내가 언제?"

"여기서 듣는 남은 저 하나고요. 설마 누나 기억 안 나
요? 나 돌아오자마자 멋대로 막, 막."

"막, 막. 뭐."

"안았잖아요."

남은 처음으로 은우를 향해 인상을 구겼다. 언성이 조금
높아지기도 해서, 은우는 제 목에 손을 가져가 긁적였다.

"……그건 반갑다는 인사였지."

"과해요. 그때만 그랬나……. 악몽을 꿨을 때도 그렇
고. 누나는 상습범이에요."

따지고 보면 남의 말이 맞았다. 크게 반박할 말을 고르
지 못한 은우는 그저 흡뜬 눈으로 남을 흘겨보았고 남은
기다란 양팔을 서로 교차하여 제 가슴을 가렸다. 은우가
그 팔의 상처를 턱짓했다.

"그럼 이제 그 상처는 누가 돌봐주냐."

"'여자 친구'요."

퍽 퉁명스러운 목소리였다.

남은우의 명의로 된 류남의 핸드폰에는 점차 다른 부류의 연락처가 저장되기 시작했다. 류남의 고용주 남정우, 남하나의 유치원 담임선생님과 같은. 새로운 생활 반경이 생긴 남은 은우가 집을 비운 동안 '밥벌이'를 위해 대중교통을 타고 낯선 공간을 찾아갔다. 물론 처음에는 은우의 도움이 있었으나 2021년에 비하자면 유동 인구가 훨씬 많아진 도시인지라 남은 아직도 적응에 어려움을 겪는 모양이었다. 특히 스마트폰 사용법을 탐구하기 위해 소파에 앉아 조그마한 기계와 씨름을 하는 남의 모습은 퇴근한 은우의 눈에 밟히는 흔한 그림이었다. 은우는 그럴 때마다 남이 사는 미래의 통신기가 대체 어떤 모양이길래 스마트폰을 저렇게 어려워하는지 궁금해졌지만 남은 또 대답해주지 않을 게 분명했다. 손을 씻고 정수기 앞으로 가 목을 축이는 은우의 뒤를 졸졸 쫓아다니며 집주인을 맞이한 남은 은우에게 스마트폰 화면을 불쑥 내밀었다.

　"카카오톡이랑 문자랑 뭐가 달라요? 제가 보기에는 똑같은 대화창인데……. 둘 다 사진이랑 동영상, 전부 다 보낼 수 있잖아요."

　"카카오톡으로는 이런 이모티콘이랑 선물도 주고받을 수 있어. 있다면, 돈도."

"그런 걸 왜 주고받아요?"

"……가족이나 친구, 애인끼리 마음을 표현하는 거지."

남의 미간이 잔뜩 구겨졌다. 정수리 어딘가를 긁적거리던 남은 궁금증이 풀리지 않는다는 듯 이내 스마트폰을 조금 더 두드리더니 은우에게 대화창을 내밀었다. 상대는 하나의 담임선생님이었다.

"혹시 이런 거 말이에요? 저는 이 사람의 가족, 친구, 애인이 아니잖아요."

말풍선이 감싸고 있는 이미지는 프랜차이즈 카페의 커피 쿠폰이었다. 눈매가 동그래진 은우는 얼른 그 스마트폰을 넘겨받고 저도 모르게 검지로 슥슥 대화창을 긁어 문자의 맥락을 타고 올라갔다.

> 하나가 아까는 기침을 하던데
> 좀 괜찮은가요?

네

> 다행이에요!

무응답.

혹시 선생님께서는 나이가
어떻게 되세요?

무응답.

저는 98년생이에요

2100년생입니다

네?

정적.

류 선생님 정말 재미있으시네요

혹시 커피 좋아하세요?

그리고 커피 쿠폰.

은우의 얼굴이 두 가지 의미로 경악에 물들었다.

"너 미쳤어? 2100년생입니다?"

"하지만 사실인걸요."

"설마 하나 담임선생님한테도 네가 미래에서 왔다느니, 수학여행 중이라느니 그런 말 꺼낸 건 아니지?"

"아직은요. 하지만 설명이 필요하다면 덧붙여야죠. 그게 제 행동 지침인걸요?"

"너 이 사람 꼬시려고?"

말을 내뱉자마자 은우는 뒤통수가 얼얼해지는 기분을 느꼈다. '남자 친구', '여자 친구' 노래를 부른 결과가 이쪽이었나? 순간 은우는 자신만이 남의 보호자 역할을 도맡을 수 있는 게 아니라는 사실을 깨달았다. 하기야 이 범상치 않은 얼굴이 보통 학부모들이나 들락거리는 유치원에 걸음 하기 시작했으니 남은 또 누군가의 눈에 띄었을 테다. 류남은 남은우가 아니더라도 또 다른 이의 명의를 받아 다른 핸드폰을 개통하고, 거처를 옮길 수도 있는 인물이었다. 은우는 남을 속박할 명분이 없었다. 은우는 한참을 머뭇거린 다음에야 반쯤 벌어져 움찔거리던 입술을 꾹 닫은 채 식탁 의자를 빼고 앉았다. 힘 빠진 손으로 남에게 스마트폰을 돌려준 은우는 지끈거리는 관자놀이를 돌돌 문질렀다.

"애인 아니면 더 문제인 거 알지?"

남정우의 말이 맞았다. 이건 정기 기부 프로그램이 아

니었다. 이 집이 숙박 시설인 것은 더더욱 아니었다. 류남과 자신 사이를 정의 내릴 단어가 필요했다. 남의 체류가 길어질수록 불가피한 작업이었다.

"'불가피한 작업'이라니, 대체……."

자신의 의식을 따라간 은우는 또다시 끙음을 내며 닫혀버린 감정의 문 때문에 진절머리가 난다는 듯 혼잣말로 중얼거렸다. 그런 은우를 유심히 살피던 남이 맞은편 의자에 앉았다. 남은 걱정스러운 얼굴로 식탁 위의 영양제 틈바구니에서 은우가 종종 먹던 두통약을 찾아 뒤적이고 있었다. 이내 푸른색 진통제를 찾았는지 물과 함께 내밀며 남은 덧붙였다.

"질투는 머리 아픈 거래요."

"……누가 질투를 해."

두통약을 털어 삼킨 은우가 지긋한 한숨을 내쉬었다.

사랑은 산물보다 부산물이 많고, 그래서 고통스러운 행위.

은우는 사람들이 사랑하며 남기는 그 부산물이 싫었다. 좋아하고 좋아해서 파생되는 행복이 끝이 아닌, 더 나아가 슬픔을 남겨야 하는. 함께 웃고 울어야 비로소 완성되는 것이 사랑이라면 도무지 엄두조차 나질 않았다. 은우는 사랑이 만들어내는 결점을 회피하려 했다. 대학 시절 남은우가 석사 진학을 포기하고 '남석중 심리상담 센터'를 그만둔 결정적인 이유였다.

이번에도 은우는 이렇다 할 대답을 남기지 못한 채 물잔을 내려놓은 뒤 남을 등지고서 욕실로 향했다. 덩그러니 남겨진 남은 은우가 두고 간 유리컵을 응시했다. 물은 아주 조금 남아 있었다. 남은 그게 은우의 마음처럼 느껴져 섭섭했다.

기울어지지 않는 방, 안정적인 공간. 불안하고 낡은 건물이 아닌 깨끗하고 낯선 아파트에 둥지를 틀게 된 쌍둥이 남매는 새로 생긴 부모님의 눈을 피해 이불로 텐트를 치고 그 안에 숨어 놀았다. 두 사람은 보육원의 것과 달리 막 새로 들인 동화책을 나누며 속닥거렸다. "진짜는 아닌 것 같지?" "진짜라고 쳐. 어차피 엄마, 아빠 얼굴은 기억도 안 나." 저 사람들이 이제부터 부모라고 하니 은우는 그렇구나, 따를 참이었다. 어쨌든 이제 자기만의 침대가 생겼으며 양부모는 좋은 사람들이었다. 그렇게 '남' 씨가 된 남매는 저들의 양부모가 아이를 가질 수 없는 몸이었고, 그리하여 공개 입양을 결정했고, 어떤 보육원에 유통기한이 지난 원 플러스 원 상품처럼 버려진 다섯 살배기 남매와 운명처럼 사랑에 빠졌다는 사실을 받아들여 갔다.

태초부터 내륙인이 못 되었던 은우는, 아주 어릴 때부터 인생에 배를 띄운 뒤 파도가 아닌 잔물결을 찾아 항해했다. 세상에는 내가 어떻게 태어났는지, 내 친부모는 누구인지, 무슨 사정으로 버림을 받았는지보다 중요한 일이 더 많았다. 초등학생 때는 체육 수업 때마다 열리는 피구 경기의 승패가 중요했고, 중학생 때는 얼굴을 덮는 여드름과 골치 아픈 수학 과목이 문제였다. 피가 섞이지 않은 부모님은 남매의 성장이라면 모든 일을 도우셨다. 엄마가 풀어주신 미적분 문제로 오답 노트를 끄적이던 은우는 이만하면 완벽하다고 생각했다. 아빠로부터 첫 면도를 배운 정우 역시 그럴 거라고 착각했다. 남매는 절대로 마찰하지 않는 동지였으니 말이다.

고등학교 2학년이 되는 2014년 겨울방학에 남정우는 처음으로 4시간 정도 가출했다. 건너편 방에서 무어라 소란스러운 남자들의 목소리가 들리더니만 정우가 그 길로 현관을 박차고 나간 것이다. 빌려 온 만화책을 읽다가 뒤늦게 방문을 연 은우는 처음으로 아빠의 눈물을 보았고 패딩을 두 벌 챙겨 정우를 따라나섰다. 기껏해야 학교 운동장이 종착지였던 혈육을 데리고, 은우는 정우를 진정시키기 위해 영화관을 찾았다. 그날 남매는 〈겨울왕국〉을 보았다. 국왕 부부를 태운 배가 폭풍우 치는 바다를 채 건너지 못하고 커다란 파도에 삼켜지는 장면은 고작 10초도 되지 않았으나, 남정우는 그때부터 엘사가 왕국을 얼리고 다시 녹이고 영화를 끝내버릴 때까지 하염없이 울었다. 정우는 퉁퉁 부은 눈으로 집까지 향하며 말했다. "나 사실은 오래전부터 친부모가 보고 싶었는데, 오늘부로 그 사람들은 저렇게 우리를 찾아오려다가 사고가 나서 죽어버렸다고 생각할래."

그럴 수도 있다. 정말 피치 못할 사정이 생겨 우리를 찾지 않을 수도 있다. 하지만 정우의 마음속에서 친부모의 장례가 치러진 날, 은우의 마음은 오히려 요동치기 시작했다. 그리워하고 있었구나. 정우가 친부모를 그리워하고 있었구나. 나는…… 혼자 만든 적막이 길어질 때면 은우는 고개를 저었다. '나'의 마음은 중요하지 않았다.

남은우는 성인이 되자마자 자취를 시작했고, 경기도 본가에서 멀어졌다. 은우가 양부모를 사랑하지 않는다는 의미는 아니었다. 합격한 심리학과가 서울이었을 뿐이었다. 은우는 진로를 결정하는 동안 아빠로부터 큰 영향을 받았다. 아빠는 해결하지 못하는 고통을 과거에 두고 온 사람들이 앞으로 나아가게끔 돕는 사람이었다. 그처럼 되고 싶었다. 은우는 학업에 매진하는 동안 이런 목표 의식 때문에, 막상 자신의 공허함을 더욱 꼼꼼하게 덮어버렸다. 양부모의 기질을 닮아 다정한 은우 주변에는 비슷한 친구들이 모여들었다. 그들과 함께 악기를 잡고 노는 일은 즐거웠다. 울 일은 드물었다. 슬퍼하게 되더라도 그건 뱃사람들끼리의 문제였지 출생지를 모르는 리드기타의 뜬금없는 우울함이 끼어들 틈은 없었다. 남은우는 국태영과 김희재, 그리고 나나세 치나츠가 있는 동아리방이 좋았다.

대학교 2학년 때 만난 강 군은 좋은 사람이었다. 음악이 취미인 은우와는 달리 음악이 전공이라 동아리방 연습실 복도에서 종종 마주쳤던 강 군과는 서로의 외양에 끌렸다. 강 군은 남 양에게 기타를 가르쳐주었고, 대학로의 돈가스 식당에서 단둘이 밥을 먹자 제안했고, 아이스크림까지 사주었다. 이런 간질간질한 선의가 사랑이라면 한번 빠져보는 것도 나쁘지 않겠다고 생각했다.

하지만 이내 강 군과의 부산물이 생겨났다. 원인은 강 군의 입대였다. 까까머리를 한 채 눈물을 뚝뚝 흘리며, 강 군은 저처럼 부족한 인간이 제대할 때까지 기다려줄 수 있겠느냐는, 지독한 결핍과 바닥을 드러냈다. 은우는 마음이 저미려던 차에 문을 닫았다. 아니, 닫혔다. 마치 자동문처럼. 은우는 강 군과의 전화통을 붙잡은 채 너를 볼 수 없음에 마음이 아프며 속이 미어진다는 축축한 목소리를 공유할 이유를 느끼지 못했다. 왜 그런 고통을 자처해야 할까? 동정을 자극하는 최후의 카드인 양 불우한 유년기를 고백하는 강 군을 앞에 두고 은우는 한숨 섞인

술잔을 비워냈다. 하나도 취하지 않았다. 그 길로 이별이
었다.

위로주 모임을 자처하는 '우와시스' 멤버들의 선심이 무
색하게 은우는 슬픔을 피했다. 이런 사건을 구실 삼아 또
한바탕 은우의 자취방에서 술판이 벌어지면 그만이었다.
은우는 다시 전공 공부에 매진했다. 더할 나위 없는 대학
생활이었다. 방학 때마다 은우는 '남석중 심리상담 센터'
에서 보조 업무를 공부했다. 그곳에는 슬퍼서 아픈 사람뿐
이었다. 은우는 아빠가 일하는 동안 임상심리학 전공 서적
을 펼쳐놓고 형광펜으로 밑줄을 그었다. 그러면 그 문장들
이 벌떡, 몸을 일으켰다.

억제 어떤 감정을 어디까지 보여줄지 통제할 수
있는 상태

억압 특정 감정을 드러내지 못하도록 강제하여
틀어막고 있는 상태

억압을 **억제**의 상태로 치료할 것

은우는 급히 책표지를 덮었다. 쭈뼛 식은땀이 도는 기

분이었다. 전공 공부가 깊어질수록 '아빠의 직장'이면 몰라도 '남석중 심리상담 센터'는 점차 불편한 공간이 되어 갔다. 상담실 의자에 줄줄이 앉아 과거에 머무른 사람들을 돕고 싶지 않았다. 정확히 말하자면, 도울 수가 없었다. 굳게 닫힌 책 표지 위로 은우는 핸드폰을 꺼냈다. 도피처가 거기에 있었다.

네 사람이 모인 대화방에는 대부분 농담이 가득했다. 주말이 가까워지면 맛집 주소가 오갔고 평일에는 카페 주소나 공연 정보들이 오갔다. 막내인 김희재까지 대학을 졸업하고 나면 서로에게 소홀해질 수도 있으리라 생각했으나 기우였다. 치나츠가 두 해나 일본에 다녀온 지금만 해도 은우의 핸드폰은 여전히 시끄러웠다. 오늘은 닭발집 주소가 떠올랐다. 하필이면 은우는 남이 차려놓은 저녁을 먹고 있었다. 그러느라 씹히는 연락을 참지 못한 희재로부터 전화가 걸려 왔다. 은우가 손대지 않아도 알맞게 깨끗해지는 집안, 벗어놓은 옷가지가 반쯤 쌓이기 무섭게 돌아가는 세탁기, 무슨 맛을 의도했는지는 모르겠으나 노력의 흔적이 보이는 식사. 그런 것들이 남의 하루를 보여주는 어느 날이었다.

"응, 희재야. 노포 닭발? 너네 술 마실 거면 나는 좀. 물론 내일은 주말이지. 그런데 슬슬 덥지 않니…….”

세 사람은 이미 모인 참인지 수화기 건너편에서는 익히 아는 목소리가 왕왕 울렸다.

—집세가 그렇게 아까운가, 은우?

—남은우는 추위도 못 참아, 더위도 못 참아. 몸이 왜 그 모양인데? 아니, 운동한다며.

—이 언니 헬스 끊어놓고 안 가. 은우 테레사 또 어딘가에 정기 기부 중. 듣고 있어? 불참 시 언니가 안주라고. 닭발 신세 못 면해.

자신을 앞에 두고 오므라이스와 김치볶음밥의 중간 어딘가를 재현해낸 남을 흘끗거린 은우는 대충 어, 그래, 맛있게 씹으시려무나, 통화를 종료했다.

“누나들이에요? 정말 일본인 누나가 다시 한국에 왔어요?”

젓가락을 고쳐 쥔 은우는 고개를 끄덕이며 밥알을 하나 물었다. 남은 ‘우와시스’ 멤버들과 재회하고 싶어 했지만, 남은우는 만우절이 한참 지난 지금까지도 그들에게 류남을 설명할 재간이 없었다. 물론 그때도 그 말 같지도 않은 말을 순전 재미있다는 이유로 순순히 믿어준 친구들이긴 했다. 그러나 남이 사라진 뒤 진하게 남은 자신의 감정부터 비밀이 된 마당에, 이 친구의 두 번째 체류에 관한 적당한 말을 고르기가 어려웠다. 그들도 여전히 이 애를 믿을까. 또 나를 나무랄까. 은우는 친구들에게 비밀이 생겼다는 사실이 무척 곤혹스러웠다.

오죽하면 그들이 꿈엘 다 나왔다. 요즘 따라 만남을 회피하는 은우가 한 칸짜리 컨테이너에 갇혀 있었고 사방에서 나타난 친구들이 각각 기아 타이거즈 야구 배트와 죽도, 그리고 일본도를 든 채 은우를 신문하는 꿈이었다. 세 사람이 위협적으로 한 발짝 가까워질 때마다 침대에 엎드려 잠이 든 은우의 몸이 흠칫, 몸부림을 쳤다. 아직 열대야가 오려거든 두 달은 이른데, 이마에 방울방울 땀이 맺힌 은우가 이불 안을 뒤척이다가 비명을 삼키며 벌떡 깨어났다. 커튼을 친 은우의 방은 사물의 형체만 어슴푸레 일렁거릴 뿐, 아직 어두웠다. 반사적으로 핸드폰을 더듬자 정말 친구들의 메시지가 와르르 쌓인 채였다. 침을 꼴깍 삼키고서 확인하니 그저 어제 먹은 음식 사진과 각자의 정산 문자, 집에 잘들 도착했다는 통상적인 내용이었다.

남은우

다음 주에도 안 나오면 쳐들어간다

어쩌면 예지몽일지 모르겠다. 모골이 송연해진 은우가 목덜미를 간질이는 머리칼을 쓸어 넘기며 눈을 비볐다.

기왕 깨어난 김에 마른 목을 축일 생각이었다. 침대 아래로 가지런한 파자마를 입은 두 다리를 주섬주섬 내린 은우가 조심스레 방문을 열었다. 새벽 2시. 류남은 소파 쿠션을 끌어안고서 고롱고롱 잠들어 있었다. 조용히 냉장고 문을 열어 묵직한 컵에 물을 따르는 은우의 시야에 남의 얼굴이 선명하게 보였다. 그만큼 집이 좁았다. ……만약이 집이 임시방편이 아니라면 남을 데리고 이사해야 할까? 출근길에 투룸 월세 가격을 검색해야겠다는 정말 바보 같은 생각이 들었다.

호로록.

한 모금 물을 삼킨 은우는 미간을 좁혔다. 어렸을 때 이런 게임을 자주 했었다. 그러니까, 틀린 그림 찾기 따위의. 2021년 2월과 달라진 게 하나도 없는 거실이라고 생각했으나 무언가 조금 이상했다. 여전히 커튼을 열어둔 채 잠이 든 남의 발목은 소파 끄트머리에 걸쳐져 있었고 그때나 지금이나 남이 덮고 있는 담요는 몸을 전부 감싸지 못했다. 남의 구겨진 체구가 과거를 상기시켜 은우의 뇌세포를 톡톡 깨우는 기분이었다. 까치발을 들고서 고양이 뺨치는 걸음걸이로 소파 앞에 다가간 은우는 오밀조밀하고 하얀, 그렇지만 윤곽은 짙은 남의 얼굴을 조금 더 자세히 쳐다보았다.

아, 잘 잔다. 눈썹이 정갈하면서도 식은땀을 흘린 흔적

없이 살짝 갈라진 앞머리가 보송보송했다. 남은 그때처럼 악몽을 꾸지는 않는 듯 평온한 표정을 지으며 흉곽만 색색 부풀리고 있었다. 저도 모르게 부드러운 미소를 지은 은우는 순간적으로 흘러간 시선이 남의 입술에 닿아버리자 흠칫 몸을 물렸다. 거듭 잠이 깨고 있었다. 도리도리 고개를 저은 은우는 얼른 거실 창밖으로 눈길을 던졌다. 정신을 차리기 위해 바깥 공기를 마시기에는 아주 늦은 시간이 아니라고 생각했다. 봄밤의 풍경은 온화하지만 낯설었고 은우는 잠시 남과 다른 공간에 있는 편이 낫겠다고 판단했다. 카디건을 한 장 챙겨 잠옷 위에 덧입고 여전히 까치발을 들고서 현관문을 나섰다. 류남의 잠귀가 얼마나 밝았는지는 잊은 채로.

　남은우는 카디건의 앞섶을 여미며 봄바람을 스쳤다. 그렇게 요 앞 편의점 문짝을 민 순간이었다. 편의점에는 아주 늦은 시간임에도 불구하고 고등학교 교복 차림의 소녀가 창가에 붙어 앉아 있었다. 컵라면을 하나 끓인 것 같지만 음식을 두고 제사를 지내는 양 모든 움직임이 고요했다. 핸드폰 시계와 소녀를 번갈아 쳐다보던 은우는 주류 냉장고에서 맥주 한 캔을 꺼내 계산한 뒤 쭈뼛쭈뼛 학생과 거리를 벌린 채 자리를 잡았다. 맥주 캔을 꼼지락거리며 학생을 쳐다보던 은우는 왠지 낯익은 얼굴에 고개를 갸웃거리다가 캔 뚜껑을 땄다.

"……저기, 혹시 요 앞에 장미 빌라 살지 않아요?"

이따금 단지 내에서 마주쳤던 여자애였다. 이 근방 중학교 교복을 입고 있었던 것 같은데 이제는 고등학생이 된 모양이었다. 별안간 말을 걸어오는 은우를 의식한 학생은 묵묵히 고개만 한 번 끄덕였다. 그에게도 은우가 마냥 낯선 사람은 아닌 듯했다. 일방적이었으나 말을 트고 나니 내적 친밀감이 생겼다. 슬쩍 자리를 한 칸 옮겨 조금 더 학생과 가까이 앉았다. 은우는 보란 듯이 핸드폰을 꺼내 테이블에 올려둔 뒤 화면을 한 번 두드렸다. 2시 21분. 학생의 시선이 잠시 그 숫자에 머물렀다가 무심히 유리창 너머로 돌아갔다. 천천히 고개를 주억거린 은우는 맥주를 한 모금 넘기며 그와 똑같이 빌라의 밤 풍경을 응시했다. 시간이 깊었지만, 빌라에는 드문드문 불 켜진 집이 있었다.

"이럴 때 놀이터가 있어야 하는데. 그렇죠?"

빌라 단지에는 다닥다닥 주차된 차량과 전봇대 아래의 벤치 두 칸이 전부였다. 그네라는 도피처를 잃고 편의점을 찾은 학생은 은우의 말을 듣자 눈을 돌리더니 맥주 캔을 가리켰다.

"저 그거 하나만 사주시면 안 돼요?"

표면에 송글송글 물방울이 맺혀 있는 맥주 캔을 넌지시 들어 올린 은우는 표정 하나 바꾸지 않고 대답했다.

　"보이죠. 19세 미만 판매 금지. 그리고 이거 별로 맛없어요."

　"그럼 왜 마셔요?"

　"여러 가지 이유가 있는데, 오늘은 착잡해서."

　양손에 턱을 괸 은우가 어깨를 으쓱였다. 영 싱거운 대답이라는 듯 학생은 다시 빌라를 바라보았고 은우는 밤하늘을 올려다보았다. 별은 희미하게 보였다. 문득 시선을 옮겼을 때, 창에 비친 소녀의 모습이 그날 그네에 앉아 있던 류남과 겹쳐 보였다. 은우는 천성을 못 이기고 에둘러 물었다.

　"부모님이 걱정하시지 않을까요."

　"아빠가 술 마시고 들어와서 엄마랑 싸우는 중이에요."

　"아." 작게 탄식을 뱉은 은우는 마시던 맥주를 조금 멀리 치워놓았다. 가만히 있어도 꾸중하는 사람이 없는데 할 말을 고르느라 검지로 테이블을 톡톡 두드리던 은우는 애에게 별안간 5만 원을 건네며 숙박비를 챙겨주는 것보다는 짧게라도 자리를 지키기로 결정했다. 편의점 바깥에서부터 교복을 입은 소녀를 향한 낯선 시선이 종종 들러붙었기 때문이다. 은우가 지그시 핸드폰을 엎으며 말했다.

"몇 시에 들어갈 거예요? 같이 있어 줄게요."

"……저기 불이 꺼지면요."

노란색 등이 켜져 있는 빌라 꼭대기 층을 검지로 가리킨 학생은 다시 나무젓가락을 가지고 이젠 다 불어터져 버린 컵라면을 휘휘 저어댔다. 아마 먹지는 않을 것이다. 은우는 잠시 몸을 일으켜 바나나우유나 빵, 과자 같이 저 맘때 아이들이 좋아할 만한 음식을 계산해 돌아왔다. 좁은 테이블에 진수성찬이 펼쳐졌다. 눈을 끔뻑인 학생은 망설이다가 바나나우유에 빨대를 꽂았다.

빨대 꽂힌 바나나우유를 마이크 삼아 소녀는 조금씩 제 얘기를 했다. 중학생 때부터 부모님의 부부 싸움이 심해졌고 그들의 눈치를 살피느라 집 주변을 돌아다니는 습관이 생겼다는, 놀이터가 있었을 때는 돈이 없어도 괜찮았으나 이 편의점은 공짜가 아니라 조금 힘에 부친다는 이야기였다. 은우는 가만히 들어주며 이따금 다른 간식의 포장을 까 학생 앞에 놓았다. 배가 고프긴 했는지 이것저것 집어먹는 볼이 홀쭉했다. 이럴 때마다 신세를 질만큼 친한 친구가 없다는 고백도 들려왔다. 은우는 '남석중 심리상담 센터'에 근무했던 경험을 토대로 마치 대기실 의자에 앉아 있는 것 같은 소녀의 말동무가 되어 주었다. 이 정도는 학사 지식만으로도 꽤 괜찮았다. 편의점 바깥에서 앵글을 놓고 보면 두 사람은 제법 친한 사이처

181

럼 보이기도 했다. 은우가 무어라 손동작을 덧붙여 떠들면 학생은 이따금 연하게 웃었다. 그러기에 바빠 두 사람은 저 꼭대기 층의 노란 불빛이 꺼지는 것도 눈치채지 못한 모양이었다. 갑자기 편의점 문에 달린 종이 거칠게 울렸다.

"소주 가지고 와."

죄송하지만 편의점은 술집이 아니라는 직원의 정중한 거절이 들려왔다. 하지만 진득하니 취한 목소리는 질 줄을 몰랐다. 은우의 몸에 가려져 있던 소녀가 계산대 쪽을 향해 고개를 내밀었다. 은우 역시 시선을 돌릴 때였다.

"너, 이 새벽에 거기서 뭘 하는 거냐? 심부름 좀 시킬까 했는데 코빼기도 안 보이더니만."

"……아빠."

은우는 와중에도 반사적으로 몸을 일으켜 남자에게 인사했다. 한 걸음 떨어진 사이를 파고드는 술 냄새 때문에 짐짓 학생을 뒤로 물릴 수밖에 없었다. 알코올에 절여져 진작 실핏줄이 터진 눈동자는 초점이 불분명했으며 미간은 하도 구겨져 털이 많은 눈썹이 서로 닿을 듯한 모양새였다. 은우의 인사를 받아줄 리 없는 남자는 몽둥이만 한 손을 뻗어 은우를 제치고 제 딸을 덥석, 붙잡았다. 가녀린 몸이 그쪽으로 질질 끌려가기 직전이었다.

"저기, 많이 취하신 것 같은데 이 손 좀 놓고 말씀하세요. 아이가 아파하잖아요."

"넌 또 뭐야."

가느다란 손가락이 남자의 손목을 붙잡았다. 은우를 바라본 남자는 송곳니를 내보였으나 은우는 기죽지 않고 신음하는 학생을 남자로부터 떼어냈다. 학생 역시 순순히 집에 가고 싶지는 않은지 아빠보다 은우의 품에 의지하며 잔뜩 경계를 세운 채였다. 남자는 꼭 붙어 있는 두 사람이 가소롭다는 듯 헛웃음을 쳤다. 뒤이어 그들을 지켜보던 편의점 직원이 마른침을 삼키는 소리가 들려왔다. 직원은 조용히 계산대 밑을 더듬어 비상 버튼을 찾는 듯 보였다.

"내가 낳은 딸 내가 데려가겠다는데 이 여자가……"

버릇처럼 남자의 손이 허공에 뜨자 소녀는 꾹 눈을 감
았다. 은우의 얼굴 위로 두툼한 손바닥 그림자가 졌다. 금방이라도 힘을 싣고 어디로든 내리꽂을 듯한 움직임은 비틀거렸다. 하지만 아둔하지는 않았다. 남자의 우악스러운 손이 은우와 소녀 사이를 마구잡이로 갈라놓기 시작했다. 팔뚝을 붙잡힌 아이의 비명이 울렸다. 동시에 울린 종소리가 묻힐 만큼 찢어지는 고성이었다.

"누나!"

커다란 몸이 불쑥 튀어나와 남자의 손찌검을 막았다. 돌아본 곳에는 땀을 흘리는 남이 서 있었다. 티셔츠 한

장 차림인 류남은 어딘가 열심히 뛰어다녔는지 앞머리가 흐트러져 있었다. 숨을 고른 류남이 제 뒤로 은우와 학생을 물러놓고 중년의 남자와 대치했다.

"이 사람 누구예요?"

뜻밖의 등장에 어안이 벙벙해진 은우는 한 박자 늦게 대답했다.

"여기 이 학생 아빠 같은데……."

남은 눈썹을 찌푸렸다. 또 한 사람의 방해를 받고 딸을 놓쳐버린 남자는 이제 아무런 사정도 봐주지 않겠다는 듯 남의 멱살을 잡아챘다. 진한 알코올 향이 풍겨왔다. 남은 처음 보는 눈빛으로 한동안 남자를 노려보는가 싶더니 별안간 은우를 향해 말했다.

"보내줘요, 누나."

은우는 제 귀를 의심했다. 남은 남자 못지않은 악력으로 제 티셔츠를 움킨 손가락을 떼어냈다. 이제 남자를 등진 뒤 은우의 손을 잡은 남은 꼭 이 자리에서 은우를 챙겨 달아날 사람 같았다. 남에게 붙잡힌 은우가 당혹감에 입술을 달싹였다.

"아빠라잖아요. 보내주지 않을 이유가 없어요. 우리는 집으로 돌아가요."

놀라우리만치 차분한 목소리였다. 남의 눈에는 겁에 질린 소녀의 얼굴이 보이지 않는 것만 같았다. 하지만 남

의 싸늘한 제안과 달리 소녀를 조금 더 품 안으로 감싼
은우는 잠깐 잃어버린 할 말을 되찾고서 남에게 날카로
운 시선을 돌렸다.

"애가 싫어하는데 어떻게 그래."

고집이 짙은 목소리였다. 한숨을 내쉰 남의 손에 힘이
들어갔다. 붙잡힌 은우는 가장 빠르게 그의 분노를 알아
차렸다. 류남은 아주 깊이 속눈썹을 내리깔았다가 다시
치떴다. 그 눈동자에 굳어진 남은우의 얼굴이 비쳤다.

"그게 누나랑 무슨 상관인데요."

맥이 풀렸다. 남은 은우가 당황한 틈을 타 은우의 손목
을 잡아끌어 편의점 바깥으로 향했다. 저벅저벅 걸어 나
가는 보폭이 커다랬고 한 번도 뒤를 돌아보지 않는 의지
가 차가웠다. 팔이 붙잡혀 나오면서도 은우의 시선은 소
녀를 향했으나 남의 뒤통수는 완강했다. 이제 편의점 바
깥에서 부녀를 관망하게 된 은우는 남의 손아귀를 빠져
나가기 위해 안간힘을 썼다. 그때 남자가 손바닥을 허공
에 들어 올렸고 소녀의 뺨이 돌아갔다. "류남!" 전에 없
던 날카로운 음성으로 남을 뿌리친 은우가 다시 편의점
으로 뛰어들었다. 세 사람이 뒤엉켜 옥신각신하는 모습
이 꼭 아수라 같았다. 그때 휘청이던 남자의 팔꿈치가 결
국 은우를 가격했다. 바깥에서 입술을 질끈 깨물고 있던
남은 망설이지 않고 편의점 안으로 뛰어들었다. 순간 눈

이 돌아 남자에게로 달려든 남은 그에게 똑같은 폭력을 대갚음하려 했으나 자신을 말리는 은우의 목소리 때문에 그저 술에 취한 남자의 팔을 붙드는 것밖에는 할 수 없었다. 뒤따라 소란스러운 움직임이 있었다. 매대에 놓인 양주류가 떨어져 축축한 파편이 되었다. 곧이어 멀리서부터 사이렌 소리가 들렸다. 편의점 직원의 호출이었다. 두어 명의 순경들이 뛰어들며 소란은 크고 작아지길 반복했다. 바닥에는 얼룩덜룩한 와인색 발자국이 난무했다.

류남이 상대를 단 한 대도 때리지 않게끔 말렸던 건 남은우의 혜안이었다. 덕분에 남은 신분을 의심받지 않았고 일방적인 폭력을 일으킨 남자와 폭행을 당한 소녀가 주된 조사 대상이 되었다. 참고인으로서 증언한 은우는 팔꿈치에 얻어맞은 갈비뼈가 좀 아팠으나 남 때문에 굳이 일을 키우지 않았다. 그들은 새벽 4시가 다 되어서야 집으로 돌아올 수 있었다.

은우는 눈에 띄게 지쳤고 눈에 띄게 차가웠다. 말없이 현관문을 따고 들어온 은우는 제 몸을 살피려 드는 남의 손길을 치우며 그저 냉수를 한 컵 따라 마셨다. 그런 행동으로부터 모종의 분위기를 읽은 남이 한마디 변명조차 하지 않을 때, 은우는 거칠게 컵을 내려놓고 남을 돌아보았다.

"그게 누나랑 무슨 상관인데요?"

"……."

시선을 회피한 남은 제 손바닥을 내려다보았다. 남은 마치 무엇을 확인하듯 손가락을 웅크리다가 묵묵부답으로 일관했다. 은우가 거칠게 앞머리를 쓸어 넘기며 한 걸음 다가왔다.

"진작 막을 수 있었잖아. 처음부터 남이 네가 도와줬으면 그 애가 맞을 일은 없었어."

역시나 남자에게 얻어맞은 자신은 안중에도 없는지 핏발을 세운 은우 때문에 남 또한 자꾸만 굳어지는 제 눈썹을 문지를 수밖에 없었다. 뒤통수 끝까지 무언가가 들끓었다. 남은 순간 이런 감정이 '화'라는 것을 깨달았다. 어금니를 꽉 사려문 류남은 남은우와 처음 만난 날을 떠올렸다.

"어쩌다가 누나가 그날 경찰서에 있었는지 이제 알겠어요. 누나는 교복이라면 그냥 지나치질 못하는 사람인 거예요. 왜요? 착해빠져서? 아니면 어디든 참견해야지만 직성이 풀리는 영웅 심리라도 있는 거예요?"

남의 언성이 높아지자 은우는 헛웃음을 터뜨렸다. 다른 사람도 아니고 제 도움을 받았던 류남이 자신의 성정을 꼬집는 것은 전혀 유쾌하지 않았다. 일자로 짙어진 눈

썹 아래 까맣게 탄 눈동자를 바라보며 은우는 조금 어긋
난 방패를 세웠다.

"그러는 너는 나랑 무슨 상관이 있어서 내가 내 집에
데리고 들어온 줄 알아?"

어딘가 삐딱한 은우의 대꾸는 미웠다. 남은 손가락 끝
을 움츠리더니 자신도 모르게 주먹을 쥐었다.

"그래서 물어봤잖아요. 왜 손을 잡아주고, 왜 안아주
고, 달래주고, 재워주고, 왜 먹을 걸 주면서 나를 도와주
느냐고 물어봤잖아요."

할 말을 잃은 은우는 그제야 말 틈의 사이를 두었다.
남은 은우의 무응답이 싫었다. 목적 없는 친절의 이유를
알아내면 그만이라고 생각했는데, 마치 그 친절이 자신
만의 것이 아니라는 듯 구는 은우의 목소리가 마음을 찔
러왔다. 입술을 짓씹던 남은 언제나 자신의 목울대를 괴
롭히던 말을 토해냈다.

"누나는 도대체 어떤 마음으로 나를 데리고 있는 거예
요? 누나 말처럼 나는 아무 상관도 없는 사람이잖아요.
자꾸만 길을 잃었다고 굴지, 침실은 하난데 돈은 두 배로
들지. 나는 저 소파가 나한테 작고 불편해도요, 누나랑
같이 있고 싶었어요. 이 집주인이 다른 사람도 아니고 누
나니까요."

은우는 벼랑에 몰린 듯 난처해졌다. 류남은 도대체 무

슨 말이 듣고 싶어서 자꾸만 삐걱거리는 제 감정의 문짝을 걷어차는 걸까. 왜 손을 잡고, 왜 안아주고, 왜 보살피느냐고? 그걸 몰라서 묻는 건가? 은우는 정해놓기 싫은 제 마음을 기어코 도마 위로 올려 확답을 바라는 듯한 남의 목소리가 이기적이라고 생각했다. 눈살을 구기자 옆구리의 통증이 화끈거렸다. 하지만 티를 내고 싶지 않았다. 전부 쓸데없는 감정 소모였다. 하나씩 드러나는 순간 모든 일은 꼬여버린다. 딱 지금처럼. 은우를 노려보던 남의 눈동자가 축축해지고 있었다. 남은 돌아오지 않는 은우의 대답을 기다리다가 주머니에 넣어놓았던 핸드폰을 은우의 손에 쥐여주었다. 그러고는 소파 위의 이부자리를 정리했다.

"……어디 가."

"무슨 상관이에요."

"시간 늦어서 위험해. 어딜 가더라도 해 뜨면 가."

현관으로 향하던 남은 잠시 걸음을 멈추고 아까보다 힘이 풀린 눈으로 은우를 멀거니 응시했다. 2년 전, 은우의 저 손목을 움켜쥐었다고 어색해졌던 며칠 밤이 떠올랐다.

"제가 위험한 사람일 수도 있어요. 누나한테요. 여태 그런 생각은 못 한 거예요?"

부산물 같은 감정이 둥둥 뜨기 시작했다. 은우는 더더

욱 고통스러워졌다. 류남이 물거품이 아니라, 두 다리로 걸어 문밖으로 사라진다면 다시 돌아올 리 없다는 이상한 예감이 들었다. 은우는 외면하고 외면했던 감정이 발끝부터 스산하게 자신을 좀먹어가는 상황을 막을 수가 없었다. 남은 딱히 꾸릴 것도 없는 단출한 몸으로 낡은 운동화에 발을 넣기 시작했다. 남이 쥐여준 핸드폰이나 노려보던 은우가 습기 찬 시야를 걷어내듯 손등으로 눈가를 문질렀다.

"류남, 너 가기만 해."

운동화 끈을 묶으려던 남이 순간 멈추었다. 그러나 아직은 제 말을 무르고 싶지 않았다. 은우의 입으로 자신이 그에게 어떤 사람인지 듣기 전까지는 그럴 마음이 없었다. 대충 운동화 끈을 수습한 류남이 현관문 손잡이를 잡았다. 은우는 그 굳건한 다짐이 밴 너른 등을 노려보다가 한 번 더 언성을 높였다.

"가지 말라고 했어."

문고리를 꽉 쥔 남의 손등에 핏줄이 섰다. 눈시울이 붉어졌다. 남은 솔직하게 그 모습 그대로 뒤를 돌았다.

"싫어요. 상관없다면서요, 난 예외가 아니라면서요. 누나한테 제가 '아무나'인 건 알았지만 이젠 확인받을 때마다 지긋지긋해요. 나라고 마냥 좋아서 여기 이렇게 붙어 있는 줄 아세요? 꼭 돌아갈 곳이 없다는 말을 무기 삼아 누나를 협박하는 기분이에요."

그는 머릿속을 섬광처럼 훑고 지나가는 그리움과 외로움을 지워내고 싶었다.

"나는 내가 돌아올 곳이 여기라고 생각했는데……. 누나한테 난 영원히 잠시 떠맡은 손님이겠죠. 2026년까지 기다릴 것도 없어요. 여기는 내가 머물 곳이 아닌 것 같아요."

그리움과 외로움을 지워내고 싶은 이는 류남뿐만이 아니었다. 하지만 흐트러진 일을 바로잡는 게 마음대로 되지 않았다. 남은우는 질끈 눈을 감았다. 책임질 수 없는 감정들이 머릿속을 괴롭혔다. 그러나 그게 전부였다. 그깟 자존심이 뭐라고 아무렇게나 내뱉어버린 뾰족한 말은 이미 수습 불가였다. 남은우는 저와 상관없지 않은, 분명한 예외인 남을 끝끝내 붙잡지 못했다. 현관문이 닫혔다.

집 안의 모든 사물은 죽은 듯 조용했다. 시곗바늘이 돌아가는 소리조차 들리지 않았다. 은우는 혹시 남이 닫고 나간 저 현관문이 시공간의 출입구가 아닐까 생각하다가, 그래서 더는 길을 잃지 않고 방향을 틀었을까 걱정하다가, 피로감을 느끼며 기대앉은 채로 천천히 속눈썹을 깔았다. 서서히, 푸른 바다에 잠기듯이.

191

해가 제대로 뜨지 않았다. 아무도 편히 잠들 수 없었기 때문이다. 남이 머물던 소파에 앉아 있던 은우는 뜬눈으로 창밖 도심을 바라보았다. 물길이라면 남의 흔적을 알 수 없을 테지만 육지에 올라선 그가 헤매는 길 정도는 찾아 나설 수 있을 것만 같았다. 그러나 은우는 쉽게 엄두를 내지 못했다. 이대로 놓아버리는 편이 나을지도 모른다고, 합리성만 따지고드는 내면 어딘가의 속삭임이 들려왔다. 닫힌 문 안은 언제나 침묵이었다. 싸우려는 의지조차 없는 듯 그랬다. 하지만 죄책감은 다른 문제였다. 그 모든 것을 차치하고 남은우가 진심 아닌 말을 날카롭게 갈아 류남에게 상처를 주었다는 사실만은 자명했다. 빛이 꺼진 남의 눈동자가 새벽녘에 어른거렸다.

은우는 시간이 얼마나 흘렀는지 자각할 수 없었다. 손 안에는 남이 두고 간 핸드폰이 여전했다. 머뭇머뭇 잠금을 해제한 은우는 남의 통화목록을 열어보았다. 8할이 남은우의 이름이었다. 이따금 섞인 이름마저 은우와 비슷한 정우의 것이었다. 순간 화면이 뿌예졌다. 반사적으로 눈을 비빈 은우는 잠시 몸을 움츠리다가 마침내 몸을 일으켰다. 남이 어디로 향했든 데리고 와야만 했다. 그에게 세상천지 혼자가 되었다는 기분을 더 오래 안겨줄 순 없었다. 현관으로 향한 은우가 방향을 고민하는 그 순간, 다른 핸드폰이 울렸다. 발신자는 '남정우' 세 글자였다.

"하나가 아침잠이 없어서 망정이었지. 하마터면 류 선

생, 신고당할 뻔했어."

버석해진 얼굴로 어깨에 노란색 별무늬 담요를 두른 류남은 끝끝내 남은우의 눈을 피했다. 남의 곁에는 담요의 주인인 하나가 앉아 있었다. 범상치 않은 분위기를 눈치챈 하나는 고모를 향해 조물조물 손가락을 움직였다.

"싸웠어?"

아주 약간 입꼬리를 끌어 올린 은우는 도리도리 고개를 저었다. 그들을 가만히 지켜보며 은우 몫의 차를 끓여 온 정우가 은우의 귓가에 은근히 복화술을 흘렸다.

"싸웠네."

이른 아침부터 힘이 잔뜩 솟았는지 아파트 놀이터에 나가자며 정우를 이끈 하나의 발치에 치인 남이었다. 그는 정우의 집 앞 복도에 쪼그려 앉아 꼬박 몇 시간을 기다린 모양이었다. 초인종을 멋대로 누를 시간이 아니었으니 달리 방도가 없었을 테다. 착잡한 한숨을 내쉰 은우는 정우가 내어준 찻잔에 코를 박고 있는 남을 기력 없이 쳐다보았다. 그럼 그렇지. 그렇게 큰소리를 쳐놓고 도망친 곳이 기껏 남정우 집이라니. 하기야, 하나의 유치원 선생님 집이 아닌 것이 다행이라면 다행이었다. 오만가지 감정이 교차했다. 널따란 어깨가 축 처져 있는 남의 모습은 볼썽사납기도 하고 안쓰럽기도 했다. 은우는 먼저 남을 향해 운을 떼었다.

"……류남. 이제 가자. 나 밤 꼬박 새웠어."

남의 눈빛이 주춤, 흔들렸다. 밤을 새운 사람은 남도 마찬가지였다. 여전히 대답이 없나 싶던 남은 은우가 아닌 하나를 바라본 채 말했다.

"안 가고 싶어요."

다소 잠긴 목소리였다. 알 수 없는 통증이 느껴지기도 해서, 은우는 제 심장 아래 빳빳이 세워져 있는 무언가를 꺾을 수밖에 없었다.

"나 '아무나' 이렇게 데리러 오지 않아."

드디어 남의 눈동자가 은우를 향했다. 은우는 식탁 위로 남이 남기고 간 핸드폰을 내밀었다.

"그러니까 집에 가자, 남아."

돌아온 핸드폰과 은우의 목소리. 남은 이내 찻잔을 내려두고 식탁에 제 손을 얹었다. 그 손으로 핸드폰을 쥐는가 싶었는데 아니었다. 정확히 류남은 손바닥을 내밀었다. 하얗고 커다란 손. 은우는 잠시 그의 손금을 빤히 바라보다가 의중을 깨달은 듯 헛웃음을 냈다. 은우는 그 손 위에 자신의 손을 겹쳤다. 하나가 손뼉을 치는 소리와 정우가 칼로 물을 베는 소리가 동시에 들려왔다. 마침내 장막을 걷은 일요일 아침이었다.

어김없이 기울어지는 새벽을 지나고 나면, 집 안은 평

정을 찾았다. 류남은 남은우를 소파가 아닌 침대에 앉혔다. 그 앞 바닥에 앉아 무릎을 꿇더니만 처음부터 하고 싶은 얘기가 있었다는 듯 살며시 은우의 손목을 잡아왔다. 은우는 이번에도 온몸에 쥐가 나 뻣뻣해질 것만 같았으나 일단은 남을 두고 보기로 했다. 머뭇거리던 남은 뜻밖의 이야기를 꺼냈다.

"누나, 다친 데 없는지 보고 싶어요."

은우의 눈매가 동그래졌다. 물론 아직도 갈비뼈 부근에 은은한 통증이 있긴 했지만 남을 생각하기 바빠 잊고 있던 은우였다. 은우는 머뭇거리다가 티셔츠 위 상복부 부근을 어루만졌다. 어느 한구석을 더듬으니 유독 뻐근한 지점이 있기는 해도 놀랄 만큼은 아니었다. 은우는 부드럽게 입꼬리를 올리고서 양손을 허공에 들어 보였다.

"괜찮아. 하나도 안 아파."

나지막이 한숨을 내쉬며 그리 심각하지 않은 은우의 상태를 확인한 남은 그제야 척추에 힘을 푼 뒤 새벽보다 온순한 얼굴이 되어 은우의 손을 내려다보았다. 우습게도 두 사람의 손은 떨어질 만하면 다시 얽히고 있었다.

195

"……누군가의 삶에 개입하는 게 두려워요. 사실 처음 누나를 만났을 때 아무에게도 미래를 말할 생각이 없었거든요. 그런데 그때 누나를 생각하면 도움을 주지 않을 수 없었어요. 또 남의 일에 간섭했다가 그때처럼 원치 않게 사라져버릴 것 같아서, 저는 그게 무서웠나봐요."

은우가 작은 탄성을 터뜨렸다. 오히려 남이 불완전하다는 사실을 잊고 있던 사람은 은우였다. 남을 위험한 일에 끼어들게 했으니 마땅히 사과해야 할 일이었다. 자책감이 쌓여가는 마당에 은우는 만에 하나 남이 또 사라진다면 제 마음이 어떨지를 곱씹었다. 답은 간단했다. 당장 몇 시간 전만 해도 이 얼굴이 보고 싶었다. 보고 있기만 해도 3년은 짧은 시간이었다.

"누나 말이 맞아요. 누나는 제가 아니더라도 저 같은 처지라면 그 사람을 구했을 거예요. 그런 누나를 나무라서는 안 됐는데, 저 너무 겁이 많아서."

"……겁은 나도 나. 네가 사라진다는 거 말이야."

은우는 갑자기 사라져버린 것들을 생각했다. 친부모라는 사람들, 정우의 아내와 하나의 목소리까지. 암만 큰돈을 남기고 떠난 새언니였으나 하나의 데인 성대는 그 돈으로 고칠 수 없었다. 하나의 엄마를 돌이킬 수 없는 것처럼, 돈으로 해결할 수 없는 일이 진정한 불행이었다. 물거품처럼 떠나가버린 것들은 무슨 수를 써도 다시 나타나지 않았다. 사라진다는 건…… 그런 것이다.

"2년 전에는 사실 네 말을 완전히 믿지는 않았어. 타임머신을 타고 수학여행을 왔다거나, 2026년에 그 타임머신이 생긴다거나, 그런 것들."

"지금은 정말 믿어요?"

"네 말처럼 다른 병원을 찾아서 하나를 구했고 코로나는 정말로 2023년에 끝났잖아. 근데 그거 조금 불편하더라. 혼자서만 미래에 무슨 일이 일어날지 알고 있다는 거 말이야. 그러니까, 나는 코로나가 언제 끝나는지 알았어도 이 희망을 누구랑 공유할 수가 없었잖니. 누가 믿겠어. 그냥……. 나 혼자 반신반의하면서 기다리는 거지. 기다렸더니 정말이었고."

"그것 봐요. 차라리 미래라면 아무것도 모르는 게 나아요."

은우는 어깨를 으쓱였다.

"그래도 아직 딱 하나는 알아. 2026년에 류남이 타임머신을 타고 무사히 집에 돌아간다는 사실. 정말 안정형의 이별 선언이잖아."

"제가 안 돌아갔으면 좋겠어요?"

남의 목소리는 이제 더 솔직해져도 괜찮다는 허락 같았다. 은우는 천천히 그런 남의 뺨을 쓰다듬었다. 처음으로 영원을 바라고픈 얼굴이었다.

"……해 떠도 가지 마. 말없이 사라지지 마."

물밑에 빠져있던 감정이 숨이 붙은 듯 떠올랐고 은우는 그것들이 흘러들어 오기를 기다렸다. 천천히 눈을 깜빡이다가 자신을 바라보는 남의 몸이 제 옆에 기둥처럼 묵직하다는 사실이, 그래. 좋았다. 이 애가 남기고 간 것이 무어라고 2년 동안 돛대를 세우지 못한 은우였다.

나는 계속 여기에 있었어. 배가 아닌 집을 만들고 싶었나 봐. 너를 기다리면서. 아주 어리석은 짓이지.

은우는 어리석은 것들의 말로가 어떠했는지 똑똑히 알고 있었다.

어리석음이란, 저 남자의 부드럽게 익어가는 함박웃음으로 손을 뻗을 수밖에 없는 것. 은우는 더 이상 마음을 감출 길 없어 남의 목덜미에 팔을 둘러 감았다. 남은 은우의 허리를 감싸 끌어오며 서로의 앞머리가 섞일 만큼 가까워진 거리에서 대답했다. "사라지지 않을게요." 제대로 발화되었는지는 모르겠다. 허공에 내뱉기도 전, 숨결과 함께 은우의 입술 사이를 찾아 사라진 목소리였다.

이렇게 마음 놓고 남을 안아본 지가 언제인지 모르겠다.

저렇게 지성 없이 초인종을 누르는 사람은 딱 한 명밖에 없었다. 범위를 넓히자면 두세 명. 어느 정도 피로가 풀린 느슨한 오후, 한참 샤워 중이던 은우는 잠시 샤워기를 잠근 뒤 제집을 울리는 소리가 맞는지 거듭 확인하다가 머리를 흠뻑 휘감고 있는 거품부터 씻어냈다. 핸드폰도 침대에 두고 나왔는데 뭘 어쩌겠나. 알아서 기다리겠지. 뒤이어 전화벨이 울리는 것 같았다. 받지 않으면 5분 정도는 바깥에서 기다릴 녀석들이다. 은우가 슬슬 속도를 붙이며 헹군 머리에 트리트먼트를 묻힐 때였다.

"네, 나가요."

"……나가? 누가?"

거실을 가로지르며 현관으로 향하는 발소리가 집을 울렸다. 류남이었다. 그제야 잠이 확 달아나버린 은우는 와중에도 손바닥에 흠뻑 묻은 트리트먼트가 아까워 머리에 치덕치덕 얹어놓은 채 커다란 수건을 낚아채며 욕실 문을 열었다.

"야! 하지 마, 안 돼!"

하지만 류남이 더 빨랐다.

"……어쭈구리?"

욕실 바깥으로 어정쩡하게 한쪽 다리를 뺀 은우가 황급히 손바닥을 뻗었으나 소용없는 짓이었다. 남은 해맑게 손님들을 맞이했다. 기어이 쳐들어온 세 사람을 말이다. 현관 문짝만 한 류남을 뚫고 은우에게로 향하는 세 쌍의 눈동자는 여전히 온화함과는 거리가 멀었다. 경멸 가득한 그들의 눈빛은 류남이 아닌 남은우를 향했다. 국태영은 류남을 제치며 남은우가 잽싸게 좁히는 욕실 문을 향해 돌진했고 남은 청년 둘은 영차영차 류남을 거실로 연행했다. 트리트먼트를 제대로 닦아내지 못한 채 허름한 차림으로 욕실에서 끌려 나온 남은우의 머리에는 커다란 수건 한 장이 덜렁 덮여 있었다.

"언제부터야?"

태영의 질문은 함축적이었다. 졸지에 소파 앞에 무릎을 꿇고 앉은 남과 은우는 서로를 쳐다보다가 소파에 앉은 세 사람을 흘끗거렸다.

"얼마 안 됐어, 진짜야. 하, 한 일주일?"

"언니 너 얘 데리고 이러느라 우리 연락 안 받은 거?"

"소식 모른다더니."

웬만하면 은우의 편을 들어주는 나나세 치나츠의 목소리 역시 차가웠다. 그때는 거짓말이 아니었다. 하나하나 설명하는 것이 너무 억울해진 은우가 우왕좌왕 입술을 벙긋거릴 때, 의외로 차분한 쪽인 남이 대답했다.

"정말이에요. 일주일은 더 됐고 2주일은 안 됐어요. 제가 2년 전에 집에 갔다가 다시 돌아왔거든요."

"돌아왔는데 왜 또 여기야. 아니지. 왜 여기서 쟤랑 저러고 있느냐고."

"샤워요?"

"샤워하기 전에."

"잠을?"

"잤어? 이런 미친……."

죄가 없는 소파 쿠션을 은우에게 내던진 태영이 소매

를 걸어붙였다. 밤이 되었으니 잠을 자는 게 당연한데, 남은 영문을 모르겠다는 표정이었지만 이 세 사람 역시 듣고 싶은 말이 많을 거라고 이해했다. 어떻게 말해야 은우가 괜찮을까 고심하던 남은 머리 색이 달라진 일본인 누나를 향해 시선을 고정했다. 저쪽은 미래를 기대하는 사람.

"코로나가 끝났으니까 어떻게 됐는지 공부하려고요."

남은 은우가 물었던 말을 반복했다.

"아직 수학여행 중이라서요."

광속의 눈빛으로 남을 훑어본 치나츠는 이 애가 2년의 흐름 치곤 하나도 변하지 않았다는 사실을 기민하게 깨달았다. 그런 증거들은 시간 여행이라는 정황을 뒷받침했다. 물론, 치나츠가 본 영화에 근거해서. 곧이어 치나츠는 시니컬하게 대답했다.

"류 군, 무진장 열심히 수학 중이네."

두 사람을 번갈아 쳐다본 치나츠는 이내 다 큰 어른들이 아무렴 뭐 어떤가, 소파에 푹 기대 태영의 등을 토닥거렸다. "은우도 배울 건 배워야지." 덧붙인 말처럼 은우는 어린애가 아니었다. 국태영과 김희재는 류남이 너무 어린애처럼 보여서 화를 낸 것이었지만, 시간 여행의 속성을 이해하려 들지 않는 두 사람의 머릿속에서 류남은 곧 두 살을 더 먹었다.

"다 됐고, 왜 우리한테 숨겨? 닭발 먹으러 나오면서 데리고 등장하면 되잖아. 난 그게 기분이 나쁘다고. 언니랑 우리 사이에 비밀? 말이 돼?"

"아니 뭐 대뜸 어디서부터 설명을 하니, 희재야. 내가 숨기려고 숨긴 게……."

"맞지. 우리가 언니 연애 사업 하나도 이해 못 할 사람들 같냐고."

애초부터 희재의 핀트는 그쪽에 맞춰져 있었다. 그러고 보니 세 사람 중 누구도, 갑자기 떠났다가 갑자기 나타난 남의 사정을 캐내려들지는 않았다. 어차피 갑자기 만났다가 갑자기 헤어지는 게 연애라는 논리였다. 와중에 하나둘 생긴 말하기 어려운 사정일랑 남녀 사이 당연한 거고, 그들은 단지 은우가 벽을 세우는 것 같아 기분이 떨떠름했을 뿐이었다. 은우와 가장 친한 세 사람의 눈에 그들의 공백은 이렇게 보였다.

'말하기 어려운 연애 사정.'

에둘러 아닌 척했지만, 처음부터 그랬던 연애 사정 말이다. 피가 섞이지 않은 여자와 남자가 한집에 살아도 이상하지 않은 논리. 그 자연스러운 논리.

남은 문서에 파묻혀 있는 은우가 자신에게 시선을 주

지 않을 때면 머리카락을 빗겨준다고 부르더니 헝클이고 도망갔다. 그러다 기어코 등짝을 맞고 나서야 아픈 척을 했다. 두 사람은 슬리퍼를 한 짝씩 바꾸어 신고 나가 딸기 한 상자를 사 왔다. 이 계절의 마지막 딸기였다. 나란히 식탁 의자에 앉아 은우가 좋아하는 팝송을 들으며 열심히 딸기 꼭지를 땄다. '오아시스'의 'wonderwall'이었다. 그런 하루를 보내는 날에 남은 핸드폰으로 은우의 사진을 200장 정도 찍곤 했다. 은우가 쪽잠을 잘 때마다 남은 은우의 하얀 손바닥에 '바보'라고 썼다. 가끔은 '잠꾸러기', '잘 자'라고도 썼다. 남은 어느 순간 은우에게 확실한 파스타를 만들어주고 박수갈채를 받았다. 왼손은 뒷짐을 진 채 오른손을 가슴에 대고 허리 숙여 인사하는 모양새가 〈톰과 제리〉의 제리 같았다. 남은 은우가 하나의 장난감 퍼즐을 맞추고 있으면 두 조각을 훔친 뒤 완성 직전에 돌려주었다. 두 사람은 동네 근처 샐러드 맛집을 찾아다녔고 이따금 심야 영화를 보았다. 공원을 산책할 때, 남은 갑자기 저 동산의 커다란 나무를 가리키더니 '저기까지 먼저 가는 사람 소원 들어주기'를 외친 다음 무작정 달렸다. 은우는 남에게 완벽한 분리수거를 가르쳐주었으며 함께 장바구니를 들고 장을 보았다. 수산물 코너에선 새로운 생선을 한 가지씩 사보았다. 남은 낙지가 별로이며 고등어구이가 좋다고 말했다. 은우는 남에게 언젠간 바다를 보면서 매운탕을 꼭 먹어보자고 약속했다. 매일 밤 달라지는 소망을 읊조리며 잠이 들락 말락 하늘거리는 은우를 마주 보고서, 남은 손가락의 개수를 세어준다는 핑계로 은우의 양손을 가져갔다. 열 손가락을 하나하나 어루만지며 남은 딱 아홉까지만 셌다. 하나가 어디 갔냐고 호들갑을 떨자 은우는 졸면서 웃었다. 남은 은우에게 입을 맞추어 재웠고, 입을 맞추며 깨웠다.

덕분에 안전한 여행이었다.

2024

'새해를 시작하며 꼭 읽어야 하는 책'

장 교수의 인문학 신간은 제법 홍보 효과가 좋은 헤드
카피를 두르고 있었다. 대형 서점에 본격적으로 깔린 그
의 책 『빅데이터가 쓴 대한민국 시나리오』는 내로라하는
트렌드 분석 및 금융투자 가이드 시리즈 사이에서도 단
연 눈에 띄었다. 덕분에 어렵지 않게 상사의 서적을 찾아
낸 은우는 체크무늬 목도리를 풀어 오른쪽 어깨에 걸친
가방에 집어넣은 뒤 가장 상단의 한 권을 집어 들었다.
걸음을 완전히 멈춘 은우는 책 표지를 열어 머리말을 읽
어 내렸다.

'제 직업은 미래를 예측하는 점성술사나 무당이 아닙니

다. 빅데이터와 인공지능을 연구하는 저는 사실 역사학자에 더 가깝습니다. 과거의 인류가 쌓고 연구해온 데이터에 집중해 과학기술로 구현한 본 시나리오는 아직 다가오지 않은 허상입니다. 영화로 즐길지, 다큐멘터리로 남길지는 독자 여러분의 선택에 달렸습니다.'

장 교수다운 밑장빼기라고 생각한 은우는 아주 살짝 쓴웃음을 짓다가 책장 전체를 크게 훑어보았다. 그런 은우의 모습 때문인지 서점을 구경하던 두어 명이 띄엄띄엄 모여 같은 책을 가져갔다. 그때 누군가가 살금살금 다가왔다. 가독성이 좋은 문장에 잠겨 있던 은우는 커다란 손이 자신의 어깨를 부드럽게 쥐어오자 눈을 깊이 깜빡이며 깨어났다.

"누나."

남이었다. 은우의 독서를 방해하고 싶지 않다는 듯 은우의 등 뒤에 선 남은 코트 양쪽 주머니에 손을 넣은 뒤 겉옷 앞섶을 벌려 그대로 포근히 은우를 안아주었다. 은우는 잠시 그 튼튼한 몸에 기대었다가 사람들의 시선을 의식하고서 읽고 있던 책을 덮었다. 그러고는 남의 팔을 꼭 움킨 채 계산대를 향해 걸음을 옮겼다.

"그 책 사는 거예요? 재밌어요?"

"재밌을 것 같아. 일부는 내가 쓰기도 한 책이라서 교수님이 주시는 거 말고 서점에서 직접 사고 싶더라."

"아, 장 교수님 책이 그거구나."

부드럽게 대답한 남이 제 오른쪽 팔을 붙잡은 은우의 손을 떼어내며 제 손과 맞잡게끔 고쳤다. 은우의 손에는 올해도 계절이 물들어 있었다. 겨울만큼 차가운 손을 코트 주머니에 넣어 조물조물 녹여주는 동시에 남은 천장이 높고 탁 트여 잘 정돈되어 있는 서점에서 나는 특유의 디퓨저 향을 맡았다. 아직도 낯선 건물에서 포근한 냄새가 났다. 장난감과 아동 의류가 모여 있는 층에서도 조금 비슷한 냄새가 나기는 했다. 하지만 6층의 것이 확실히 더 달짝지근했다. 남은 거기에 있다가 왔다.

"하나가 코듀로이 치마를 입기 싫어해서 정우 형이 슬퍼했어요."

"걔는 슬퍼할 것도 많다. 그래서 뭘 샀는데?"

"멜빵바지요. 끈 길이가 조절돼서 내년까지 입을 수 있을 것 같대요. 하지만 치마를 사면 스타킹도 사야 하니까 돈 낭비라는 거예요. 물론, 하나가요."

미간을 심각하게 좁히며 똑 부러지는 표정으로 조잘조잘 손을 움직이는 하나의 모습이 눈에 선해 은우가 웃음을 터뜨렸다. 계산대 앞에서 잠시 점원과 책이며 카드며 주고받은 은우는 가방에서 목도리를 꺼낸 대신 거기에 책을 넣었다. 남이 자연스럽게 목도리를 은우의 목에 둘러주며 시선을 맞추었다.

"기왕 여기까지 온 거 저녁 먹고 들어가자니까 하나는 그것도 돈 낭비래요. 집에 가면 가정부 아주머니가 만들어놓은 갈비찜이 남아 있는데, 쇼핑센터 식당 음식은 그것만 못하다면서요."

"누구 조카인지 몰라도 줄줄이 명문이네……. 그래서 곧장 집에 간 거야?"

"네. 그리고 아직 수요일이라 분명 누나가 피곤할 거래요. 그래서 지금부터 저는 이쪽을 모시겠습니다."

"그럼 우리라도 외식할까? 나 연봉 협상 성공했잖니. 쥐꼬리에 살쪘어."

솔깃한 제안이었으나 하나에게 배운 듯 단호한 표정으로 고개를 내저은 남은 은우의 목도리를 겹겹이 겹쳐 바람이 들지 못하도록 매듭지었다. 히터가 빵빵한 쇼핑센터를 나설 준비가 되었냐는 듯 결의에 찬 얼굴로 정문을 턱짓한 남이 다시금 은우의 손을 꼭 쥐어 챙겼다.

"소꼬리는 어때요? 하나가 하원하자마자 그 갈비찜 자랑해서 저도 질 수 없었어요."

"진짜? 갈비찜을? 네가?"

"정확히는 하나랑 제가 같이요. 정말이지 스마트폰 안에는 없는 게 없어요, 누나. 기술이 미개하다는 말, 완전히, 완전히 취소하고 싶어요."

은우의 명의로 개통되어 은우의 카드 한 장이 등록되어 있는 핸드폰 하나로 남은 거의 모든 살림을 해냈다. 여전히 넷플릭스도 보았으며 진작 뉴스와 시사 채널까지 섭렵했다. 류남은 남은우와 살고 있지만, 김희재나 나나 세 치나츠와 속성이 비슷했다. 유행하는 콘텐츠 속 요리 강좌 동영상을 보며, 배달시킨 재료로 그럴듯한 집밥을 구현하는 일이 낙이 되었다. 이제 은우는 집에 돌아가자마자 손을 씻고 식탁에 앉아 갈비찜을 먹기만 하면 된다. 그러면 남이 마음껏 흐뭇해할 것이다.

그런데 이번에는 입술을 비죽거리고 있었다. 은우가 밥상머리에 앉아서까지 퇴근길에 사 온 책을 팔랑팔랑 넘기고 있었기 때문이다. 볼 한쪽에는 갈비찜 한 조각을 밀어 넣고서 뭐가 그리 심각한지 느릿느릿 음식을 씹는 은우는 호평을 의미하는 감탄사를 기계적으로 반복할 뿐 남이 유달리 신경 쓴 알밤이라든가, 당근이라든가 곁 재료를 눈치채지 못했다. 참다못한 남은 큰 손을 뻗어 은우가 정독 중인 책을 덥석 빼앗아버렸다. 그제야 눈매가 동그래져 남을 쳐다본 은우는 아차차, 고개를 내저었다.

"미안……. 최대한 빨리 읽고 피드백을 드려야 할 것 같아서."

"누나가 집에 와서도 일하는 거야 흔하지만, 식탁에서 딴짓하면 예의가 아니에요. 밥 먹을 때 안 쓰는 손은 식탁 아래 내려야 하고요."

전적으로 동의하는 바였다. 빠르게 수긍한 은우는 뾰로통해진 남의 표정을 흘끗거리며 뒤늦게 웬 주먹만 한 알밤이 들어있네, 당근이 달달하네 너스레를 떨었다. 갑자기 빨라진 은우의 식사 속도를 물끄러미 쳐다보던 남은 다시 한번 은우의 젓가락질에 제동을 걸었다.

"그렇게 먹으면 영양소가 충분히 흡수되지 않아요. 식사는 최대한 천천히 해야 건강에 좋대요. 딱 누나 나이만큼 꼭꼭 씹으세요. 막 한 해가 지났으니까, 한 번 더 씹으세요."

"너 도대체 요즘 뭘 보는 거니. 그런 고지식한 식사 예절과 건강 상식의 출처가 어디야?"

"〈전원일기〉랑 〈생로병사의 비밀〉이요."

"뭐? 그거 다 보려거든 네가 여기 온 시간 다 합쳐도 모자랄걸?"

"유튜브 쇼츠로요. 제가 흥미로워하면서 엄지를 찍으니까 시리즈를 계속 보여줘요. 누나, 〈전원일기〉가 얼마나 로맨틱한 드라마인지 아세요?"

"당연히 모르지. 그거 20년 전에 완결 났고 20년 동안 방영했어. 그럼 최소 40년 전인데, 너한테는 140년 전의 드라마가 로맨틱하다고? 어디가?"

이제 은우는 빼앗긴 책에서 류남에게로 완전히 흥미를

돌렸다. 입안 가득 담백하면서도 고소한 고기 조각의 풍미가 느껴졌다. 갖다 팔아도 되겠다고 생각하며 냄비 안 가장 커다란 조각을 집어 남의 밥그릇 위에 얹어주었다. 남은 은우를 앞에 두고 드라마 대사를 흉내 낼 때 가장 즐거워 보였다. 아마 작중 등장하는 어느 연인인지 부부인지의 대사인 모양이었다.

"'날 사랑해요?'"

은우는 입을 다문 채 알밤을 씹었다. 업데이트된 제 나이만큼. 그러면 목소리 톤을 바꾼 남이 자문자답하며 장면을 이었다.

"'그건 '소금이 짜요?'랑 똑같은 질문이야.' '그럼 소금이 짜요?' '짜. 짜도 너무 짜.'"

은우가 손뼉을 치며 함박웃음을 터뜨렸다. 저 녀석, 주민등록번호만 있었더라면 배우를 시켰을 텐데. 더는 책에 시선을 두지 않고 온전히 자신을 향한 은우의 눈동자가 마음에 쏙 들었는지 남은 은우가 얹어준 조각을 의기양양한 자세로 우물거렸다. 꼭꼭 다 씹어 삼킨 다음에는 눈을 빛내며 물었다.

"그럼 갈비찜이 맛있어요?"

"맛있어. 맛있어도 너무 맛있어."

장 교수는 협박 메일을 받았다. 장 교수와 이메일 주소를 공유하는 은우는 사태의 심각성을 모르는 듯 탕비실의 과자나 까먹고 있는 장 교수를 가림막 너머로 흘끗 바라보다가 제 선에서 이메일을 정리해나갔다. 회신할 수 없는 익명의 메일 주소는 차단하고 차단해도 끝이 없었다. 와중에 은우는 사이버 수사를 의뢰할 수 있게끔 상대방의 소스를 따고 있었다. 메일함에는 이따금 제 이름을 밝히는 기자들이 섞여 있었다. 신문사의 정치 성향을 고르고 고른 뒤 기자의 이름을 따로 검색한 다음에야 첨부된 명함 한 장을 추린 은우가 장 교수의 책상으로 다가갔다.

"제일 신뢰할 수 있는 환경부 기자 메일에 별표 찍어 뒀어요. 인터뷰하시는 편이 좋을 것 같아요. 학계에 그런 발표를 한 사람이 교수님 한 분도 아닌데 너무 특정된다는 기분 안 드세요?"

"당장 출간된 책 다 폐기하고 밤길 조심해라. 그러죠? 어디서 불법 체류자 외국인한테 쥐도 새도 모르게 칼 맞는 수가 있다. 그러죠?"

사태의 심각성을 모르지는 않는가 보다. 하지만 당사자인 장 교수는 큰 감흥이 없어 보였다. 은우는 그가 그러는 척을 하는 중이라고 생각했다. 이대로 지구온난화가 가속된다면 인류는 77년 뒤에 멸종하리라는, 사실상 카운트다운을 선고한 사람은 장 교수가 아니었다. 장 교수는 그저 은우와 함께 해독하고 모은 데이터들을 토대로 그 시뮬레이션을 구현한 책을 냈을 뿐이었다. 그야, 그게 장 교수의 직업이니까.

『빅데이터가 쓴 대한민국 시나리오』는 대한민국이 77년 안에 어떤 방식으로 사라져가는가를 다양한 측면에서 다루었다. 차례를 살펴보면 '뻔하디뻔한 기후 위기', '오염과 질병', '저출산과 이민', '노령화와 의료 붕괴', '돌아오지 않는 세금과 마이너스 국고', '핵폭탄과 윤리 없는 전쟁'까지 국민이라면 어느 하나쯤은 고개를 주억거릴 만한 데이터가 정리되어 있었다. 저자인 장 교수는 이 시나리오 어디에도 자신의 개인적인 견해가 첨가되지 않았으며 순전 학계에 보고된 자료들과 쌓인 데이터가 본문을 이루었다는 점을 강조했다. 정리하자면 이 책은 계몽주의 서적이 아니었다. 오히려 오이디푸스식 극작에 가까웠다. 이것이 당국을 넘어 세계가 직면한 운명이며, 현세를 버티듯 살아가는 한낱 인간으로서는 아무도 이 운명에 대항할 수 없고 뒤집을 수조차 없다. 우리는 그저 당하고 마는 것이다.

'책을 마치며 : 이 책을 완독하기까지 독자 여러분이 놀라는 지점은 한 군데도 없으리라는 사실에 감히 제 예측을 걸어봅니다. 여러분은 은연중 이 모든 소식을 접해왔습니다. 하지만 삶이 바빠 외면했을 것입니다. 출처를 알 수 없는 '카더라'로 치부하면서 말입니다. 저는 이 모든 정보의 출처를 밝히며 주석을 달았습니다. 그저 이 책이 여러분의 미래에 어떠한 지침서가 된다면 영광이겠습니다.'

책이 출간되자마자 독자들은 이 세밀한 시나리오에 끔찍한 인상을 받았다. 다방면으로 구체적인 장 교수의 지구 멸망 시나리오에는 드라마가 없었다. 퍽퍽하게 죽어 갈 인류의 모습은 영화가 아닌 다큐멘터리였다. 이 지침서에는 아무런 희망도 없었다. 장 교수조차 어떠한 희망을 걸고 정리한 책이 아니었기 때문이었다. 그래서 장 교수는 종종 협박 메일을 받았다. 출처는 굳이 확인하지 않아도 보수주의 단체들과 배가 나올 대로 나온 대기업일 터였다.

"20년 넘게 공학을 공부할 땐 몰랐는데, 은우 씨. 내 안에 어떤 예술성이 있는가 봅니다. 조만간 문화계 블랙리스트에 오르게 생겼어. 심지어 내 책은 인문학인데."

"교수님. 저 진지하게 찾아봤어요. 아무도 모르는 사이에 환경운동가가 이틀에 한 명씩 죽어 나간대요."

"은우 씨 눈에는 내가 환경운동가로 보여요?"

"자본주의와 척지시긴 했죠. 발표하신 초현실주의 시나리오 때문에요."

"내가 그걸 만들었나. 인류가 다 함께 일군 역사적 데이터를 자양분 삼아 AI가 만들었지. 같이 땔감 넣은 사람으로 은우 씨 지목하진 않을게요. 걱정하지 마."

정부가 꾸린 '미래예측데이터전략팀'은 이제 공기업 산하가 아니었다. 연구팀은 장한결 교수가 은우에게 본인 소속 대학교의 사무실 책상 한 칸을 마련해주었던 그 즈음 분리되었다. 정권이 바뀌면 학계의 지원 예산이 반 타작 난다는 것쯤은 잘 알고 있는 장 교수였다. 그는 자본에 타격을 입었으나 개의치 않았다. 어차피 컴퓨터를 붙잡고 씨름하는 사람은 장 교수 당사자였으며 없느니만 못한 연구생 몇 대신 남은우라는 일머리 좋은 직원이 자신을 보조하고 있었기 때문이다. 온종일 모니터를 들여다보면서도 양안 1.5의 시력을 유지 중인 장 교수는 자신과 달리 블루라이트 차단 안경을 쓰고 있는 은우를 향해 눈썹을 까닥였다. 조금 능청스러운 움직임이었다.

215

"게다가 난 자본주의랑 척지지 않았어요. 출간 일주일 만에 중쇄를 준비한다는데 쾌재를 불러야죠. 그렇지 않아도 제일 아끼는 직원이랑 연초 연봉 협상에 실패했다고. 나도 먹고살아야 하잖아."

"77년 동안 혼자 잘 먹고 잘사실 일만 남아 좋으시겠어요?"

"혼자 사는 중년 여자일수록 제일 중한 게 자본입니다,

은우 씨. 물론 연하남 데리고 살 계획이어도 제일 중한 게 자본이고요."

단박 눈살을 찌푸린 '제일 아끼는 직원' 은우는 상사를 못 이기겠다는 듯 한숨을 내쉬었다. 아저씨 같아. 이런 책을 썼으면서 누구보다 돈을 좋아하는 장 교수를 빤히 쳐다보던 은우는 자신이 데리고 사는 연하남을 뒷배 삼아 애매하게 반박했다.

"……교수님 책처럼 그렇게 빨리 끝나지는 않을 거예요."

류남의 말을 빌려, 류남이 살았던 2121년은 과학기술이 극도로 발전한 태평성대였다. 현대 인류가 그토록 갈망하는 타임머신을 성공적으로 만들어낸 그들이다. 이시나리오대로 속수무책 무너지지만은 않으리라는 사실을, 이번에도 '혼자서만' 알고 있었다. 역사가 흘러왔던 방식이 그러했듯이 계속되는 난세에 어떤 비상한 영웅이 탄생해 해결점을 만들어냈겠지. 그래서 남이 부모님과 함께 살며 스물한 살까지 고등학교에 다니고, 수학여행을 왔겠지. 하지만 이 진실을 장 교수에게 이성적으로 설명할 방법은 없었다. 은우는 입술을 달싹거리다가 책상으로 돌아왔다. 그러고는 듀얼 모니터 한쪽에 구글을 띄워 '대기업 청부살인' 따위를 검색하려다가 곧 관두었다. 다른 쪽 모니터에 메신저가 떠올랐기 때문이다.

누나

　류남이었다. 고작 두 글자에 미소가 만연해진 얼굴로
은우는 잠시 답장을 위해 키보드를 두어 번 두드렸다.

데리러 갈게요

오늘 추워요

　집에서 이곳까지는 1시간 반. 현재 시각은 오후 5시였
다. 은우는 남이 이미 30분 전 지하철을 탔다는 사실을
알 수 있었다. 곧장 약속 장소로 가면 될 일을. 하여간 말
릴 길이 없는 비효율의 극단이었다. 은우는 꽁꽁 얼어붙
는 눈사람 이모티콘을 연달아 전송하는 남에게 긍정의
짧은 답장을 보낸 뒤 업무로 돌아갔다. 그 1시간이 죽도
록 느리게 흘렀다. 그러나 그 이후부터 시간은 눈 깜짝할
새에 흘러갈 테다. 남은우는 류남 덕분에 체감하는 중이
었다. 시간은 사랑 앞에서 가장 불공평하게 흐른다는 아
인슈타인의 상대성 이론을.

　상도역 1번 출구 앞에 우뚝 솟아 있던 남은 은우를 발
견하자마자 성큼성큼 뛰어와 은우의 마른 손을 붙잡았

다. 너무 차가웠다. 남은 이 손을 코트 주머니에 넣고 문질러주기 위해 지하철을 두 번이나 갈아타고 도착했다. 이제 여의도까지 은우와 꼭 붙어서 함께 갈 수 있다. 두 사람은 만원 지하철에 올랐다. 남은 그 칸의 사람들 가운데서도 머리 하나가 비죽 나와 있었다. 남은 주변을 둘러보다가 은우를 구석에 세우고 가방에서 주섬주섬 마스크를 꺼내 은우에게 씌워주었다.

"요즘 코로나가 다시 유행이래요. 하나도 챙겨주고 있어요."

남의 가방 안을 흘끔 들여다보니 캐릭터 패턴이 알록달록 찍힌 소아용 마스크가 잔뜩 들어 있었다. 배시시 눈웃음을 지은 은우는 마스크 덕분에 더 따뜻해진 호흡을 고르며 남의 어깨에 가만히 이마를 기댔다. 퇴근 후에는 보통 체력이 바닥나 있었다. 자리가 날까, 남은 열심히 시선을 굴리고 있지만 아마 은우는 자리가 난다고 해도 앉지 않을 터였다. 사람이 많은 지하철에 오를 때면 본인보다 더 앉고 싶을 사람을 위해 다리에 꼿꼿이 힘을 주는 은우였다. 남은 그런 모습들을 얼핏 이해하는 척할 수 있을 만큼은 은우를 학습했다. 그저 환승역에 다다랐을 때 은우가 인파에 휩쓸리지 않도록 팔을 잘 붙잡아 자기 앞에 세우는 것이 최우선이었다.

"고장 난 무빙워크 위를 걷는 기분, 너무 이상해요. 얼른 고쳐줬으면 좋겠다."

"왜 이상할까? 움직이는 줄 알고 내 몸은 준비를 다 했는데 안 움직여서?"

"저 뭔지 알 것 같아요. 어떤 컵에 든 내용물이 콜라인 줄 알고 마셨는데 그냥 물일 때도 이상해요."

호탕하게 웃으며 남을 향해 고개를 돌린 은우는 그런 그가 귀여워 죽겠다는 투로 덧붙였다.

"어쩌면 기대하는 마음은 인간의 습성인가봐."

상도역에서 여의도역까지 직선거리는 짧지만 지하철로 이동하려면 족히 30분을 더 가야 했다. 그것도 노선 역방향으로 멀어져 7호선과 5호선이 겨우겨우 겹치는 환승역에 다다라, 다시 왔던 방향을 거슬러 올라가야 한다. 그렇다고 택시를 타기에는 서울 도로가 마비된 시간이었다. 주말을 앞둔 금요일. 도시 전체가 어떤 기대감으로 떠들썩했다. 은우와 남 역시 마찬가지였다. 드디어 태영의 새집 집들이 날짜를 조율했기 때문이다. 넷이서 쪼르륵(객원 멤버 한 명까지) 제2의 직장으로 넘어간 다음부터 '우와시스'는 함께 모일 기회가 줄어들었다. 태영이 여의도 회사 근처 오피스텔로 이사 간 지는 두 달이 훌쩍 넘었으나 이제야 양손 가득 두루마리 휴지와 키친타월을 사 들고 찾아갈 수 있었다. 은우와 함께 초대받은 남은 하나를 돌보고 가르치며 직접 번 돈으로 세제를 샀다. 태

219

영이 알려준 고층 오피스텔 주소를 따라 번쩍번쩍한 엘리베이터에 오른 두 사람은 헤에, 입을 벌렸다. 마스크를 턱 아래 내린 은우가 본인도 모르게 중얼거렸다.

"국태영이 이렇게 빨리 성공할 줄이야……."

"여기가 누나 집보다 성공한 곳이에요?"

"어디다 뭘 갖다 대니. 심지어 얘는 전세고 나는 월세인데."

"월세는 이제 아는데 전세가 뭐예요?"

"미리 큰돈을 담보로 주고 집을 빌리는 거야. 나중에 충분히 살다가 집을 빼면 그 돈을 도로 받을 수 있어."

아리송한 말이었다. 돈을 주고 살다가 나가면 다시 돈을 받는다고? 그럼 그동안 살던 값은 어떻게 치르는 거지? 남은 고층으로 올라가며 귀가 먹먹해지는 감각 때문에 고개를 기울였다. 뒤이어 경쾌한 울림과 함께 엘리베이터 문이 열렸다. 드넓은 복도를 나란히 걷는 두 사람은 진회색 현관문마다 금색으로 장식된 호수를 살펴보고 있었다. 그러던 중 남이 결심한 듯 말했다.

"성공의 척도가 큰돈이라면, 누나. 제가 꼭 전세를 드릴게요."

"그럼 나 인간의 습성에 충실하게 지금부터 기대한다? 아, 저기야. 2308호."

양손이 무거운 남 대신 한 손이 비어 있는 은우가 초인종을 누르자 저 안쪽에서부터 누군가 우다다 뛰어오는 소리가 가까워졌다. 벌컥, 현관문이 열렸을 때 가장 먼저 김희재의 얼굴이 보였다. 희재는 얼른 남의 쇼핑백 하나를 받아 들었다.

"태영 언니가 먹고 싶은 거 다 시키래. 자기 좀 늦는다고."

"뭐? 집주인이 안 왔어? 그럼 너 어떻게 들어왔어?"

은우는 신발을 벗고 널따란 거실을 가로지르며 부엌부터 찾아 집들이 선물을 내려놓았다. 거실 소파에서 다리를 꼰 채 앉아 핸드폰을 쳐다보고 있던 나나세 치나츠가 한 손을 척, 들어 보였다. 그 역시 퇴근길이었던지라 평소보다 얌전한 셔츠 차림이었다. 치나츠가 저런 옷을 입고 앉아 있을 땐 다시 곱게 색을 뺀 탈색모가 무색하리만치 점잖아 보였다.

"왔는가, 은우. 그리고 류 군. 문 앞에서 태영에게 전화하니까 비밀번호 가르쳐 주더라. 0000이래. 그것보다 불족발을 시킬까 하는데."

은우를 따라 들어오다가 소파 앞에 무릎을 모아 앉은 남이 끼어들었다.

"누나 매운 거 못 먹어요."

"류 군. 그쯤은 나도 알아. 감히 8년 지기 앞에서 커플임을 과시하다니."

목도리와 코트를 차례대로 벗어 식탁 의자에 걸친 은

우는 아직 살림이 많이 없어 텅텅 빈 수준의 오피스텔을 구경하느라 그 간지러운 놀림을 듣지 못했다. 꼭 제집인 양 침실과 다용도실을 소개하던 희재에게 은우가 볼멘소리를 냈다.

"조심성 없기는 나보다 더하네. 뭘 믿고 비밀번호가 아직도 0000이야? 요즘 같이 흉흉한 세상에?"

"바꿀 정신이 없었대. 방에도 침대 하나 덜렁 있고 여태 덜 푼 이삿짐 상자가 저만큼이야. 나 이따가 언니 오면 청혼할까봐. 나도 태영 언니랑 결혼해서 이 집 우렁각시가 되는 거야. 비밀번호도 바꿔주고, 이삿짐도 정리해주고, 밥도 차려주고. 남이처럼."

"네가 퍽도 살림을 하겠다. 그리고 우리 결혼한 거 아니거든?"

"유사 결혼이지. 유사 사촌 누나에서, 유사 부부로."

희재의 놀림을 직격으로 들어버린 은우가 지그시 희재의 발을 밟았다. 발까지 딱딱한 무도인 희재는 별로 아파하지도 않고 헤실헤실 웃었다. 삭막했던 오피스텔 안에 사람이 넷이나 모여 훈기가 돌고 각자 주문한 배달 음식이 하나둘 도착할 즈음, 초인종 소리가 아닌 도어락 열리는 소리가 들렸다. 식탁에 음식을 이리저리 배치하던 네 사람은 동시에 현관을 향해 시선을 모았다.

"늦어서 미안. 오늘 장 마감이 엉망이라 부장한테 피

터지게 깨졌거든. 아니, 그게 우리 잘못이냐? 장세가 그렇잖아, 장세가."

깔끔한 정장에 코트 차림인 태영이 잰걸음으로 집 안을 파고들었다. 훈훈한 실내에 들어오니 김이 서리는 안경을 주섬주섬 벗자마자 태영은 정수기 앞에 서서 벌컥벌컥 물을 마셨다. 증권회사로 이직하고부터 인상이 조금 더 날카로워진 태영은 한숨을 크게 돌린 다음에야 친구들을 돌아보았다. 모두는 태영에게 고생했다는 듯 앞다투어 식탁 중앙의 의자를 빼주었다. 은우는 손부터 씻으라며 개수대를 턱짓했다. 세제로 손을 벅벅 닦으면서도 태영은 아직 회사에 있는 사람처럼 불퉁한 목소리로 중얼거렸다. 참 바빠 보이는 말투였다.

"뉴욕 애들 출근하는 시간에 노트북 붙잡고 백날 예측 자료 가져다 바치면 뭐 해. 막상 미는 종목은 제멋대로면서. 야, 절대 주식 하지 마. 혹시 가진 거 있음, 절대 팔지도 마. 이거 까닥하다가 전쟁 날 장이야."

"먼저 가진 주식이 있는지부터 물어보는 게 예의 아니야?"

"희재, 조용히 해봐. 열도도 마찬가지인가?"

"미쓰비시? 가지고 있어. 남은우 너 장기투자 갈 거 아니면 삼전은 8만 가자마자 싹 팔아. 올해 안에 10만은 기대도 하지 마. 하반기 넘어가잖아? '5만까지 고꾸라진다'

에 할부 남은 내 차를 건다."

"설마……. 그래도 삼전인데 5만? 선생님 너무 오만하신데요?"

주식일랑 한 푼 없는 희재만이 흥이 죽어 까맣게 탄 눈동자로 남과 시선을 맞추며 고개를 설레설레 내저었다. 그저 미소를 짓던 남은 어깨를 으쓱이고서 평소처럼 등장과 동시에 은우와 열띤 토론을 벌이는 태영을 쳐다보았다. 언뜻 남의 눈길이 닿자 태영은 서서히 말을 멈추었다. 둘 사이에 묘한 기류의 눈싸움이 시작됐다. 태영의 눈꼬리가 가늘어지면서 보조개가 움푹 파였다.

"……2024년 하반기 삼성전자 몇만?"

"얘 고등학생이었는데 주식을 묻냐, 국태영? 증권맨으로서의 지조를 지켜."

이번에도 입을 꾹 다문 남은 자신을 방어하는 은우 뒤에 숨어 살짝 웃었다. 그를 미심쩍다는 듯 이리저리 훑어보던 태영은 됐다는 식으로 한숨을 내쉬었다. 태영은 손의 물기를 탈탈 털고서 의자에 앉아 재킷의 단추를 풀었다. 저 컨셉 놀이는 도대체 언제 끝날까 싶은 불신은 여전히 마음속 깊은 곳에 내재했다. 목 끝까지 잠겨 있던 셔츠와 소매의 단추까지 헤친 다음에야 태영은 젓가락을 들었다.

"왜. 요즘은 애 태어나면 조부모가 주식부터 사주는 시대라고. 아기 주식, 어린이 주식, 이런 상품이 얼마나 많은데 100년 뒤라곤 별다르겠냐? 16세기에 시작된 주식이 22세기에 사라질 리가."

퇴근 시간까지 쫄쫄 굶은 모두가 집주인의 젓가락질을 기다렸다가 슬슬 음식을 공격하기 시작했다. 그 와중에 남은우는 잠깐 류남의 표정을 살폈다. 별안간 은우의 머릿속에서 대한민국은 22세기까지 도달하기 어렵다는 장교수의 시나리오가 기어 나오고 있었다. 은우는 얼른 고개를 탈탈 털었다.

"선생님께서 과거로 수학여행을 떠났을 때 저를 가지고 금전적 이득을 취하려는 사람을 제일 경계해야 한다고 했어요. 고등학교에서는 아무래도 이렇게 가르칩니다."

"하긴. 안다손 치더라도 과거의 주식이나 복권 번호를 외우고 다니는 애들은 없다. 고등학생 때는 그런 것보다 다른 게 낭만 있다고 생각하니까."

불족발 껍질을 찍은 포크로 은우를 콕 가리킨 다음에야 치나츠는 한입 가득 살코기를 머금었다. 고등학생이 아니더라도 주식 얘기에서 낭만을 발견하지 못한 희재가 덩달아 볼을 부풀렸다. 역시 남의 사랑만큼 흥미로운 종목은 없다.

"둘이 곧 기념일 챙기겠네?"

"기념일이요?"

"1주년 같은 거. 100일, 200일, 안 챙겼어?"

자석을 붙인 것마냥 자꾸 이쪽으로 날아오는 희재의 화살을 은우는 계속해서 튕겨내고 있었다. 남은 그런 관심을 자랑스럽게 생각하는 부류였기 때문이다.

"애들도 아니고 무슨 기념일……. 요즘도 오늘부터 1일이다, 그러면서 연애해?"

"아, 남은우 MZ라서 친구들 몰래 연하 꾀어다가 자취 방에 살림 차렸지?"

장난기와 불만이 반씩 섞인 태영의 목소리였다. 태영 은 아직 은우의 집에서 두 사람이 함께 살고 있다는 사실 을 우려하고 있었다. 저러다가 정말 배경을 모르는 남자 와의 동거가 길어진다면 온갖 책임을 은우가 떠안을지도 모른다. 하지만 모든 걱정이 무색하리만치 은우의 얼굴은 정말 보기에 좋았다. 회사 생활에 찌들어 살 때보다 몇 배 나 환해진 인상이었다. 남이 주는 행복이라는 감정 때문 에. 1년이 지난 지금도 다르지 않은 둘의 모습을 친정 엄 마처럼 쳐다보던 국태영은 작은 한숨을 끊어내며 말을 아 꼈다. 뭉그러지려는 분위기를 챙긴 이는 치나츠였다.

"나 한국 돌아온 1주년이나 챙겨줘. 곧 봄이 오면."

"언니 출장 온 지가 벌써 그렇게 됐어? 아니지. 그건 기념일이 아니잖아. 언니 1년 있으면 돌아간다며."

"사실 요즘 문제가 좀 생겼다. 공사가 중단됐어."

계획대로라면 치나츠의 한국 출장은 1년 정도였다. 개인용 건물을 짓는 공사는 그리 오랜 시간이 걸리지 않았다. 단축하고자 한다면 몇 개월 안에도 끝낼 수 있는 규모였지만 한국에서의 추억이 있는 치나츠에게 회사는 넉넉한 한 해를 제공했다. 일이 터진 건 해가 넘어가고부터였다. 치나츠에게로 모두의 시선이 모였다.

 "내 클라이언트가 만든 도면이 복사본인 것 같대. 일본에서 어떤 건축가가 문제를 제기했다고 내부 조사 중. 일본은 서류작업이나 확인 절차가 한국보다 느리니까 시시비비를 가릴 때까지 시간이 좀 걸릴 모양이다."

 "그럼, 만약 표절한 도면이 맞다 치면?"

 불족발과 함께 시킨 일반 족발을 먹다가 멈춘 은우의 미간이 유독 좁아져 있었다. 설계도 역시 누군가에게 소속된 저작권인데 이를 멋대로 가져와 건물을 올렸다면.

 "공사를 중지해야지. 일본으로 돌아가서 재판에 시달릴지도. 클라이언트가 설계도를 빼돌렸다면 물론 그 사람의 잘못이겠지만, 우리 회사도 건설회사로서 사전 조사를 제대로 못 한 거니까."

 "회사 나름의 방침이 있었을 텐데 착공할 때까지 몰랐다면 진짜 제대로 속인 거네."

 집주인을 위한 집들이 시간에 어째 조금 무거운 얘기를 꺼낸 것 같아 약간의 미안함을 느낀 치나츠가 태영을 쳐다보며 알 듯 말 듯 고개를 기울였다. 태영의 말이 맞았다. 클라이언트가 직접 치나츠의 회사를 드나들며 도면을 설계했기 때문에 그 과정을 지켜본 치나츠로서는 예상하지 못한 상황이었다.

"……문제를 제기한 건축가가 소속된 회사는 몸집이 큰 대기업이고, 과거에 내 클라이언트가 그 회사에 재직했다더라고. 대기업 측은 당시 만들어진 도면에 대한 소유권을 주장하는 것 같아."

"그러니까, 언니네 클라이언트가 회사에 다닐 때 만든 도면을 도로 뺏겠다는 거야?"

희재가 불쑥 거들었다. 치나츠는 희재가 제대로 이해했다는 듯 고개를 주억거렸다.

"내 클라이언트 입장은, 회사와의 계약이 위배되지 않는 선에서 순전 개인 프로젝트로 개발한 도면인데 그걸 왜 기업에 두고 나와야 하냐는 거야. 나로서도 쇼핑센터나 아파트처럼 큰 건물을 짓는 건설회사가 어째서 이런 개인 주택 규모의 설계도에 소송을 걸면서까지 집착하는지 모르겠다."

"이익 중시의 대기업이라면 딱 하나네. 특이점이 있구나."

태영이 날카롭게 지적했다. 애매한 미소를 지어 보인 치나츠가 어깨를 으쓱이며 혀를 찼다.

"특이점이야 있지. 근데 아시다시피 이건……."

"누설 시 비밀 유지에 대한 계약 위반. 암만 친구래도 안 건드릴 테니까 불족발이나 마저 드셔. 야, 저 세제는 누가 사 왔냐? 딱 떨어졌는데 타이밍 기막히다."

"……저요."

대략 10여 분 만에 처음으로 목소리를 낸 남은 이들의 대화를 경청하며 물음표가 백 개쯤 달린 얼굴을 하고 있었다. 치나츠의 처지가 궁금하기는 한데 이곳 사람들의 삶은 하나하나 너무 어려웠다. 사실 태영의 말은 반의반도 이해하지 못했다. 그리고 이방인의 삶을 살아온 치나츠는 그 표정이 아주 익숙했다. 나의 언어로 대화에 참여할 수 없다는 심정은 이상하게 모가 나 있어서 마음 안을 구르고 구르다가 본인을 찌른다. 내 몸집은 그대로인데 자아가 작아지는 기분. 남을 물끄러미 쳐다보던 치나츠는 태영이 매듭지었다고 생각한 이야기를 굳이 다시 꺼내놓았다.

"류 군. 은우 집 앞에 생긴 쇼핑센터 알지?"

"네. 비둘기요."

은우는 헛기침했다.

"예를 들어, 제이조이필드 말이야. 거기는 시공사가 주명건설이거든. 쇼핑센터처럼 커다란 건물만 짓는 주명건설 같은 회사가 갑자기 은우네 빌라처럼 조그만 건물의 도면을 탐내는 거야. 개인용 주택은 지어본 적도 없으면서. 물론 추측일 뿐이지만……."

"뭐라고요?"

그건 은우조차 처음 보는 낯빛이었다. 목소리 톤이 달라진 류남이 인상을 쓰며 치나츠의 말을 끊었다. 치나츠는 조금 당황한 기색이었다.

"무슨 건설이요?"

"……주명건설?"

아니다. 처음이 아니다. 3년 전 남이 처음 길을 잃었던 그때의 밤처럼 창백했다. 옆자리를 지키던 은우가 치나츠와 남을 번갈아 바라보고는 테이블 아래에서 남의 손을 잡아주었다. 차가웠다. 원래는 따뜻한 손인데.

"비둘기가…… 비둘기가 주명건설……."

남의 손에는 아무런 힘이 없었다. 남은 입속에서 무언가를 중얼거리더니 호흡기가 만드는 소리까지 죽은 듯 조용해졌다. 바닥을 치는 불쾌감과 머릿속을 어지러이 오가는 숫자들을 헤아리던 남은 그 자리에 남아 있던 내내, 도저히 입꼬리를 올릴 수 없었다.

욕실에서 물줄기 떨어지는 소리가 울릴 즈음 은우는 방으로 들어가 문을 잘 닫은 뒤 전화를 받았다. 발신인은 남의 기색을 염려한 치나츠였다.

—애는 좀 괜찮아, 은우?

"아직 잘 모르겠네. 조금 더 회포 풀고 싶었는데 먼저 일어나서 미안하다, 야. 국태영은 그래서 현관 비밀번호 바꿨대?"

—바꾸는 거 보고 나왔어. 그럼 류 군 말고 넌. 너 괜찮아?

금요일 밤은 다섯 번의 평일로부터 누적된 피로가 상당하기도 하지만 그래서 더 아까운 시간이었다. 금방이라도 체할 것처럼 불안해하던 류남은 제 딴엔 아닌 척 기계적으로 눈을 휘곤 했으나 은우는 그런 남을 강제로 '즐거운' 분위기에 동참시킬 수 없었다. 또한, 은우 역시 내키지 않는 부분이 있었다. 핸드폰을 쥐고 방 안을 서성이다가 책걸상에 걸터앉은 은우는 한참 머리카락을 만지작대다가 운을 뗐다.

"……어느 회사인지도 정확히 알고 있댔어. 타임…… 머신 말이야."

입 밖으로 낼 때마다 자신이 없어지는 단어였다. 하지만 치나츠는 '타임머신'이라는 단어가 '쇼핑센터'인 것처럼 평소와 다름없는 목소리로 대답했다.

—은우, 주명건설이 2026년에 타임머신을 만들게 되는 회사라고 생각하는구나.

"남이는 그걸 타고 돌아가야 하니까 회사 이름을 듣고 놀란 게 아닐까……."

수화기 너머에서 잠시 정적이 흘렀다. 은우는 그럴 만하다고 생각했다. 나나세 치나츠는 한국에서 건축공학과를 졸업한 뒤 한국의 건축사무소부터 일본의 건축사무소까지 섭렵 중인 전문가였다. 치나츠에게는 은우의 추측이 얼마나 헛소리처럼 들렸을까. 건물을 짓는 회사에서 타임머신이라는 인류 역대의 기계를 만들고 있다니. 생각할수록 우스운 추측이었다. 그러나 한참을 기다려도 실소나 비웃음은 들려오지 않았다. 치나츠는 꽤 질긴 사이를 두고 말을 골랐다.

─……타임머신이 어떤 공간 자체라면 건축물일 수도 있어. 남들이 듣기에는 우리 둘 다 뜬구름을 잡고 있겠지만, 은우. 네 집에는 뜬구름 그 자체인 류 군이 살잖아.

"정말 주명건설인가."

전문가의 견해에 줏대를 잃어버린 은우가 불안한 듯 자리를 박차고 일어났다. 머리카락을 움켜쥔 은우의 뾰족한 손가락이 꾸깃꾸깃 접혀 들어갔다. 그렇다 치더라도 남은 왜 놀란 거지? 설마 돌아가고 싶지 않아졌나? 혼란스러워진 은우의 숨소리를 가만히 듣던 치나츠는 우선 은우의 이름을 거듭 부르며 집중을 가져왔다.

─주명건설은 내가 한국에서 처음 취직했던 건축사무

소에 가끔 하청을 주던 기업이었다. 부분적인 일로 엮인 관계였던지라 지금 내 말의 신빙성은 떨어질 수 있지만, 주명건설이 그런 걸 만들 만큼 대단한 회사는 아니라고 본다. 딱히 미래적인 건물을 지향하지 않았거든. 비용 절감이 우선이라 신선한 모험도 하지 않았고.

위로 아닌 위로를 듣고도 은우는 끊임없이 몰려오는 무력감을 인정해야 했다. 사실관계를 떠나 류남이 휘청거리지 않았는가. 은우는 예상보다 빠르게 접근한 폭풍우를 맞이한 기분이 들었다. 허리에 손을 짚고 방문 너머를 투시하는 양 꿈쩍 않는 은우의 눈가가 점차 붉게 젖어 갔다.

"회사를 찾았으니까 이제 가야 한다고 하면 어떡하나, 싶으면서…… 혹시 쟤가 나 때문에 타임머신을 찾았으면서도 안 간다고 하면 또 어떡하나, 그래. 이상하지."

—은우. 준비된 이별이라고 덜 슬프지는 않아. 내가 코로나 때문에 일본행 편도 티켓을 끊었던 날, 분명 너희와 헤어질 시간이 충분히 남았었지만 우리는 다 같이 술을 마시다가 울었어. 네가 훌쩍거리면서 편의점에 가야겠다고 중얼거리던 목소리가 지금이랑 똑같았다. 마지막 포옹을 하면서 울음을 꾹 참던 목소리가, 참 슬펐지. 슬픈 건 슬픈 거야. 똑같이 슬플 거야.

차가운 손바닥으로 뜨끈한 눈가를 덮어 문지르며 은우

233

는 고개를 끄덕거렸다. 욕실에서의 물소리가 멎기 전에 눈물을 그쳐야 했다. 조용한 인사말로 통화를 종료한 은우는 마음을 다잡기 위해 옷을 갈아입었다. 그리고 침대에 앉아, 모든 소리가 끊긴 집 안을 울리는 남의 음성을 들었다. 자신을 부르는 호칭이었다. 급하게 몸을 일으킨 은우가 약간의 어지러움을 느꼈다. 배가 집이 되려거든 안전한 육지에 정박해야 하는구나. 은우는 푸른색의 우울하고 축축한 선실을 나섰다.

하나의 유치원은 요일마다 조금씩 다르지만 보통 오후 2시에는 수업을 끝마쳤다. 유치원 입구에서 하나를 기다리던 남은 정우가 퇴근할 때까지 3시간 남짓 하나와 함께했다. 보통은 은우의 집에 돌아와 간식을 만들어 먹거나 함께 책을 읽었다. 하나는 남에게 손으로 말하는 다양한 수어를 배웠고 아이는 나날이 말이 많아졌다. 작은 날갯짓으로 춤을 추는 참새 같았다.

아빠를 기다리는 동안 하나에게 물건이나 구경거리가 필요할 때면 남은 하나를 데리고 비둘기 쇼핑센터에 갔다. 은우가 핸드폰을 사주었던 그곳은 여전히 커피 한 잔의 물가가 살벌하긴 했지만, 은우의 통장에 남이 일한 만큼의 급여가 들어왔고 그 계좌의 체크카드를 가지고 있는 남은 이제 작고 귀여운 하나와 은우를 위해 무언가를 사줄 수 있었다. 하지만 하나는 좋아하는 캐릭터가 가득한 장난감 매장을 즐거워하다가도 또래 애들처럼 인형 앞에 앉아 고집을 피우지는 않았다. 이리저리 알록달록한 분위기를 구경하다가, 가만히 남의 손을 꼭 쥐고서 오히려 자신을 돌보느라 허기졌을 남을 위해 식품 매장으로 그를 이끌었다.

"여보세요? 네, 형. 지금 하나랑 아이스크림 먹는 중이라……. 6층으로 다시 올라갈게요. 하나야, 아빠 오셨대. 하나 따뜻한 겨울옷 사러 갈까?"

하나는 조금 떨떠름한 표정을 지으며 고개를 끄덕였다. 하지만 옷을 파는 곳에 아이스크림을 가져가면 안 된다며 조금 더 자리를 지켰다. 빈 컵을 쓰레기통에 버리고 나서야 두 사람은 정우를 찾아갔다.

하나는 코듀로이 치마 대신 멜빵바지를 샀다. 남씨 집안 유전자 덕분인지 하나는 또래보다 키가 조금 더 컸다. 쇼핑센터에 올 때마다 뭐라도 하나 더 사주고 싶어 안달이 난 아빠를 단호하게 저지하며 가정부 아주머니의 갈비찜 이야기를 꺼내는 하나의 언변은 이제 정우가 더 배워야 할 수준이었다. 드문드문 남에게 수어 통역을 부탁하던 정우가 뒤통수를 긁적거렸다.

"류 선생, 돈 더 필요하지 않아요? 혹시 주말에 시간

나면 내 과외도 좀……."

"주말에는 시간이 없죠. 은우 누나가 출근을 안 하니까요."

"……류 선생 혹시 '러브버그'라고 알아요?"

"사랑은 버그인가요? 제 생각에도 그래요. 어, 누나 도착했나봐요. 지금 서점이래요. 그럼 저는 이만 가보겠습니다. 안녕히 들어가세요. 하나야, 잘 가. 내일 보자. 안녕."

어쩐지 5, 6년 전의 거울 치료를 당하는 기분이 든 정우는 제 손을 톡톡 잡아당기는 하나와 함께 남과 멀어졌다. 쇼핑센터를 벗어나 집에 가서 저녁을 먹는다고는 했는데 남은 끝까지 그 뒷모습을 지켜볼 수 없었다. 은우가 서점에 있다. 서점은 3층에 있다. 금방 신이 나서 고장 나지 않은 무빙워크를 타고 서점으로 내려간 남은 어렵지 않게 은우의 뒷모습을 찾아냈다. 'F·인문학' 팻말 아래 정갈하게 쌓인 책 앞에서 은우는 꽤 집중한 듯 보였다. 동글동글한 뒤통수와 층이 많아 군데군데 뻗친 검은 머리칼을 당장이라도 손으로 빗겨주고 싶었다. 하지만 은우의 독서를 방해하고 싶지도 않았다. 류남은 살금살금 다가갔다. 한 발짝, 두 발짝, 그들이 가까워질 때였다.

마치 콜로세움처럼 동그란 층들이 쌓인 쇼핑센터에 정박으로 굉음이 울렸다. 모두 하던 행동을 멈추고 반사적으로 천장을 쳐다보았다. 그러다 공간이 쥐 죽은 듯 조용해졌다. 어쩌면 조용해진 게 아니라 방금 전 소리가 너무 크고 위협적이었던지라 모두의 청각이 죽어버렸을지도 모르겠다. 류남만이 유일하게 천장을 올려다보지 않았다. 류남은 남은우만을 쳐다보았다. 우리가 가까워질 때란 말이다.

"누나."

은우는 돌아보지 않았다. 쇼핑센터는 7층부터 차곡차곡 가라앉았다. 7층에 진열된 가구들이 유리 벽을 뚫고 도넛처럼 텅 빈 건물의 중앙으로 튕겨 나왔다. 조경을 신경 쓴 중앙 아케이드가 육중한 가전제품과 가구들 때문에 엉망이 되기 시작했다. 6층이 무너졌을 때는 장난감들이, 거대한 곰돌이 조형물이 토해졌다. 개중에는 작은 사람과 큰 사람이 있었다. 아니, 많았다. 서로를 꼭 끌어안은 아이와 아빠도 보였다. 이후는 5층. 작은 사람보다 큰 사람이 많았다. 이제 아케이드는 눈에 보이지 않았다. 홀이 뚫린 건물이라고 분간이 가지 않을 만큼 층이 파이처럼 겹쳐 찢어졌다. 곧 4층. 이제는 3층의 지반이 흔들렸다. 모든 칸이 채워진 묵직한 책장들과 'F·인문학' 팻말이 속절없이 기울어졌다. 은우가 보고 있던 서적들도 마구잡이로 쏟아졌다. 『빅데이터가 쓴 대한민국 시나리오』가 바닥을 뒹굴었다. 남은 기울어진 대리석 바닥이 너무 미끄러워도 최선을 다해 뛰었다. 비둘기 쇼핑센터는, 아니, 주명건설의 제이조이필드는 난파하는 여객선과 다르지 않았다. 이제 부서진 유리 난간 아래 중앙 홀로 떨어질 일만 남은 은우가 천천히 몸을 돌렸다. 뒤늦게 두 사람의 시선이 묶였지만, 소용없었다.

"누나……."

너무 쉽게 무너져 내리는 건물 파편 아래 깔려 있던 남은 마른 손이 자신의 어깨를 부드럽게 쥐어오는 순간 눈을 깊이 깜빡이며 꿈에서 깨어났다. 더는 몸을 짓누르는 압박이 느껴지지 않았다. 눈을 굴리자 은우의 방 안이었다. 다행히 무너지지 않은, 익숙한 천장이었다. 식은땀이 엄청났다. 그런 남의 이마를 손등으로 직접 닦아준 은우가 새벽이지만 또렷한 눈동자를 드러내며 대답했다.

"남아, 나 여기 있어. 또 악몽이야? 괜찮은 거야?"

남은 은우의 손바닥 가득 얼굴을 문질렀다. 무거운 속눈썹이 깜빡거리고 나니 얼굴의 곡선을 타고 깨물근까지 눈물이 길을 텄다. 안쓰러움을 참지 못한 은우가 옆에 누워 있던 남을 품속 깊이 안아 등을 쓸어 주었다. 커다란 몸을 구겨 넣은 남은 은우의 잠옷을 더 망치기 싫어 콧방울을 훌쩍이며 웅얼거렸다.

"……네. 악몽이에요. 그래서 괜찮아요."

괜찮아요. 꿈이에요, 괜찮아요. 괜찮아, 꿈이잖아. 서로를 달래고 더 닿을 곳 없을 만큼 끌어당기는 두 사람의 목소리가 층이 많은 파이처럼 겹쳐졌다. 우리가 찢어지도록 두고 볼 수는 없었다.

하지만 우리는 그저 당하고 마는 것이다.

"주민등록증을 만들면 어떨까요?"

"왜?"

넷플릭스 시리즈나 영화 속 남자들은 대부분 운전을
했다. 멋지게 차를 몰았고, 추격전을 벌이다가, 사랑하는
여자를 옆에 태우고 어디로든 질주했다. 지금도 그런 장
면이 그려지는 한낮의 소파였다. 은우는 단답으로 질문
한 다음에야 뭔가 이상하다는 기분이 들어 화면을 띄엄
띄엄 쳐다보았다.

"신분증이 있으면 더는 누나 이름을 빌려 핸드폰이나
카드를 쓰지 않아도 되잖아요."

"⋯⋯머물 준비를 하는 거니, 떠날 준비를 하는 거니."

그저 명의를 빌려주었을 뿐 남을 자신에게 종속시키려
는 의도는 없었노라고, 은우는 단언하기 어려웠다. 그러
고는 불안한 방향으로 흐르는 상상력을 가만히 방생했
다. 신분증이 생겨 스스로 핸드폰을 개통하거나 계좌를
만드는 류남. 이 집을 떠나서도 잘 지낼 가능성이 생긴
류남. 아직은 2024년이었다. 그것도 봄이 채 시작되지
않은, 2023년의 한파가 남아 있는 2024년이었다.

239

"머물면서 떠나는. 그냥 저렇게 운전을 하고 싶어요, 태영 누나처럼요. 운전면허를 따려면 신분증이 있어야 하는데 이대로라면 저는 영원히 이세계 사람이라 운전을 하지 못할 거예요."

"서울 사는데 운전해서 뭐 해. 지하철, 버스 타고도 얼마든지 다닐 수 있어."

"아뇨. 주말마다 누나를 더 멀리 데려가고 싶어요. 사람이 많아 힘든 지하철 말고 편하게 누나를 데려다주고 싶어요."

남의 가정 안에는 여전히 은우뿐이었다. 그 마음은 기특하지만 남을 보고 있자면 언제나 양가감정이 차올랐다. 남을 여기 눌러 앉히기에는, 아직도 남을 기다릴 사람들이 신경 쓰였다. 남을 소중히 여기는 사람들이 있을 텐데 남은우라는 인간 한 명의 욕심 때문에 2026년의 포털을 닫고 싶지 않았다.

하지만 당장은 시간이 많이 남았으니까. 동시에 슬퍼할 시간은 턱없이 부족하니까. 은우는 남의 기분에 맞추어 하나씩 가정해보기로 했다. 쿠션 대신 남의 팔뚝을 끌어안은 채 소파에 잘 기댄 은우는 지문이 선명한 남의 검지와 엄지를 꼼지락거렸다.

"이거 도장 찍으러 구청에 갈 때, 뭐라고 핑계를 댈까? 류남 씨. 어째서 스물한 살이 되도록, 아니지. 스물세 살이 되도록 출생신고를 못 하셨습니까?"

"음······. 너무 사적인 일을 캐물으시네요."

"부모님의 성함과 주민등록번호를 기재해주세요."

"말씀이 지나치십니다."

"아무도 안 계십니까?"

"그럴 리가요. 우리 집에는 남은우가 있습니다."

주말 오후의 일렁이는 노을처럼 은우는 부스스 웃음을 지었다. 빔프로젝터가 영상을 쏘아주는 벽면을 쳐다보지 않게 된 건 이미 한참 전이었다. 빈말인 걸 아는데도 맞장구를 치는 입술이 다정하고 사랑스러웠다. 나를 생각하는 은우 누나.

"2024년에 스물셋이니까, 너 02년생이다. 말이 돼?"

"누나는 몇 년 생인데요?"

"······97."

"1997년?"

"응. 너랑 나랑 103살 차이나. 너 2100년 생일 거 아니야."

"무슨 소리세요. 저는 2002년생이거든요? 지금이 2024년인데 어떻게 사람이 2100년에 태어나요."

"좋은 자세구나. 구청 직원이 홀라당 넘어가겠어."

은우와 맞잡고 있던 손가락을 풀어 그 팔로 은우의 어깨를 감싼 남 덕분에 은우는 소파보다 더 따뜻한 몸에 기댈 수 있게 되었다. 이미 영화의 결말은 중요하지 않았다. 우리가 나누는 이야기의 결말이 더 재밌고 중요했다.

"류남 씨. 실례지만 어디 류 씨입니까?"

"저 이것도 알아요, 유튜브 쇼츠에서 봤어요. 경주 류 씨입니다."

"진짜로? 너 주민등록증 만들려면 한자도 다 알아야 해. 어떻게 생겼는지 써봐."

"……미래에는 한자를 안 써요."

"너 방금은 지어냈지. 영어에 심지어 수어까지 배우는데 한자를 안 쓴다고?"

"그럴 수도 있죠."

은우는 헛웃음을 터뜨렸다. 이 요망한 표정으로 사정이 그렇게 됐다, 발뺌할 때면 은우에게는 다른 선택지가 없었다. 하지만 꼭꼭 숨기고 사는 반골 기질 때문에 더욱 궁금해지곤 했다.

"혹시 타임머신이라는 거, 1인승이야? 단체로 수학여행도 왔으니까 또 단체로 갈 수 있을 것 같은데?"

"100년 뒤로 가보고 싶어요? 그러다가 저처럼 길을 잃어버리면 어쩌려고 그래요. 심지어 누나는 거기에 대한 정보가 하나도 없잖아요."

"네가 있잖아."

물론 두려운 상상이었다. 하지만 이 남자가 자신의 집

에 머물고 자신의 친구들을 만나 자신과 비슷한 삶을 꾸려가며 은우를 배우듯 은우 역시 그곳에서의 류남을 알고 싶었다. 적어도 상상할 여지는 필요했다. 2년 뒤에 기약한 날 이별을 한다면, 그곳에서도 마저 잘 살아가게 될 류남의 세계가 어떤 배경으로 채워져 있는지 조금이라도 상상할 여지가. 꿈을 꾸고 싶을 땐 나름의 정보가 필요했다.

"……나도 수학여행을 가는 거야. 네가 어떻게 사는지 보고 싶어서. 만약 1인승이라면 널 먼저 보내고, 그러다가 네가 너무 그리워지면……, 나도 잠깐 여행 가는 거지."

남은 은우의 말이 좋은 생각이라고 여기지 않는 듯했다. 남이 서둘러 말을 돌렸기 때문이다.

"작년 여름에요. 우리 처음으로 여행 갔잖아요. 태영이 누나 차 타고 강릉에 가서 바다 보고, 맛있는 거 먹고. 밤에는 불꽃놀이 하면서. 그땐 누나가 너무 더워했는데 지금은 또 너무 추워하네요. 여름이랑 겨울은 원래 이렇게 가까워요?"

그러면 은우는 넘어가주어야 했다. "그러게." 봄과 가을은 사라지고 있었다. 극단적인 기온의 변화는 점차 심해질 것이다. 은우가 닳도록 읽은 기후 위기 관련 논문 및 연구들은 입을 모아 경고했다. 남의 말처럼 여름과 겨울을 힘들어하는 은우는 또다시 되물었다. 넘어가주는 듯하면서도 포기하지 않는 게 은우의 습관이었다.

"날씨는 어때? 사계절이 있어?"

은우는 남이 자신을 내려다보는 시선을 느꼈다. 은우도 고개를 들고서 남을 빤히 쳐다보았다. 잠시 상상하는 것처럼 눈을 감았다가 뜬 남이 눈에 띄게 표정을 풀며 기계적으로 대답했다.

"2121년에는 푸른 사계절이 돌아와요. 벚꽃이 3월과 4월 사이에 피고, 여름에는 장맛비가 내리고, 가을에는 더위를 피해 가시 옷에 숨어 있던 알밤들이 후드득 떨어져요. 하늘이 한참 높고 청명하다가요. 천천히 밤 기온이 내려가요. 한겨울이 되면 너무 추울 땐 눈보라가, 조금 따뜻할 땐 함박눈이 내려요."

은우는 장 교수의 시나리오를 떠올렸다. 디스토피아를 예견하는 수백 페이지의 책장이 은우의 머릿속에 어지러이 흩어졌다. 그때 어찌할 바 모를 의심이 충동했다. 이제는 완전히 아물어 약간의 흉터만 남아 있는 남의 팔뚝을 어루만지던 은우는 여전히 남의 눈동자를 바라보고 있었다. 남이 읊조리는 부드러운 희망에도 입꼬리가 올라가지 않았다. 은우를 응시하던 남이 꼭 자신을 따라 하라는 듯 미소 지었다. 은우의 이마에 살며시 입을 맞추며.

"그러니까 누나는 걱정하지 마세요."

남은우는 사랑의 부산물 중 가장 치명적이라는 의심을 겨우 억눌렀다. 류남의 입맞춤 덕이었다.

이곳에 도착해 겪어본 달 중 1월이 가장 순식간에 사라진다는 점에 대해서, 남은 지나가는 그 누구의 바짓가랑이를 붙잡고 애원하고 싶을 만큼 억울했다. 침실 문 안쪽에 걸린 달력이 또 한 번 넘어갔다. 2월의 둘째 주 끝과 셋째 주 시작까지는 숫자가 붉게 표기되어 있었다. 설 연휴였다. 남은 50퍼센트의 희망을 걸고 은우가 퇴근하기까지 기다렸다. 정우가 반차를 쓰고 하나를 도맡아 데려가는 날이었다. 혼자 집에 남아 숫자를 헤아리던 남은 꼭 몸살을 앓는 사람처럼 자꾸만 눈을 질끈 감았다. 남의 컨디션 난조를 진작 눈치채고 있던 은우는 저녁을 주문해놓았다는 연락을 보내왔다. 은우는 남이 이곳에 와 처음으로 감기에 걸렸을지도 모른다며 남을 지극히 보살피는 중이었다. 은우의 마음을 눈앞에 두고 보면서, 할 수 있는 일이 없다는 사실은 남의 숨통을 죄어왔다. 류남은 갑갑함을 느꼈다. 숨을 10여 초 참았다가 길게 내뱉기를 반복하며 호흡을 의식했다. 살아 있음을 확인시켜주는 행동.

거실 창밖에는 서둘러 해가 지고 조명이 켜져 있었다. 가장 반짝이는 건물은 비둘기, 아니, 주명건설의 쇼핑센터였다. 꼬박 그 건물만을 응시하느라 넋이 빠져 있던 남은 현관문 열리는 소리가 들리자마자 거실을 가로질러 은우에게 달려갔다. 은우의 손에는 치킨 봉투가 들려 있었다. 남은 은우를 덥석 안았다. 폭 숨겨지는 몸에 차가운 기온이 옮아 남의 몸까지 조금 차가워졌다. 하지만 은우는 따스함을 느꼈다.

"너 따뜻하다. 자고 있었어? 치킨 배달되면 초인종 눌러달라고 적어놨는데."

"……그랬나 봐요. 못 들었어요."

"이제 나 들어가자. 배고프지."

신장 차이 때문에 고개를 한껏 들고 있던 은우가 남의 등을 문지른 뒤 그를 겨우 떼어냈다. 그제야 은우의 손에 들린 치킨을 받아 든 남이 약간 부자연스러운 모습으로 식탁을 차리기 시작했다. 은우가 손을 씻는 동안 수저를 놓고 콜라를 따를 땐 아직 온기가 듬뿍 담긴 치킨의 고소한 냄새가 올라왔으나 남은 별다른 식욕을 느끼지 못했다. 은우가 보기에 감기로 오해할 만한 안색이었다. 하지만 남을 어느 병원에도 데려가지 못하는 상황이라 은우는 배로 걱정하고 있었다. 남은 은우 몰래 웃는 표정을 꾸며내다가 은우가 마주 앉을 땐 제법 그럴듯한 미소를 보여주었다. 그런데 별로 통하지 않았는지 은우는 손바닥을 뻗어 남의 이마에 가져다 댔다.

"보자……. 열은 없는데. 다음 주에 연휴가 있어서 그나마 다행이다. 남이 너 살 빠졌어. 하나가 힘들게 하는 건 아니지?"

고개를 가로저은 남은 때마침 먼저 이야기를 꺼내준 은우의 앞접시 위로 음식을 챙기다가 살짝 메마른 입술을 열었다.

"설날, 맞죠. 이번에도 형이랑 하나랑 같이 경기도에 있는 본가로 가요? 작년 추석에는 그랬잖아요."

"그래서 너 혼자 이틀 내리 이 집에 있었지. 내가 얼마나 불안했었는데."

"괜찮아요. 저 잘 있었어요. 알잖아요, 계속 누나랑 연락했던 거. 그러니까 이번에도 마음 편하게……."

"이번에는 안 가."

"네?"

남은 누군가 심장을 고무줄로 힘껏 묶은 듯 피가 식는 기분을 느꼈다. 50퍼센트의 희망조차 삽시간에 사라졌다. 입안이 바싹 말라 도통 음식을 집어넣을 수 없었다. 그런 남을 눈치채지 못하고 남이 건네준 고기 한 조각을 반으로 찢어 우물거리던 은우는 어깨를 으쓱이며 충분히 씹고 나서야 대답했다.

"경기도 안 간다고. 정우랑 하나도 안 가. 엄마랑 아빠 결혼기념일이 2월 12일이신데 때마침 그때가 대체휴일이라 연휴 내내 여행 가신대. 베트남이었나……. 아무튼 나 집에 있으니까 맛있는 거 많이 만들어줄게. 류 주부 휴업하세요."

남은 작게 고개를 떨구었다. 어떻게 해야 하지. 그래, 집 안의 커튼을 전부 치고, 누나를 꼭 끌어안고 연휴 내내 영화를 보자. 날이 춥다고, 정말 몸이 안 좋다고 단 한 발짝도 나가지 말자. 남이 그런 변명거리를 준비할 때였다.

"그래서 우리끼리 10일 당일에 비둘기나 가잔다, 정우가. 하나 설빔해주려고. 너도 내가 설빔해줄게. 참, 설빔이 뭐냐면 새해 첫날이라고 애들한테 새 옷 하나씩 선물하는…….."

"안 돼요."

"뭐?"

비둘기는 그날 무너져요.

퍼뜩 고개를 들어 올린 남은 파리해진 입술을 꾹 깨물었다.

"……그냥 집에 있으면 안 돼요?"

"……그럼 남정우한테 둘이서만 다녀오라고…….."

"아뇨, 형이랑 하나도요. 우리가, 우리가…… 아, 우리가 형네 집으로 가서 명절, 그거 지내요. 저도 명절 지내보고 싶었어요. 떡국 같은 거…… 동태전이랑…….."

"9일에 그렇게 하면 되지. 10일에는 가야 할 걸. 좀처럼 물욕 없는 우리 하나가 제일 좋아하는 캐릭터 이벤트가 있대서. 듣자 하니 요즘 애들 사이에 엄청 인기래. 그럼 두 사람이라도 보내자."

주명건설 게이트

주명건설이 시공을 맡아 2022년 말에 완공한 뒤 2023년 1월에 정식으로 오픈한 쇼핑센터 제이조이필드 성북점은 2024년 2월 10일 15시 47분경(KST)에 붕괴한다. 이로 인해 2,600여 명의 사상자가 발생한다. 1,056명이 사망, 1,500여 명의 부상자가 속출하여 국가비상사태가 선포된다. 원인은 코로나 시절 폭등한 철강 자재값을 감당하지 못한 영락없는 부실 공사로, 이 과정에서 건축허가를 받아내기까지 주명건설과 정부 사이의 온갖 비리와 청탁이 발견되었으며 제이조이필드 측을 속여 공사를 진행한 주명건설은 결국 파산한다.

은우가 내뱉은 숫자들은 치나츠의 목소리와 차곡차곡 겹쳐졌다. 드디어 흩어져 있던 정보의 파편이 한데 뭉쳐졌다. 왜 이제야 이 사실이 명확해지는 걸까. 류남은 몰라오는 두통을 참기가 어려웠다.

"……애들이 많겠네요?"

"하나도 좋아하면 말 다 했지. 엄청 반짝반짝하게 생겼더라고. 네가 쉬고 싶으면 우리 둘만 빠져주자. 부녀 데이트도 나쁘지 않겠네."

먹은 것도 없으면서 커다란 손으로 잠시 입을 틀어막은 남의 얼굴이 창백했다. 무언가 심상치 않음을 느낀 은우가 젓가락을 내려놓았다.

"남아. 어디 아파?"

"미안해요, 속이 좀 안 좋은 것 같아요."

정말 처음으로 앓는 감기가 맞는가 보다. 그도 그럴 것이, 남이 은우의 시간으로 여행을 온 이래 가장 추운 날이 계속되고 있었다. 코로나에는 면역이 되었다곤 해도 혹시 모를 다른 감기 바이러스가 남의 몸에 침투하기 위해 기승을 부릴지도 모르는 일이었다. 치킨의 기름진 냄새가 행여 해가 될까 서둘러 식탁을 정리한 은우가 찬장을 여닫으며 죽을 끓일 준비를 했다. 그사이 입이 바짝바짝 말라가던 남은 그마저 괜찮다고 거절한 뒤 침실로 향했다. 가스레인지 불을 켜려던 은우의 손길이 우뚝, 멎었다. 침실의 문이 닫혔다. 남은 모든 수신기를 꺼뜨린 듯 긴긴 수면으로 도피했다.

한동안 나오지 않았던 악몽이 언제 그랬냐는 듯 생생한 배경을 그려냈다. 분명 가능한 많은 신경 회로의 문을 닫았다고 생각했는데.

남은 이번에도 속절없이 묶인 사지를 내려다보았다. 가슴과 머리, 손 같은 부위에 연결된 전선들은 복잡하게 꼬여 올라가 모니터의 하드웨어에 꽂혀 있었다. 화면에는 아마 류남의 생체 정보로 추정되는 숫자들이 어지러이 널뛰고 있었다. "약물 번호 G-78." "네." 간결한 문장만이 오가는 아주 밝은 방 안에서 대여섯 명의 사람들이 분주했지만, 남은 그들을 구별할 수 없었다. 흰색 수술복을 단단히 갖춘 사람 중 하나가 남의 팔뚝을 붙들더니 주삿바늘을 쑤셔 넣었다. 분명 꿈인 걸 알면서도 통증은 분명했다. 불길이 옮은 듯 온몸이 뜨거워지고 있었다. 남이 참지 못하고 신음했지만 그들의 행동에 망설임은 없었다. 무언가 반응이 생성되는 모양이었다. "오늘이 며칠이지?" "2121년……." 귀를 찢는 하울링과 낯선 목소리들이 뒤섞였다. 찢어지는 기계 소음은 남의 두개골을 쪼개버릴 작정인지 질기고 지겨웠다.

251

남은 은우가 보고 싶었다. 한시라도 빨리 이 꿈에서 벗어나 은우의 품에 안기고만 싶었다. 은우는 아무런 신호를 받지 못한 듯했다. 외부에서 뻗쳐오는 손길이 없었다. 스스로 깨어나야 하는 순간인 것 같았다. 침대에 꽁꽁 묶인 남은 하도 밝아 끝이 보이지 않는 이 방의 천장을 응시했다. 절대로 하늘이 보일 리 없었다. 몸이 으스러져도 이상하지 않은 통증이 남의 시야를 붉게 물들였다.

류남은 고통을 이기지 못해 꿈을 박차고 도망쳤다. 요란한 기상이었다. 아무도 없는 방 안에서 헐레벌떡 상체를 일으킨 남은 흉통을 커다랗게 부풀리며 심호흡했다. 제법 시간이 늦었는지 창밖이 새까맣게 가라앉아 있었다. 구름에 가려져 겨우 고개를 내민 달빛이 남의 어깨를 타고 올라와 겨우 그를 진정시키는 듯 보였다. 거칠어진 호흡을 삼키며 손을 덜덜 떨던 남은, 생리적으로 고여버린 눈물을 급히 닦고 마른침을 삼켜 타들어가는 목을 적셨다. 남은 제 팔뚝을 벅벅 긁어냈다. 아주 옅어진 흉터 위로 붉은 손톱자국이 긴 선을 그렸다. 남은우가 필요했다.

남은우가 때마침 방문을 열고 들어왔다. 찻잔을 든 모습이었다. 남은 은우가 더 가까워지기 전에 얼른 어둠 속에서 식은땀을 수습했다. 헝클어진 머리도 다듬었다. 여기서 더 은우에게 걱정을 끼칠 수는 없었다.

"누나."

"깼어? 자는 줄 알았는데. 몸은 좀 어때?"

은우가 협탁에 찻잔을 내려놓고 작은 조명을 켰다. 서로의 얼굴이 드러났다. 은우는 은우대로, 남은 남대로 피로한 표정이었다. 그러나 두 사람은 늘 그래왔듯 서로를 위해 입꼬리를 말아 올렸다. 남은 눈을 붙이고 일어났더니 훨씬 괜찮아졌다고 거짓말을 했다. 가만히 듣고 있던 은우는 뭔가 오래 생각하는 듯 아무 말도 않다가 방향이 잘못 넘어간 남의 가르마를 고쳐주었다. 남과의 신호가 끊어진 동안, 식어가는 차를 마시며 조용히 혼자만의 고민을 씹은 은우였다. 마찬가지로 악몽 같은 소모전이었다.

"남아."

길게 뜸을 들이던 은우가 평소보다 차분한 목소리로 운을 뗐다.

"혹시, 비둘기에 무슨 일이 생겨?"

대답을 바란 말이 아니었다. 말끝에 붙인 물음표가 무색하리만치 은우는 남의 손을 쥐고 까만 눈동자로 아주 살짝 고개를 내저었다. 그 신호대로 남은 입을 꾹 다물었다. 남의 낯빛이 하얗게 질려갔다. 그 채도에서 두루뭉술한 대답을 읽어낸 은우의 손에 힘이 들어갔다.

"생각해봤어. 주명건설 얘기만 나오면 네 컨디션이 바닥을 치니까. 처음에는 주명건설이 타임머신을 만드는 회사가 아닐까 생각했는데 그렇다면 남이 네가 이렇게까지 경기를 일으킬 리가 없잖아. 설에 거기에는 가지 말자는 말도 그렇고."

남은 이제라도 눈치챈 은우가 조용히 사고를 피하길 바랐다. 은우의 가족들이 집에 머물면…… 그만인 일이

253

었다.

"정말 큰일이 생긴다면 말이야, 남아. 나만 저 건물에 가지 않는다고 끝나는 게 아니야. 쇼핑센터에 얼마나 많은 사람이 오가는지 너도 알잖아."

……그만인 일이 아니었다.

"그럼 제가 어떻게 해야 해요?"

은우를 끌어안고 멀리멀리 도망칠 수조차 없다는 무력감이 남의 숨통을 조여왔다. 꿈의 통증이 몰린 나머지 질끈 눈을 감았다 뜬 남의 목소리는 지나치게 떨리고 있었다.

"누나가 나라면 어떨 것 같아요? 분명 미래를 다 알고 있는데, 그걸 바꾸지 못하는 나 말이에요. 누나도 알고 있잖아요. 혼자서만 무슨 일이 일어날지 알고 있다는 게 얼마나 답답하고 슬픈지."

희망이 있다 한들 누구와도 공유할 수 없었다. 기시감을 느낀 은우는 문득 작게 입술을 벌렸다. 류남은 남은우의 눈앞에서 맹독 같은 진실을 꾸역꾸역 삼켜내고 있었다. 저 고통을 토하게 하는 순간, 류남은 사라질 것이다. 그런데도 남은우는 희망을 파헤치고 싶었다.

"방법이 있을 거야. 네가 아는 걸 말하지 않고도, 위험을 막을 방법이."

"누나. 미래를 안다는 건 판타지 영화에 나오는 초능력 같은 게 아니에요. 저는 그냥 먼저 알고 있을 뿐이에요.

일어날 일은 결국 일어나고, 아무리 애쓴다고 해도 아무런 대가 없이 바꿀 수 있는 건 없어요."

남은 도대체 얼마나 긴 시간 동안 이를 고민했던 걸까. 그런데도 답을 구하지 못했다면 정말 답이 없는 문제일까. 은우는 제가 잡고 있던 남의 손이 부지불식간에 사라졌던 그날을 떠올렸다. 하지만 그때와 지금은 달랐다. ……내가 이 사람 없이 살아갈 수 있을까. 은우는 생각만으로 손끝이 갈래갈래 찢어지는 통증 때문에 입술을 깨물었다.

"만에 하나 누나 말처럼 제가 사라지지 않고 큰 사건을 막는다고 해도, 앞으로 그런 일은 수도 없이 일어날 거예요. 그때마다 우리는 이별을 감수하고 모든 일을 막으러 다녀야 할까요?"

남은우는 인류를 구하기 위해 시간을 거슬러 왔다는 그 영화 속 남자를 떠올렸다. 이미 제 소멸을 감수하고 하나를 구한 남이었다. 만약 또 물거품이 된다면 기약 없는 기다림만이 은우를 괴롭힐 테다. 남은 은우의 얼굴에 드러나는 갈등을 읽고 있었다. 그럼에도 불구하고 희망을 놓지 못하는 사람이 바로 남은우였다. 남은 비겁하게도, 살며시 애원하는 투로 말했다.

"……누나. 전 그런 걸 막으러 온 사람이 아니에요."

남은 고개를 떨구었다.

"누나를 떠나고 싶지 않아요."

여기에 머물고 싶어요. 남은우는 류남을 앞에 두고 무언가 재촉하거나 책망할 수 없었다. 함께 있고 싶다는 마음만은 똑같았다. 결국, 우리는 이 바다 너머에서 불타오르는 저 육지를 보고만 있어야 할까. 은우는 시선을 떨구었다. 더 이상 둘 사이에 오가는 말은 없었다. 남은 천천히 제게서 등을 돌리는 은우를 그대로 품에 안았다. 소리 죽여 눈물을 삼켰다. 그의 심장박동을 타고 남의 안에서도 완벽히 타협하지 못한 갈등이 느껴졌다. 두 사람은 눈을 감았다.

은우는 제이조이필드를 오가는 무수한 사람들을 떠올렸다. 그 속에는 정우와 하나, 그리고 남이 있었다. 또한, 누군가의 가족으로 붐비는 공간이었다. 고작 내 사랑이 무어라고 저버리기에는 끔찍한 숫자였다. 하지만 남은 아무 말도 할 수 없을 것이다. 이 일이 아니더라도, 아무것도 말해줄 수 없을 것이다. 목소리를 잃은 남은 밤을 새워 은우의 등을 지켰다. 그러나 은우는 든든하지 않았다. 마치 난파당한 배의 널빤지를 타고 홀로 살아남은 기분이었다.

수차례 바라본 하늘은 드높고 청명했다. 모두가 한집에서 잠을 자는 그 하룻밤이 아니라면, 조금도 기대감이 들지 않는 연휴였다.

2월 9일, 은우에게 늦잠을 충분히 재운 남은 옷장 위에서 보스턴백을 하나 꺼내 은우와 자신의 외박을 준비했다. 샘플 화장품을 챙겨두는 방법은 지난 강릉 여행 때 잘 배워두었다. 은우가 제일 좋아하는 잠옷과 수면 양말까지 반듯이 개어 차곡차곡 짐을 싼 다음 빵 따위를 구워 간단한 아침을 준비한 뒤 은우가 잠든 침실에 들어가 그의 머리칼을 쓰다듬었다. 은근히 통통해진 얼굴을 버석한 미소로 바라보던 남은 평소대로 입을 맞추며 은우를 깨웠다. 은우는 고양이처럼 몸을 주욱 늘리더니 그대로 뻗은 팔을 남의 목덜미에 감아 일어났다. 졸음이 끼어 살짝 갈라진 목소리가 듣기에 마냥 포근했다. 그 뒤로 더욱 포근한 포옹이 이어졌다. 영원할 것 같은 포옹이었다.

"어젯밤에 잘 도착하셨대. 가자마자 호텔 마사지 받고 기절해서 이제 연락한다. 바다 사진. 음식 사진. 사진. 사진."

해외의 풍경을 궁금해하는 남에게 부모님이 찍은 사진을 들이밀어준 은우는 바삭한 빵을 음미하지 않고 그저 먹었다. 습관처럼 자신의 입꼬리를 닦아주는 남과 시선을 마주친 은우가 은은한 미소를 보냈다. 그에 화답하듯 잔잔한 눈빛으로 은우의 엄마가 보내신 사진을 검지로 넘겨보던 남은 짐짓 미간을 좁혔다가 입술을 내밀었다.

"저도 비행기 타보고 싶어요."

운전면허, 병원, 비행기. 잠시 붕 떴던 은우의 마음이 씁쓸해졌다. 예정대로 남이 2026년까지 여기에 머무른다면 은우 역시 함께 멀리 여행을 가보고 싶기도 했다. 어느 나라는 뭐가 맛있고 어느 나라는 뭐가 아름답고. 은우와 남은 엄마와 아빠 같은 이런 추억을 공유할 수가 없었다. 은우의 표정을 기민하게 포착한 남은 다시 눈매를 동그랗게 만들며 수습했다.

"물론, 2121년에도 비행기는 있어요."

"그렇지만 여기랑은 다르겠지? 따지고 보면 베트남도 100년 전의 모습일 테니까 더 재밌겠다."

"저는 오늘이 더 기대돼요. 하나네 집에서 잔다니……. 꼭 진짜 가족이 된 기분. 정우 형이 정말 저까지 가도 괜찮대요?"

고개를 끄덕인 은우가 남의 몫으로 잼을 잘 펴 바른 빵을 그의 입에 물려주었다. 손을 쓰지 않고 받아먹은 남은 괜히 더 평소처럼 웃었다.

"어차피 하나 때문에 매번 들락거렸잖아. 거기에 남는 방도 많고. 남정우 되게 되게 부자인 거 알지?"

"하나 말로는 아빠가 엄마를 잘 만났대요."

"……하나가 어디까지 알고 있는지 정말 궁금하다."

"그리고 저도 누나를 잘 만났대요."

"똑똑한 우리 공주님. 얼른 모시러 가자고."

커다랗게 고개를 끄덕인 남의 머리를 쓰다듬은 은우가 그를 욕실에 보냈다. 반쯤 커튼이 걷힌 거실 창 앞으로 다가간 은우의 눈에 쇼핑센터의 웅장한 자태가 들어왔다. 햇살을 받아 유리로 조각된 듯한 벽면이 눈부셨다. 빛의 굴절 때문에 정말 조류의 깃털이 연상되기도 했다. 순간 구름이 흐르고 햇빛의 방향이 바뀐 탓인가, 은우는 이곳에선 반의반 정도 보이는 그 건물이 정말 날갯짓을 하는 것 같다고 생각했다. 이제는 매 순간이 아슬아슬하게 느껴지는 건물이었다. "누나." 동시에 욕실 문을 연 남의 목소리가 들렸다. 은우가 뒤를 돌아보았다. 막 씻고 나온 남이 서 있었다. 그렇다고 해서 그를 원망할 수는 없었다.

성인 셋에 아이 하나가 모였으니 거창한 음식은 필요 없었지만, 은우는 남에게 제대로 된 명절 음식을 보여주고 싶어 굳이 전을 부쳤다. 남은 자연스레 그런 은우를 도우려 했으나, 손님을 주방에 들일 수 없다는 집주인의 손짓은 꽤 단호했다. 결국, 남은 하나를 데리고 소파에 앉아 하나가 그렇게나 좋아한다는 애니메이션과 쌍둥이 남매를 번갈아 쳐다보고만 있는 신세가 되었다. 하나는

259

그저 유치원에 가는 날이 아닌데 남이 이 집에 있다는 사실이 마냥 즐거워 보였다.

"반쎄오를 사 드시는 엄마랑 아빠는 아실까. 천하의 남은우가 남친 먹인다고 설 연휴에 전을 다 부친다는 사실을."

"너도 언니랑 결혼하자마자 20년 평생 안 하던 명절 퍼포먼스 했어, 안 했어? 집에선 남이가 다 해. 내가 한다고 말려도 굳이 옆에 찰싹 붙어서는 이것저것 거든다니까. 애가 도통 쉬지를 못해."

"……너는 혹시 '러브버그'라고 아냐?"

"내가 생각해도 쟤가 버그. 내 인생 최대의 버그."

은우가 전분을 입은 동태전을 달걀 물에 굴리려는데 젓가락을 잘못 잡아 동태전이 철썩, 떨어졌다. 하나와 함께 꺄르르 웃고 노는 남에게 시선을 주느라 바빠서였다. 동시에 은우는 어딘가 나사가 빠진 것처럼 멍해 보였다. 은우가 놓친 덩어리 때문에 정우의 얼굴에 달걀 물이 다 튀었다. "말을 말자." 정우는 역정을 내려다 두 주먹 불끈 쥐고 참아냈다. 은우는 여전히 남에게 눈길을 고정한 채 어깨로 정우의 팔뚝을 툭 밀치며 목소리를 낮추었다. 참 새삼스러운 질문을 던지며.

"솔직히 네가 봐도 잘생겼지."

"아니, 그러니까 왜 널 만나냐고. 어리고, 저렇게 생겼고, 사지 멀쩡한데."

"너 그 기분 꼭 기억해라. 네가 언니 모시고 우리 학교 처음 왔을 때 내 기분이 딱 그거에 열 배였으니까."

"저기요. 저는 제가 '어리고 잘생긴 사지 멀쩡'이었는데요?"

"'고졸 빈털터리 로비 보이'시겠죠."

은우는 대리석 조리대에 떨어진 덩어리 대신 다른 동태전에 다시 집중해 노릇노릇 튀겨내기 시작했다. 정우에게라면 한마디조차 질 수 없었다. 뒤이어 매일 봐도 그렇게 좋냐는 비아냥이 따라왔으나 이번에는 침묵으로 답했다. 가스레인지 네 칸 중 세 칸을 차지한 모든 음식이 천천히 완성될 때면 은우는 이 자리에 없는 언니를 향한 허전함을 느꼈고, 그 감상이 상처에 소금을 뿌리기 전 애써 관두어야 했다. 명절마다 가슴이 미어지고 다른 세상으로 간 아내를 위해 자그마한 식탁을 차려야 하는 사람은 정우였으니까. 정우는 지난 5년 동안 늘 그러했듯 스스로 하나 엄마의 제삿밥을 챙겼다. 좀 더 작은 반상에 음식을 덜어, 하나가 볼 수 있도록 저녁 내내 사진과 함께 차려두었다. 하나는 자신의 엄마가 얼마나 아름답게 웃을 수 있는 사람이었는지 해가 지날수록 더 확실히 알아갔다. 류남은 처음 보지만, 낯설지만은 않은 얼굴이었다.

"하나야. 하나 엄마 닮았다."

널찍한 식탁에 모여 앉아 제 옆의 하나에게 남은 불순

물 없이 반듯한 표정으로 말했다. 하나는 그 말이 기분 좋아 자기도 알고 있다며 수어로 대답했다. 조금 떨떠름해진 사람은 정우뿐이었다. 하나는 정우도 인정할 수밖에 없을 만큼 정우의 얼굴은 거의 없고 엄마와 판박이였다. 아마 하나가 이대로 20년을 더 자란다면 저 사진 속 여인이 될지도 모를 만큼. 괜히 팔을 뻗어 하나의 머리를 한 번 쓰다듬은 아빠와 그 앞의 조그만 딸을 번갈아 보던 남은 평소라면 하지 않을 질문을 했다.

"하나가 엄마를 닮아서, 계속 기억할 수 있어서 좋지 않으세요?"

은우가 젓가락질을 멈추었다. 언니에 관한 이야기를 꺼내지 않는 게 정우라는 사람을 위한 불문율은 아니었으나, 은우가 아는 남은 조금 더 섬세한 사람이었다. 하지만 지금 눈앞의 남은 그런 섬세함이 검은색 이불 더미에 묻힌 것처럼 아둔해 보이기도 했다. 억지로 더욱 환한 미소를 지어 보인 남의 눈동자가 공허했다. 정우는 그 눈을 바라보며 평생 비어 있을 자리를 떠올렸다. 길다면 긴 시간이 흘렀어도 정우에게는 멈추어 있는 시간이었다. 아니, 정확히는 멈추어 있는 사랑이었다.

"……점점 더 똑같아지니까 류 선생 말대로 좋기도 하고. 근데 너무 보고 싶어서…… 괴롭기도 하고. 그렇죠, 뭐."

하나는 아빠가 왜 괴로운지 묻지 않았다. 그저 고모가

열심히 만든 동태전을 냠냠 먹으면서, 아무튼 여기에는 사람이 더 있을 수 없다는 생각을 했다. 사진만 있을 뿐이다. 어째서 사진 앞에 멀쩡한 음식을 가져다 차리는지 올해는 더 알 수 없어졌다. 하나는 그 이유를 생각하느라 골머리를 앓기 바빴다.

"점점 더 보고 싶어지는 거예요?"

"류남."

은우가 남을 저지했다. 그러나 남은 굴하지 않고 물었다.

"같이 있던 기억은 날이 갈수록 자꾸 멀어지는데 왜 점점 더 보고 싶어질까요? 얼마나 더 오래 그리워해야 잊히는 거예요?"

목소리에 악의가 없다는 건 듣는 정우도 분명히 알 수 있었다. 정우는 오히려 테이블 아래에서 은우의 발을 툭 건드려 말렸다가 누구도 직언하지 못한 그 질문을 곱씹었다.

"……끝나지도 않았는데 빼앗긴 사랑은 못 잊어요. 평생 못 잊는 거예요."

정우의 시선이 조그만 제사상 위의 사진을 향했다. 핸드폰 갤러리 속 얼굴까지 그 무엇 하나 지우지 못한 채 살아온 그였다.

"오히려 하루하루 지날 때마다 그 사람이랑 살았던 날들로 되돌아가요. 지금 이 순간에도 연거푸 보고 싶어지고, 그 시절이 귀해서 내 사랑은 끝나지를 않아요. 그래서 늘 2인분인 마음을…… 하나한테 다 주는 거죠. 하나 안에 그 사람이 살아 있으니까."

손을 달싹이던 하나는 끝내 숟가락을 쥔 손으로 아무 말도 않았다. 하나는 아빠의 슬픔을 누구보다 잘 읽을 수 있었다. 남은 덩달아 입을 다물었다. 졸지에 숙연해진 밥상 앞에서 본인은 괜찮다는 듯 은우와 눈을 맞추며 어깨를 으쓱이던 정우가 동태전을 한 조각 집어 남의 밥그릇 위에 얹어주었다.

"저, 남은우는 그런 슬픔을 몰랐으면 좋겠어요."

묵직하게 얹어진 그의 말에 남은 정말이지 긍정도, 부정도 할 수 없었다. 자신을 잃어버린 은우의 모습을 떠올렸다. 그러나 그 모습은 이내 수천 명의 사람으로 순식간에 번져갔다. 불특정한 목소리들이 겹쳐 우는 소리가 이명으로 커질 때, 류남은 속으로만 흐느꼈다. 어째서 이런 일이 일어나야 하는지, 정말 모르겠다고.

남과 은우가 누워 있는 침대는 낯설었다. 보통은 아무도 쓰지 않아 사람의 흔적이 없는 손님용 방이었다. 은우는 부모님이 이따금 서울로 올라오실 때면 이 방에서 주무신다고 덧붙였다. 실제로는 뵌 적 없는 은우의 나머지 가족을 떠올리며 남은 거기까지는 볼 수 없어 어쩌면 다행이라고 생각했다. 남은 자신과 은우를 닮은 아이가 태어난다면 어떨까도 생각했다. 나 말고 누나를 닮았으면 좋겠는데. 팔베개를 조금 더 편하게 고쳐주니 은우는 더욱 알맞게 남의 품으로 파고들었다. 내일이 두려워 잠이 올 리 없는 남은 은우에게 고개 숙여 속삭였다.

"누나, 자지 말아요."

"안 자."

은우는 남이 겉으로 말하지 않는 감정을 느끼고 있었다. 이렇게 심장과 심장이 맞닿을게끔 서로를 안고 있으면 조바심을 내는 남의 심장박동을 눈치챌 수 있었다. 마치 하나에게 시한부 선고가 내려진, 그날 밤 같았다. 분명

몸은 잠들 시간이었는데 왜인지 은우는 시시각각 정신을 곤두세운 채였다. 질끈 눈을 감았더니 남이 불안 속에서 미소를 짓는 모습이 보였다.

"거짓말. 많이 졸려요?"

"안 졸려."

눈 한 번 깜빡이는 시간도 아깝다는 듯 은우의 얼굴을 쳐다보던 남은 은우를 깨우고 싶으면서도 따뜻하게 해주고 싶어 이불을 포근히 올렸다. 말과는 달리 등을 토닥거리는 손길 때문에, 은우는 축축해지는 눈시울을 겨우 숨겼다.

"저 부탁이 있어요."

"나도."

"누나도?"

"응, 나 먼저."

남의 옷가지에 얼굴을 문지르고 떨어지니 눈물은 번지지 않았다. 머리를 들고 남과 시선을 맞춘 채 그의 뺨을

조심스레 어루만진 은우는 길게 입꼬리를 끌었다. 정적
은 길어졌지만 남은 마냥 괜찮았다. 언제까지고 가장 가
까이에 있고 싶었다.

"아무것도 막지 마. 넌 그런 걸 막으러 온 사람이 아니
잖아."

은우는 남이 원하는 말을 들려주고 싶었다. 무언가 애
쓰지 않아도, 가만히 무사하기만 해도 괜찮다는 말을. 남
이 온 평생 듣고 싶어 했던 말을. 잠시 시간이 멈춘 듯 숨
소리조차 희미해진 순간, 류남은 괜히 억울한 감정이 치
밀기 전 얼른 고개를 끄덕이고서 다시 은우의 뒤통수를
잘 감싸 품 안에 가두었다. 동시에 남의 눈꼬리를 타고
눈물이 떨어졌다. 은우가 남의 날개뼈를 감싸안았다. 은
우는 울지 말라는 말을 덧붙이고 싶었으나 겨우 참아냈
다. 그 말이 제 눈물까지 터뜨릴 것 같아서.

"누나."

"응……."

절 잊지 마세요.

부탁이 있다면서 정적이 길어지면 은우는 이내 속눈썹을 적셨다.

부탁해줘, 뭐든. 나한테 더 많은 걸 바라줘. 계속 그렇게 해줘.

두 사람은 자정을 훌쩍 넘겼다. 둘은 이미 수백 번을 그리했듯 품 안에서 규칙적인 숨소리를 퍼뜨리는 서로의 이목구비를 뜯어보고 부드러운 뺨을 마주 만졌다. 그러다가 마음이 너무 미어져서 이대로라면 차라리 잠드는 게 낫겠다는 결심을 했고 나란히 눈을 감았다. 그래봤자 소용없이 깨어 있었다.

2월 10일, 아침이 밝았다.

늑장 피우지 않고 제일 먼저 말똥말똥 일어난 하나가 손님 방에 들어와 고모와 선생님의 손을 끌어당겼다. 잠시 선잠이 다녀간 남은 우뚝 몸을 일으켜 하나에게 아침 인사를 했다. 이대로 시간을 고정하고 싶다는 듯 가장 꾸물거리는 사람은 은우였다. 은우는 하나의 팔을 부드럽게 붙잡아 따뜻하고 조그만 조카를 꼭 안아 가두었다. 하나가 제 손을 탁탁 치며 말했다.

"얼른 세배 받고 세뱃돈 달래요."

"남하나가 세배를 한단 말이야?"

반쯤 눈을 감고 있던 은우가 부스스한 꼴로 겨우겨우 일어나 거실로 나서니 소파에는 머리에 까치집을 진 정우가 앉아 있었다. 은우는 그 옆에 앉았다. 뒤이어 거실 중앙을 무대처럼 차지한 하나가 야무지게 이마에 양손을 얹었다. 남은 부엌 쪽 벽에 몸을 기대 입꼬리를 올리고서 평화로운 그들을 천천히 눈에 담았다. 하나가 한 차례 꼬깃꼬깃 몸을 접었다가 일어났다. 또 한 번 몸을 접으려던 차에 후다닥 일어난 정우는 하나를 통째로 들어 이번엔 아내의 사진 앞에 세웠다.

269

"여기서는 한 번 더 해야 해. 알지?"

고개를 끄덕인 하나가 한 번 더 절을 했다. 짝짝짝 손뼉을 친 은우는 과장된 손놀림으로 고모 지갑이 어디 있느냐 두리번거리다가 겉옷 주머니를 뒤적였다. 하나의 손에 오만 원이 두 장이나 쥐어졌다. 정우가 속삭였다.

"무리하셨네."

"무리는 무슨. 내년에는 석 장이다."

하나가 지폐를 허공에 팔랑팔랑 흔들었다. 그러다 개중 한 장을 대뜸 남에게 쥐여주었다. 웃음이 터져 한사코 거절한 남은 하나에게 겉옷을 챙겨 입혔다.

"하나야. 세뱃돈 생겼으니까 나는 붕어빵 하나만 사다 줘. 어제 보니까 사거리 할머니는 설 아침부터 영업하신대. 대단하시다, 그치."

남은 은우의 겉옷도 챙겨 그의 어깨에 둘러주었다. 행여 감기에 걸릴까, 지퍼를 끝까지 올려주는 손길은 조금 애틋했다. 은우는 잠시 숨을 멈추었다.

"저는 지금부터 형이랑 떡국이라는 걸 준비해야 하니까 부탁해요, 누나."

정우와 눈빛을 교환한 남이 시원하게 입꼬리를 올렸다. 어제저녁의 부채감 때문인 듯 보여 정우는 흔쾌히 주방을 허락했다. 두 남자는 현관 앞에 선 두 여자를 배웅했다. 붕어빵을 파는 포차라면 아파트 단지를 지나 조금 더 걸어야 한다고 당부하면서. 장갑과 목도리로 무장을 한 은우와 하나는 집을 나섰다.

현재 시각, 오전 10시 18분이었다. 붕어빵이 갓 나오기를 기다리다가 여섯 마리를 챙겨 온 은우와 하나가 아파트 단지 앞 횡단보도에 멈추었을 때는 대략 20분 정도가 지난 뒤였다. 쥐고 있는 고모의 손을 꾹꾹 당긴 하나가 402동 앞 놀이터에 마중을 나온 남의 인영을 가리켰다. 기다란 류남이 시원하게 손을 흔들고 있었다. 절로 입꼬리가 말린 은우가 운동화 뒤축을 들썩거렸다. 애석하게도 신호가 길었다. 신호가 초록불로 바뀌기까지 3분 정도 걸리는 구간이었다. 은우도 손을 흔들어 보였다.

그때, 남은 주머니에서 핸드폰을 꺼내 들었다. 그러자 은우의 핸드폰이 울렸다. 잠시 손짓을 멈춘 은우는 벨소리 한 소절이 완전히 끝나기도 전에 전화를 받았다.

"여보세요? 떡국 다 만들었어? 우리 붕어빵 여섯 개나 샀다. 잘했지."

남이 웃는 소리는 들렸으나 표정은 잘 보이지 않았다. "잘했어요." 은우는 고작 20여 미터를 사이에 두고 전화를 건 남의 장난기를 나무라지 않았다. 저 애는 초록불로 바뀔 때까지를 못 참는 것뿐이었다.

─누나.

그나저나 날씨가 참 좋았다. 슬슬 겨울이 풀리려는 것처럼 햇빛이 내리쬐었다. 마치 겨우내 얼었던 지반을 쓰다듬는 것처럼. 은우는 남에게 눈길을 빼앗겨 그런 햇볕조차 느끼지도 못한 채 대답했다. 다른 한 손을 점퍼 주

271

머니에 넣고 있던 남은 잠시 뒤를 도는 듯했다. 고개를 숙였다가 다시 은우 쪽을 바라보는 시선이 느껴졌다.

—……너무 늦게 얘기해서 미안해요. 마음을 정하는 데, 시간이 너무 오래 걸렸어요.

여태 빨간불이었다. 설날 아침인데도 아파트 단지 앞에서 쌩쌩 달리는 차가 더러 있었다. 차가 한 대씩 스칠 때마다 남의 잔상이 망가진 유화처럼 처참히 일그러졌다.

—누나, 이번에도 절 믿어주세요.

"류남. 너 기다려. 아무 말도 하지 말고, 기다려."

은우의 다른 손을 붙잡은 하나의 작은 악력이 느껴졌다. 하지만 은우는 조카를 내려다보기보다 분주하며 불안한 마음 때문에 차선을 이리저리 기웃거렸다. 류남은 남은우의 당부에도 말을 멈추지 않았다.

—지금은 2024년 2월 10일 10시 39분, 이제 겨우 5시간 8분 남았어요.

그때처럼 낮게 가라앉은 남의 목소리는 듣고 싶지 않았다. 설명을 덧붙이지 않아도 답을 이해할 수 있었다. 은우의 손이 마구 떨려왔다. 핸드폰을 고쳐잡으려다가 저도 모르게 하나의 손을 놓아버렸다. 차도를 건너갈 수가 없었다. 은우는 거듭해 남의 이름을 불렀다. 남은 은우의 귓가에 망설임 없는 목소리만 쏟아내었다.

—주명건설의 비둘기가, 아니, 제이조이필드가 2024년

2월 10일 15시 47분에 붕괴할 거예요. 2,600명의 사상자가 발생하고 1,000명이 넘는 사람들이 그 사고로 사망해요. 절대 하나를 데리고 비둘기에 가지 마세요. 정우 형도 보내서는 안 돼요.

휴일에도 멈추지 않는 물류 트럭이 지나간 다음에 다시 류남의 인영이 보였다. 마침내 다시 햇살. 눈부신 빛과 닿아 있는 남의 몸체가 바스러지듯 결정을 이루었다. "안 돼." 드디어 초록불이 켜졌다. 은우는 있는 힘껏 다리를 뻗어 뛰었다. 남이 또 아득해지기 시작했다. 저 물거품을 놓치고 싶지 않았다.

—아마 누나라면 그 사람들을 전부 구할 수 있을 거예요.

"남아, 제발……."

—누나.

이제 횡단보도는 몇 칸 남지 않았다. 하지만 남의 '몸'은 불투명해지고 있었다. 햇빛을 받고 윤슬처럼 반짝이는 그 몸이 꽃망울 같은 물거품을 피워 올렸다.

—울지 마세요.

남은 은우를 바라보던 눈을 감았다. 은우는 급하게 손을 뻗었으나 아무것도 잡지 못했다. 어느 마술사가 지팡이로 톡, 하고 건드린 듯 하염없이 물거품이 하늘을 향해 솟구쳤다. 실구름이 부드러이 떠다니는, 정말 아름답고 새파란 하늘이었다. 은우는 고개를 쳐든 채 주저앉고 말

273

았다.

뒤이어 다시 초록불을 기다렸던 작은 발소리가 가까워졌다. 은우가 물거품이 올라간 하늘을 하염없이 쳐다보고 있을 때, 하나는 땅에 떨어진 남의 핸드폰을 주워 은우에게 내밀었다. '누나' 단정하게 적힌 이름 아래 통화는 계속되고 있었다. 서로에게 연결된 핸드폰에서는 그 누구의 목소리도 들리지 않았다. 뭍에 남은 사람은 남은우 혼자였다.

네 말은 내가 믿는데, 내 말은 누가 믿느냐고.

고작 5시간. 은우는 약속을 지키지 않고 또 갑자기 사라져버린 남을 책망할 여력이 없었다. 하나를 집에 데려다준 뒤 떡국은 고사하고 곧장 비둘기 쇼핑센터로 뛰어간 은우는 가족 단위로 쇼핑센터를 드나드는 인구가 심상치 않아 그 앞에서 발을 동동 구르다가 도무지 방법을 알 수 없어 당장 생각나는 이에게 전화를 걸었다.

"나츠야, 비둘기가 무너진대. 오늘……. 5시간 뒤에. 어떡하지? 어떻게 해야 하지?"

─비둘기? 그 쇼핑센터? 누가 그런 소리를 해, 은우. 너 지금 어딘데.

"남이가……. 남이가 그러고 갔어. 나 지금 비둘기 앞

인데 여기 사람이 너무 많아서 아무도 내 말을 들어줄 것
같지가 않아…….”

　─집에서 기다려. 애들 데리고 갈게.

　치나츠는 한국에 가족이 없어서 혼자였고, 희재는 본
가가 서울이었고, 태영은 경기도인 본가에 가지 않았다.
때마침 모두 서울이던 네 사람은 음력 새해 첫날부터 은
우의 집에 모였다. 문을 두드리고 모여드는 속도가 하나
같이 비슷했다. 다들 급하게 뛰쳐나온 상황이 역력하게
그려지는 차림이었다.

　“뭐가 무너진다고? 백화점 건물이? 저 큰 게?”

　앞머리를 까뒤집은 희재가 은우의 거실 창밖에 건재한
듯 보이는 건물을 가리키며 눈을 부릅떴다. 부리나케 뛰
어온 태영 역시 시계와 은우를 번갈아 쳐다보더니 골치
가 아프게 됐다는 듯 이마를 짚었다.

　“‘류남이 그랬다’가 다야? 여태까지 뭘 물어봐도 입 꾹
다물고 있던 애가 갑자기 던지는 소리를 뭘 믿고. 아니, 진
짜라고 쳐도 방법이 없잖아. 남은우, 너 정신 차려. 그래서
류남 걔는 지금 어디 있는데. 내가 직접 들어야겠다.”

　“……남이 없어.”

　“뭐? 이 사달을 내놓고 이번엔 또 어디로 튀었는데? 자
기 엄마 아빠한테 세뱃돈 타러 간대? 야, 똑바로 얘기해
야 맞장구치는 시늉이나 할 거 아니야.”

"태영, 진정해. 류 군 진짜로 없어진 것 같다."

은우의 손에는 두 대의 핸드폰이 들려있었다. 치나츠만이 상황의 심각성을 충분히 인지한 듯 보였다. 치나츠는 남이 남기고 간 핸드폰을 받아 들더니 혹시 은우에게 열 수 있는지를 물었다. 은우는 당연히 비밀번호를 알고 있었다.

"3년 전에도 이렇게 없어졌어. 갑자기 남이가 집에 갔다고, 내가 그랬잖아. 정말 눈앞에서 갑자기 사라졌어. 그때도 뭘 말하더니 속수무책으로……. 그리고 정말, 남이가 말한 대로 세상이 그렇게 돼. 난 그걸 이미 겪었으니까, 걔가 하는 말은 다 믿을 수밖에 없단 말이야. 아무도 안 믿어도 뭐든 해야지. 사람이……, 사람이 1,000명이 넘게 죽는다잖아."

"……남은우 네가 미쳤구나, 진짜."

태영은 금방이라도 자리를 박차고 일어날 듯 은우에게서 고개를 돌렸다. 치나츠는 다급히 태영을 붙잡아 눌렀다. 치나츠는 은우가 보여주는 남의 핸드폰 속 갤러리를 들여다보기 시작했다. 대부분 은우의 얼굴만이 가득한 갤러리 속에서 별안간 수십 장의 밋밋한 사진들이 등장했다. 확대해 보니 제이조이필드로 추정되는 건물 속 크랙이나 어긋난 계단 따위의 증거물이었다. 하지만 국태영은 완강했다.

"고작 이런 사진만으로 뭘 어쩌자는 거야. 남은우. 다 똑같이 미치자는 거야?"

"……태영 말이 맞아. 이 정도 정황 증거로 건물 측을 움직일 수는 없어."

사시나무처럼 떨리는 손으로 핸드폰을 쥐고 있던 은우는 남이 혼자 이 사진들을 찍기 위해 쇼핑센터를 오갔을 모습을 상상했다. 자신이 사라진 이후, 은우가 사고를 막을 수 있도록 돕고자 지푸라기라도 잡았을 그 심정이 느껴졌다. 하지만 이런 사진으로는 불충분하다니. 혼란스러워 보이는 은우의 팔을 감싸안은 희재 역시 언성을 높여왔다.

"언니. 1,000명이 죽는다는데 까짓거 미친 척 한 번이 어려워? 우리가 미친 척을 했는데 1,000명이 안 죽으면 땡큐고, 우리가 미친 척을 안 했는데 1,000명이 죽으면 다 망하는 거잖아. 내 말이 틀려?"

은우의 눈에 실핏줄이 잔뜩 섰다. 그만큼 간절했다. 남이 사라지는 대가로 두고 간 진실을 그냥 두고 볼 수 없었다. 그럼에도 역시나 이성적으로 굴어오는 태영의 싸늘한 시선은 다시 은우를 추궁했다.

"사라졌다고 했지? 어떻게?"

"……물거품이 됐어."

"2121년부터, 미래에서 온 수학여행에, 이제는 물거품? 무슨 인어공주야? 넌 내가 단순히 재미있어서 3년 전부터 이 어불성설을 믿어줬다고 생각했나본데, 네가 하는 말이라 믿는 시늉이라도 했던 거야. 남은우 네 말이라."

매서운 시선을 마주하던 은우는 입술을 꾹 씹은 채 태영을 상대하던 중 문득 억울함이 극에 다다라 오히려 머리가 차가워지는 느낌을 받았다. 태영 뒤에는 거실 장이 놓여 있었다. 그 위에는 남이 항상 즐겨보던 빔프로젝터, 그 아래 서랍이 네 칸. 갑자기 뇌 한구석으로 집중력이 몰렸다. 은우는 허겁지겁 서랍들을 모두 뒤졌다. 3년 전 류남이 사라진 뒤, 진작 전원이 꺼져 여기 어딘가에 처박혀 있던 반려동물 행동 관찰 CCTV. 거기에 모든 것이 찍혀 있을 터였다. 태영이 정신 나간 듯 보이는 자신의 행동을 말리려는 손길이 느껴졌다. 은우는 굴하지 않고 온갖 물건을 뒤집었다. 세 번째 칸을 통째로 뽑아 막무가내로 뒤집어 흔든 순간, 그 CCTV가 튀어나왔다. 네모난 카메라 뒤를 더듬어 SD카드를 찾아낸 은우는 곧장 노트북을 가지고 와 리더기와 카메라를 연결했다. 친구들은 그런 은우의 기행을 기다려주었고 은우는 곧 3년 전의 화면 하나를 찾아냈다.

"여기야. 다 똑바로 봐."

2021:02:23:07:20:13
14, 15, 16, 17, 18, 19, 20.

무너지듯 주저앉은 남은우 앞에 있던 류남이 물거품이 되어 사라지는 순간은 채 10초도 걸리지 않았다. 저화질이지만 선명히 인식할 수 있는 물거품 그 자체였다. 13인치 노트북 화면 앞에 모여 앉은 네 사람은 숨 막히는 정적을 이어갔다. 은우의 친구들은 이제 저 화면에서조차 존재하지 않는 류남의 부재가 남은우에게 얼마나 큰 공포로 다가올지 느낄 수 있었다. 특히 착잡해 보이는 국태영이 연거푸 제 얼굴을 문질렀다. 김희재는 남은우를 끌어안았다.

"제이조이필드로 가자. 아직 가능성이 있어."

먼저 패딩을 챙긴 사람은 치나츠였다. 운동복을 입고 오길 잘했다고 생각한 희재가 은우를 지탱하며 함께 몸을 일으켰다. 더는 군말 없이 집을 나섰다. 마지막으로 태영은 문단속을 마쳤다. 네 사람은 똘똘 뭉쳐 어두운 미래의 문을 밀었다.

"창문 꼭 닫고, 오늘 하나랑 넌 집에만 있어. 캐릭터 이벤트 그거 취소됐다고, 고모가 그거 확인하느라 떡국도 못 먹고 달려간 거라고 하나한테는 그렇게 전해. 별일 아니야. 별일 아닐 거야. 그냥, 제발 집에 있겠다고 맹세해."

상황을 모르는 정우는 답답한 신음을 내다가 이내 긍정의 대답을 하며 떡국을 남겨놓겠다고 말했다. 남의 몫까지. 은우는 그저 고맙다는 한마디를 남긴 채 전화를 끊었다.

명절인 이유도 있겠지만, 비둘기 쇼핑센터는 특히 아이들로 가득했다. 저 현수막에 나부끼는 캐릭터가 가장 큰 이유였다. 넷이서 함께 비둘기 쇼핑센터로 돌아왔을 때는, 대략 1시간 전보다 더 많은 사람이 몰려 있었다. 마른침을 꼴깍 삼킨 모두는 치나츠를 따라 지하 주차장으로 이동했다. 치나츠는 남이 찍어놓은 사진과 주차장 시멘트 기둥을 대조하기 시작했다. 실물에는 사진보다 금이 더더욱 선명했다.

"……이것들, 제정신이 아니구나……."

그뿐만 아니었다. 가장자리에 있는 기둥에는 손가락이 들어갈 수 있을 만큼 엇갈린 틈이 있었다. 하지만 그 위로 페인트가 어설프게 덧입혀져 있었다. 기둥 틈새 사이, 고작 페인트칠이 접착제 역할을 대신하는 우스운 광경이었다. 아마 쇼핑센터를 찾는 고객이라면 주의 깊게 살피지 못할 흔적이었다. 카메라로 그 부분을 당겨 촬영한 치나츠는 다른 기둥 역시 심심찮게 보이는 크랙의 증거를 모았다. 치나츠가 설명한 대로 모두는 어설프게 가려진 크랙 사진을 촬영해 돌아왔다.

치나츠가 발견한 붕괴의 낌새는 그뿐만이 아니었다. 발 빠르게 7층까지 훑어 올라간 그들은 이따금 어긋난 바닥 대리석 패턴을 발견했고, 맞지 않는 소화전 뚜껑을 확인했고, 1층 아케이드를 중심으로 대칭을 그렸을 때 수상쩍게 빠져 있는 한 기둥을 손바닥으로 훑었다. 남이 촬영해놓은 사진 그 이상이었다. 모든 정황이 뚜렷해지자 1,000여 명의 사람들이 발걸음을 옮길 때마다 건물 전체가 흔들리는 느낌이 선명해졌다. 은우는 등골이 스산해지는 기분을 못 이겨 몸서리를 쳤다. 모두가 지뢰를 밟고 있었다.

2월 10일 12시 21분경, 성북구 경찰서에는 네 통의 신고 전화가 들어왔다. 주명건설의 제이조이필드가 앞으로 3시간 뒤에 무너지리라는 제보였다. 신고한 사람 중 한 명은 본인이 건축사무소에서 일하는 건축사라며 신분을 밝혔다. 그들은 경찰서에 건물의 붕괴 전조가 뚜렷이 보이는 증거 사진과 영상을 첨부했다. 동시에 성북구 소방서를 연계한 인력이 비둘기로 들이닥쳤다. 그동안 네 사람은 소방안전실의 문을 두드렸다.

문은 더디게 열렸다. 고개를 내민 사람은 경비복을 입

281

은 앳된 남성이었다. 핸드폰에 띄운 명함을 내민 치나츠는 안전실 총책임자를 찾았다. 그러나 '명절이라서 출근을 하지 않으셨다'라는 대답이 들려왔다. 이 큰 건물의 소방안전실을 지키고 있는 사람은 고작 직원 2명이었다. 쓸데없는 말을 들어줄 시간 따위 없다는 듯 네 사람을 쫓아낸 직원은 기어코 경찰이 합류하고 나서야 CCTV 모니터실을 열어주었다. 캐릭터 풍선을 쥐고 즐거워하는 아이들과 그들의 손을 꼭 붙잡은 사람들이 7층까지 고루 퍼져 있었다. 최대한 저 인파를 혼란 없이 내보내야 했다.

무빙워크의 전원이 하나둘씩 꺼졌다. 캐릭터 이벤트 행사장을 가득 메운 동요와 다른 층을 잔잔히 울리던 클래식도 꺼졌다. 조용해진 쇼핑센터 안에는 차분히 대피를 요망한다는 안내방송이 꾸준히 울렸다. 경찰과 소방관들이 사람들의 퇴장을 도왔다. CCTV 모니터를 살펴보던 네 사람은 아직 사람이 모여 있는 구간으로 서로 흩어졌다. 소식이 닿지 않는 비품 창고 안 직원이나, 식당 근로자를 챙기느라 목청이 찢어지고 이따금 발을 접질렸다. 남은우는 서점에 쑤셔 박혀 독서에 정신 팔린 사람들을 일일이 흔들었고, 치나츠는 지하 주차장으로 내려가 교통 정리를 주도했다. 국태영은 헤드폰을 쓴 채로 재고를 정리하던 직원을 붙잡아 끌었고, 김희재는 힘이 없어 보이는 보호자 대신 울음이 터진 아이를 두세 명씩 안아 건물 밖으로 날랐다. 쇼핑센터에 머무른 2,000여 명을 전부 대피시키는 데 꼬박 몇 시간이 걸렸다. 천장이 기우는 것처럼 느껴지는 건물 안에서, 은우는 문득 이상한 갈등을 느꼈다.

무너지는 거 맞지. 근데 안 무너지면 어쩌지. 끝끝내 아무런 일도 일어나지 않으면 어쩌지. 하지만 아무것도 하지 않고 숨어 있는 것보다는 낫잖아. 그런데 류남이 말한 미래는 1,000명이 죽는 미래라고. 결국, 어떤 방식으로든 그 애의 말처럼 1,000명이 죽어버리면, 정말 어쩌지.

금방이라도 무너질 것 같은 사람은 남은우였다.

15시 28분. 아이들의 보호자를 찾아주느라 외부 공원 쪽으로 빠져나와 있던 희재는 제 눈을 의심할 수밖에 없었다. 건물의 한쪽 날개가 피사의 사탑처럼 묘하게 기울어지고 있었다. 지하 주차장에서 천천히 빠져나오는 차량을 기다리며 공원에 모여 있던 사람 중 누군가가 그 광경을 보았는지 갑자기 비명을 터뜨렸다. 사람들이 웅성거리며 저마다 핸드폰을 꺼내 들었다. 희재도 꺼내 들었다. 그는 남들이 건물의 동영상을 촬영할 때 은우에게 전화를 걸었다.

"언니? 나 공원 쪽이야. 지금……. 지금 많이 이상해. 뛰어야 할 것 같아. 어디야? 나왔지? 건물 밖이지?"

—기다려, 금방 나가.

"……무서워."

숨 가쁜 음성을 끝으로 통화가 끊겼다. 각기 다른 층에 퍼져 있던 세 사람은 중심축의 무빙워크를 향해 뛰었다. 전기가 나가버린 건물에서 멈춰 있는 무빙워크 위를 달리는 기분은 정말이지 기묘했다. 움직이는 줄 알고 내 몸은 준비를 다 했는데 움직이지 않는 무빙워크. 은우는 이렇게 준비를 다 했지만, 건물이 무너지지 않았으면 좋겠다고 생각했다. 동시에 자신을 두고 하늘로 흩어져버린 남이 벌써 보고 싶었다. 다시 돌아올 수도 있어. 지난번에도 그랬잖아. 그렇다면 넌 이제 언제 오는 거야? 얼마나 기다려야 다시 오는 거야? 이런 무서운 건 가르쳐주면서 고작 네가 언제 온다는 것쯤은 왜 가르쳐주지 않는 거야? 나도 준비를 더 하고 싶었는데. 헤어질 준비를, 무너질 준비를.

"엄마……."

그때 무빙워크의 벽 뒤에서 소란에 묻힐 뻔한 작은 목소리가 흘러나왔다. 반사적으로 뜀박질을 멈춘 은우가 인기척을 따라 몸을 돌리자, 몸을 동그랗게 웅크린 여자아이가 울고 있었다. 천장에는 어느덧 육안으로도 볼 수 있는 금이 벌어지고 있었다. 긴장감에 마른침을 삼킨 은우는 무엇을 잴 필요도 없이 아이를 안아 들었다. 하지만 아이는 건물 내부 쪽으로 손을 뻗으며 울음을 터뜨렸다.

아무래도 부모와 헤어진 모양이었다. 아이의 손안에 꾹 구겨진 토끼 인형의 귀가 땀에 젖은 채였다.

"밖으로 가자. 엄마랑 아빠 거기에 있을 거야."

"싫어. 잃어버렸어요, 잃어버렸단 말이에요……."

그 여린 애원에 은우는 길을 돌아보았다. 이대로 지체하다가는 건물에 잡아먹히기 직전이었다. 망설이는 두 사람 뒤로, 전시되어 있던 신발이니 옷가지들이 우르르 쏟아지고 말았다. 손안에 인형을 꽉 쥔 아이의 머리통을 감싼 은우는 더 이상 내부에 미련을 두지 않고 출구를 향해 필사적으로 달렸다. 발 구르는 소리와 울음소리, 둔탁한 굉음이 뒤섞여 시공간을 뒤틀었다. 아무것도 인지하지 못한 채 은우는 그저 밝은 빛을 향해 달려갔다. 몇 번이나 비틀거리면서.

남은우는 15시 43분경 건물을 빠져나와 사람들이 모여 있는 공원 쪽으로 달렸다. 슬슬 심각해지는 현장감을 눈치챈 경찰도 철수를 마치고 빠져나오는 듯 보였다. 인파 속에서 서로 끌어안은 친구들을 찾은 뒤에야 은우는 우는 아이를 내려놓았다. 겨울임에도 땀에 잔뜩 절어 있었다. 그들은 사슬처럼 얽힌 채 모두의 시선을 앗아 간 비둘기를 보았다.

285

2024:02:10:15:46:53

54

55

56

57

58

59

00.

　파이처럼 동그란 층들이 쌓인 쇼핑센터 바깥까지 꿍음이 정박으로 울렸다. 건물을 빠져나온 사람들은 모두 숨을 멈추고 주명건설이 지은 제이조이필드를 보았다. 그러다 공간이 쥐 죽은 듯이 조용해졌다. 어쩌면 조용해진 게 아니라 방금의 소리가 너무 크고 위협적이었던지라 모두의 청각이 죽어버렸을지도 모르겠다. 유일하게 건물을 바라보지 않은 사람은 남은우였다. 남은우는 하늘을 쳐다보았다. 어디에서 보고는 있는 거야? 혹시 날 보고 있어?

　'누나.'

　은우는 꿍음 속에서 환청을 들었다. 파열음과 더불어 기반이 먼저 붕괴한 쇼핑센터는 7층부터 차곡차곡 가라앉았다. 아우성치는 사람들과 사이렌 소리가 속절없이 울려댔다. 세상에서 제일 튼튼할 것만 같던 비둘기는 다시 주명건설의 회색 모자 속으로 홀연히 사라졌다. 어느 마술사가 지팡이로 톡, 하고 건드린 듯 하염없는 물거품이 되어.

주명건설 게이트

주명건설이 시공을 맡아 2022년 말에 완공한 뒤 2023년 1월에 정식으로 오픈한 쇼핑센터 제이조이필드 성북점은 2024년 2월 10일 15시 47분경(KST)에 붕괴했다. 그러나 1,556명이 머물렀던 건물에서 사상자는 0명이었다. 건물의 붕괴를 감지한 타 건축사무소 직원과 동료들의 사전 신고 덕분이었다. 그들은 3시간 전부터 건물에 들어와 고객과 직원의 대피를 도왔다고 전해진다. 원인은 코로나 시절 폭등한 철강 자재값을 감당하지 못한 영락없는 부실 공사로, 이 과정에서 건축 허가를 받아내기까지 주명건설과 정부 사이의 온갖 비리와 청탁이 발견되었으며 제이조이필드 측을 속여 공사를 진행한 주명건설은 결국 파산하였다.

2024년 2월 1일 오전 00:21

존재하는 줄도 몰랐던 꿈이 바람처럼 불어오고, 물처럼 스민다.

반갑고 기쁠 줄만 알았는데

마냥 그렇지는 않다.

언젠가 떠나보내야 할 것들이라,

모질고 아프다.

댑바람

2121

1

　타임머신의 작동법은 간단했으나 찾아간 시간에서의 영생이 목표라면 반드시 지켜야 할 규칙이 있다. 인류가 시간 여행을 꿈꿔왔던 수백 년 전부터 존재했던 '타임슬립 패러독스', 즉, 시간 여행에 관한 역설을 피해야 한다. 과거로 돌아가 시간을 여행하는 중 미래를 예언하면, 이를 감지한 타임머신이 시간 여행을 수포로 만든다. 여행을 떠난 공간에서 원자 단위로 사라지며 다시 현 시간으로 그 원자들이 되감겨 신체를 원래의 장소로 돌려놓는 것이다. 안전한 시간 여행을 위해 설정된 기능이었다. 하지만 류남과 선생에게는 고난도의 장애물과 같았다.

　"선생님이 무슨 말씀을 하시는지 하나도 모르겠어요."

"네 이름은 류남이고, 길을 잃었어. 너는 2121년에 사는데 2021년으로 수학여행을 갔다가 일행들을 전부 놓친 거야. 다들 어디로 갔는지 모르겠고, 연락하거나 돌아갈 수 있는 통신기도 잃어버렸어. 애초에 좌푯값을 잘못 입력한 것 같거든. 정신을 차렸을 때부터 혼자였기 때문이야."

"제 이름이 류남인 것 빼곤 전부 거짓말이잖아요."

류남은 골전도 이어폰과 비슷한 기기를 착용하고 있었다. 엄지 한 마디 크기 정도의 기계에서는 초록빛 레이저가 뿜어져 나왔고 그것은 남의 관자놀이를 관통하고 있었다. 선생은 정신없이 키보드를 두드렸다. 코에 달린 호흡기는 긴박한 상황 때문인지 자꾸만 들썩거렸고, 소지가 엔터키를 탁탁 때려 박을 때마다 남의 머리에는 새로운 정보들이 속속들이 업데이트되고 있었다. 선생은 그에게 2021년을 중심으로 플러스마이너스 5년 안에 일어나는 사건, 사고의 정보들과 배경지식의 데이터를 꾸려주었다. 기본 소스만 채워 넣으면 AI가 나머지 역사 정보를 알아서 구축해주고 있었다. 꼭 하나의 빌딩이 세워지는 것처럼 류남의 머릿속에는 21세기에 대한 정보가 차곡차곡 일어섰다. 2019년 끝자락에 시작돼 2023년 상반기 마무리되는 팬데믹, 그 상황 속 추가되는 병원 정보와 같은. 인류의 운명과 관련된 5년 치의 도록이 입력되는 동안 남의 얼굴이 이따금 일그러졌다. 순식간에 많은 정보가 주입되자 혼란스러운 모양이었다. 몇 가지의 세부 사항은 방대한 정보량에 밀려 흐릿해졌다. 시간이 촉박한 탓이었다.

"당분간 그곳에서 살아남을 수 있는 정보라면 충분히 넣어뒀어. 네 진짜 삶이 시작되는 건 2026년부터야. 할 수 있지?"

"……선생님께서 방금 주입한 현재의 이미지도 틀렸어요. 제가 스물한 살인데 고등학교에 다니고, 과거로 수학여행을……. 늘어난 수명이요? 바깥에서는 재해며 질병이며 속수무책으로 다 죽어간다면서요. 그래서 선생님이 저를 만드셨잖아요."

"시간 여행 역설을 피해야만 해. 과거 사람들에게 미래가 멸망 직전이라는 사실을 알리면 그곳은 희망을 잃고 무너질 거야. 지금의 사람들처럼. 그러니까 절대 진실을 말해서는 안 돼."

동시에 선생은 3D 프린터를 오가며 단정한 교복 한 벌을 출력했다. 서울 외곽에 지어진 이 작은 집은 어디로든 시간 여행을 떠나기에 딱 안성맞춤인 공간이었다. 정보를 정리할 수 있는 컴퓨터는 물론, 그 시대에 필요한 물건을 꾸릴 수 있는 3D 프린터까지 준비물이라면 모두 갖춘 상태였다. 게다가 군더더기 없는 일체형 규조토로 이

293

루어진 바닥은 모든 습기를 흡수했으며 북향으로 뚫린 수조에는 한 사람이 시간 여행을 떠날 수 있을 만큼의 물이 채워져 있었다. 그 위로 굴뚝처럼 뚫린 유리관은 수증기가 된 육체를 과거로 떠나보내는 포털이었다. 이 건물은 공간 자체로 타임머신이었다.

"2026년까지만 버텨줘, 류남. 그럼 더는 타임슬립 패러독스에 걸리지 않을 테니까."

"정말 저 혼자 가야 할까요?"

선생은 고개를 끄덕이며 남과 포옹했다. 뒤이어 놓아주는 손길에는 아쉬움이 없었다. 선생과의 인사를 끝으로 류남은 이내 소멸로 향했다. 모든 채도가 메마른 흰 방의 중심, 그 수조 안을 섬광이 훑고 지나갔다. 선생은 온갖 감정이 섞인 한숨을 털어냈다. 이제부터는 아무것도 알 수 없었다. 좁은 방에 갇혀만 있던 남의 이야기는 그렇게 시작됐다.

2021년, 모든 사람은 마스크를 쓰고 있었다. 생전 처음 보는 인파에 어느 방향으로 나아가야 할지 혼란스러운 남은 일단 사람들이 더 많이 걷는 길을 잡아 걸음을 옮겼다. 하지만 얼마 지나지 않아 사람들이 그를 돌아보며 수군거리기 시작했다. "저 사람 왜 마스크를 안 쓰지?" 혹자는 삿대질과 함께 쏘아붙였다. "학생, 마스크 써요. 경찰 부르기 전에." 날이 선 목소리에 어깨를 움츠린 남이 임시방편이랍시고 손바닥으로 제 얼굴을 가렸다. 심지어 혹한이었다. 허공에 나온 손은 금방 붉어졌다. 류남은 경찰서를 찾아가야 했다. 주위 사람들의 언성 때문이었다.

　그래서 '남'과 '은우'는 경찰서에서 만났다.

2

종말이 가까워지면 지하 벙커를 준비하는 사람들이 더러 있다. 100년 전부터 예견된 지구 멸망 시나리오를 믿지 않는 척 믿어왔던 사람 중, 일본 어느 건축회사의 미래지향건축팀장은 기묘한 사상을 가지고 있었다. 기후 위기, 질병 등으로 지구에서 더는 사람이 살아남을 수 없다면, 사람이 살 수 있었던 시대로 '우리'가 돌아갈 방법을 찾자는 것이다. 비로소 타임머신을 만들어낸다면 사람들은 호시절을 고르고 돌아가 멸망을 피할 수 있으리라. 시간 여행은 다가오는 지구 멸망에 대비한 완벽한 탈출구였다.

100년 전부터 시작된 이 연구는, 그 건축회사에 근무하는 한 연구원의 아이디어로 완성되었다. 그는 재일 한국인이었다. 미래지향건축팀장은 그 재일 한국인의 타임슬립 설계도를 자신에게 종속시키려 들었고, 한국인 연구원은 설계도와 함께 퇴사를 감행했다. 그는 자신이 사는 일본이 아닌 서울 외곽에 이 건물을 짓고 싶어 했다. 그렇게 지어진 이 조용한 주택은 그가 끝까지 지켜낸 한국 유일의 시간 여행 포털이었다. 아마 이 사실이 발각된다면, 2121년에서 희망을 잃은 사람들 모두가 이곳으로 달려들 것이다. 2121년으로부터 탈출하기 위해.

하지만 선생이 보기에 시간 여행을 통한 탈출은 불안

정했다. 당대에 대한 정보가 없다면 생존이 위태로울 것이고 당대에 대한 정보가 과하다면 언제고 물거품이 될지 모른다. 비단 정보만의 문제는 아니었다. 선생은 이세상과 어울리지 않는 류남의 천성을 걱정했다. 아니나다를까, 류남은 고작 21일 만에 교복이 아닌 남색 후드티 차림으로 수조에서 토해졌다. 분명 무언가가 뒤바뀌었다. 선생은 자신의 폐부를 어루만졌다. 언젠가부터 자유로워진 호흡을 느끼며.

3

"**선**생님, 괜찮으세요?"

거의 몸을 가누지 못하던 선생은 1년이 지나 돌아온 남이 반가우면서도 미웠다. 이제 거의 다 끝에 다다랐다고 생각했는데 수조에서 빠져나온 남은 쓴웃음을 짓고 있었다. 그 얼굴이 더욱 슬퍼 보였다.

"도대체…… 무슨 일이 일어난 거예요?"

건물 안은 엉망이었다. 마치 누군가가 침입한 듯 문의 경첩이 깨져 비뚤어져 있었고 모니터나 다른 기계 역시 금이 간 데다 선생이 누워 있던 침대마저 한쪽 다리가 무너진 채였다. 내부는 물론 외부에도 무언가를 폭파한 듯 벽 자체가 아슬아슬했다. 이런 곳에서도 선생은 여전히 자리를 지키고 있었다. 폭풍이 훑고 간 자리처럼, 1년 전과는 너무 다른 그림에 남은 이별의 슬픔을 곱씹지도 못하고 선생을 부축했다.

"……수색대가 찾아왔지. 남이 널 데려가겠다고. 온갖 곳을 뒤졌지만 네가 보이지 않으니 이렇게 화풀이를 하더구나."

"다치신 곳은 없으세요?"

"늙어 이럴 뿐이야. 그러는 남이 넌, 무슨 일이 있어서 다시 여기로 왔는지 들어보자."

두 사람은 비뚤어진 침대에 앉았다. 류남은 남은우의

생각만으로도 눈시울이 젖었다. 방금까지 눈앞에서 손을 흔들던 은우를 포기하기란 고통스러웠다. 한참이나 입술을 꾹 다물다가 울지 않기 위해 어깨를 으쓱인 남이 은우에게 건넨 말을 곱씹으며 겨우겨우 목울대를 텄다.

"확실히, 미래는 모르는 편이 나아요. 이별을 포함해서 말이에요."

선생은 남이 그곳에서 겪어야만 했던 모순적인 상황이 안타까워 천천히 그의 머리칼을 쓸어주었다. 과거를 향한 그리움이 짙어진 남은 결국 굵은 눈물을 떨구고서 그것이 채 마르기도 전에 손바닥을 들어 뺨을 닦았다.

"그냥 사랑하지 말 걸 그랬어요."

지독한 부산물이 남았다. 미래까지 따라온 통증에 숨을 헐떡이는 남을 가만히 바라보던 선생은 그 어떤 위로도 아무런 도움이 될 수 없다는 사실을 알았다. 그저 침묵을 지켜줄 뿐이었다.

"……지금쯤 건물이 무너졌을 거예요. 누나가 사람들을 구했을지 모르겠어요. 제가 처음부터 '주명건설 게이트' 때문에 붕괴하는 건물이 비둘기라는 걸 온전히 기억했더라면 뭔가 달랐을까요?"

동시에 선생의 미간이 좁아졌다. 남은 생각보다 훨씬 더 큰 일을 치르고 돌아온 모양이었다.

"얼마나 많은 사람을?"

"누나가 성공했다면, 족히 1,000명이 넘어요. 우리는 선택지가 없었어요."

100여 년 전 서울에 그렇게 큰 규모로 일어난 붕괴 사건이라면 선생도 아는 바가 있었다. 뭔가 심상치 않음을 깨달은 선생의 입술이 살며시 벌어졌다. 이번에도 무언가가 뒤바뀌었다. 선생은 언제나 선명한 한 사람의 얼굴을 떠올렸다. 선생의 이목구비가 처참히 무너졌다. 선생은 얼굴을 손바닥에 파묻은 채 모든 기력이 빠져나간 목소리를 냈다.

"……그냥 남은우만 지키고서 모른 척할걸, 그런 후회는 않니?"

류남은 젖은 몸을 웅크렸다. 온몸에 달라붙는 물기가 도무지 가실 줄을 몰랐다. 습기는 더욱 무거워지고 있었다. 멍하니 바라본 선생의 얼굴에 거미줄 같은 실주름이 가득했다. 건물 안에 겨우 고여 있던 빛조차 슬금슬금 존재를 거두고 있었다. 역설적으로 건물 안의 모습은 더욱 선명히 드러나고 있었다.

"끝나지도 않았는데 빼앗긴 사랑은 못 잊는대요. 평생 못 잊는대요. 그런 슬픔을 1,000명이 넘는 사람들이, 아니 그보다 더 많은, 그 1,000명을 사랑하는 사람들이 느끼게 되는 건 너무 큰 비극이에요."

선생은 누군가를 잃고 시작되는 비극을 잘 알고 있었다.

남의 시선이 무너져가는 건물 안, 아주 천천히 물이 줄어들고 있는 수조로 향했다. 다시는 은우를 만날 수 없을 것 같다는 예감이 드는 광경이었다. 남은 젖어가는 목소리로 겨우 운을 떼었다.

"……이제 누나는 못 보겠죠?"

"유감스럽지만 저 벽에 금이 가면서부터 접속 코드에도 오류가 생기기 시작했어."

"은우 누나라면…… 제가 수학여행을 온 게 아니라, 무너져가는 미래에서 도망쳐 왔다고 해도 이해해줬을 거예요."

"……맞아, 그런 사람이었지."

선생의 잿빛 눈동자는 점차 초점이 흐려지더니 무언가를 그리워하는 사람처럼 희미한 빛을 좇아 일렁였다. 기운 없는 손가락을 다시 자판에 올린 선생은 건물에 금이 가면서 오류가 발생한 모니터 속 코드를 크게 훑었다. 푸른 숫자 중 이따금 떨어지는 붉은 숫자들은 유리 조각처럼 깨져 있었다. 좌표를 입력하는 공간에 아무리 커서를 가져가도 숫자가 제대로 입력되지 않았다. 자판을 수십 번 두드려야 겨우 한 자리가 입력될까, 말까였다. 선생은 신경을 거스르는 오류들을 붙잡아 하나하나 코드를 다시 쓰기 시작했다. 어차피 엉망진창인 시대였다. 하나쯤은 먼저 거슬러도 괜찮지 않을까. 한 줄기 좌표를 끌어온 선생은 떠오르는 창에 가장 익숙했던 숫자 조합을 적었다.

선생의 곁에 선 남이 물끄러미 화면을 응시했다.

선생은 100년 전 남은우에게 전화를 걸었다. 몇 번의 신호음 끝에 지친 목소리가 건물을 울렸다. 류남은 그 목소리만으로도 차오르는 눈물을 겨우 삼켰다.

―여보세요.

"……고모."

선생의 목에 붙은 조약돌만 한 스피커가 파르르 떨려왔다. 그의 부름에 남은 완전히 힘이 풀렸다. 그동안 사방으로 일렁였던 전파가 일자로 펼쳐져 관자놀이를 관통하는 기분이었다. 완전히 말을 잃은 남은 거세게 두근거리는 제 심장을 붙잡았다. 언젠가 은우에게 돌려주지 않은 마지막 퍼즐 두 조각이 맞춰지고 있었다.

―하나야? 남하나?

여태껏 알지 못했던 선생님의 이름이었다. 마른침을 삼킨 남은 본인이 헤집고 온 과거가 자신을 만들었다는 사실을 아주 오래도록 곱씹느라 두 사람을 방해할 수 없었다.

은우는 그의 신분을 의심하지 않고 먼저 하나의 안녕을 물었다. 어떻게 말을 할 수 있는지, 그곳이 2121년이 맞는지 짚어오는 목소리가 애절했다. 마찬가지로 눈물을 머금은 하나는 애써 만든 씩씩한 기계음을 통해 백 하고도 세 살이 된 제 안부를 전했다. 더는 제 걱정 말라는 말도 함께. 은우가 우는 동시에 웃는 소리가 들려왔다. 하나는 이제 고모가 가장 기다리고 있을 소식을 전했다.

"류남을 그곳으로 보낸 사람이 저예요. 고모는 남이 집에 잘 돌아왔겠다고 생각하겠지만, 아니요. 고모가 돌아가신 뒤, 지구는 정말이지 희망의 여지가 없는 공간이 되었답니다. 사람들이 많이 죽어요. 대부분 질병과 재해 때문이에요. 누군가 죽어도 이제는 가만히 두고 보는 세상이 되어버렸어요. 꼬박 20년쯤 된 것 같아요. 하지만 전 고모를 조금 닮았는지 병에 걸린 사람들을 치료하는 약을 만들어왔어요. 류남은 인류에 기록된 가장 건강한 유전자로 태어난 인간이자 해답이에요."

건너편에서는 아무런 말이 없었다. 은우가 핸드폰을 고쳐 쥐는 소리, 담요 같은 것을 거두고 무언가를 챙겨드는 소리가 들려왔다. 하나는 붉은색 타이머가 줄어드는 화면을 바라보며 다소 급한 목소리를 덧붙였다.

"처음부터 성인 남자의 몸이었던 남은 많은 실험을 당했어요. 그 과정에서 저는 남을 지키지 못했고요. 사람들의 탐욕에 지쳐가는 남을 이곳에서 탈출시킬 수밖에 없었어요. 그래서 제가 만든 이 아이를 100년 전으로 보내기 위해 노력했어요. 고모가 사시는 그 따뜻한 세상으로요. 사실 남이 고모를 만나게 될 줄은 몰랐는데 아마 제가 고모를 너무 사랑해서, 유년의 기억에 기대 그쪽으로 돌아갔나봅니다. 생각해보니 고모 곁에는 남이를 닮은 제 선생님이 계셨죠."

은우가 무엇을 깨달아가느라 침묵하는 중, 하나는 뒤돌아 수조를 바라보았다. 그의 기억에 고모는 존재해도 고모부는 없었다. 하지만 또 자신이 미처 짚어내지 못한 어떤 기억이나 사건이 시간을 역행해 탄생할지는 모르는 일이었다. 이미 운명을 바꾸고 있는 이들이었다. 하나는 은우에게 더욱 솔직해질 것을 결심했다.

"고모, 포털에 오류가 생기기 시작했어요. 제 선에서 벌 수 있는 시간이 얼마인지도 모르겠고요. 지금 류남을 그쪽으로 보내면 남이 또 규칙을 어겼을 때 돌아올 공간이 사라져요."

―포털이 없어진 다음 돌아가면?

"……류남도 사라져요."

정적이 흘렀다. 모든 비밀을 걷어내고 선 류남이 짧게 휘청였다. 그의 문제는 아니었다. 파괴된 건물의 흔적이었다. 천장의 균열 사이 파스스, 모래알이 떨어졌다.

"남을 고모의 곁으로 영영 보내도 될까요?"

은우는 다른 말로 대답을 대신했고, 하나는 그의 부탁에 고개를 떨구었다가 이내 끄덕일 수밖에 없었다.

―그럼 그네가 있었던 곳에서 기다릴게.

정신이 없는 날이었다. 은우는 병원에 가지 않겠다고 우겼다. 그저 땀에 젖은 몸을 씻고, 무너져 내린 비둘기가 보이지 않게 거실 커튼을 전부 치고, 잠을 자고 싶었다. 물론 잠이 올 리 없겠지만 극도로 피곤하다는 핑계를 대 경찰이니 기자니 모든 사람을 거절했다. 아무도 문을 두드리지 못하도록 관리인 할아버지에게 거듭 부탁한 뒤 은우는 집 안으로 숨어 들었다. 혼자 잘만 자던 침대는 10개월이 뭐라고 허전하게 느껴졌다. 이불을 머릿속까지 뒤집어쓴 은우는 핸드폰을 무음으로 설정했다. 온갖 곳에서 끊임없이 전화가 걸려 오기 때문이었다.

밤새 이 동네를 울리던 사이렌 소리가 동틀 즈음에는 잦아들었다. 아마 현장이 수습되기 위해서는 꼬박 몇 주가 필요할 것이다. 듣기로는 수사를 해야 한다고 했고, 은우 역시 그 수사의 대상이라고 했다. 참고인 조사 외에 별다른 문제가 있는 건 아니니 조사차 서에 꼭 들르셔라 당부하는 담당 형사의 목소리가 은우에게 은근한 압박을 주었다. '쇼핑센터가 무너진다는 사실을 어떻게 알았나요?', '건물의 정황을 오래전부터 포착하고 있었습니까?', '직업이 어떻게 되시죠?' 별의별 질문들이 은우의 머릿속에서 미리 재생되고 있었다. '100년 뒤 미래에서 온 소년이 알려주었습니다.', '그 사람은 지금 어디에 있죠?', '물거품이 되어 사라졌습니다.'

별안간 눈물이 흘렀다. 사실 딱히 '별안간'은 아니었다. 이제는 울 법도 했다.

도심의 소음이 사라졌을 즈음 은우는 착잡한 마음으로 핸드폰을 뒤집었다. 모르는 번호로 걸려 온 부재중 전화와 친구들의 메시지가 쌓여 있었다. 가장 마지막에 떠 있는 메시지의 주인은 치나츠였다. 뒷일은 자신이 수습할 테니 걱정하지 말고 푹 자라는 뉘앙스의 다정한 말이었다. 꼭 닿으면 독이 옮는 듯 핸드폰 액정을 노려보던 은우는 방금까지도 흐르던 눈물을 겨우 닦고 이번에는 남의 핸드폰을 집어 들었다. 핸드폰 속 갤러리를 타고 올라가면 지난 1년 동안 무수히 쌓인 추억이 그대로였다. 남은 왜 허깨비가 아닌 걸까. 은우는 고통스러웠다. 핸드폰에는 남이 남긴 짤막한 메모들도 존재했다. 의미를 모를 말이었다. 하지만 언젠가 남의 노래를 들었을 때처럼 슬픔이 공명하는 문장이었다. 거친 일이 지나간 다음에야 가슴속에서 터져버리는 억울함을 눈물로 흘려보내던 은우는 핸드폰을 품에 안고 소라처럼 몸을 웅크렸다.

전화가 걸려 온 건 그맘때였다.

발신자 번호 표시 제한

뒤집어놓았던 은우의 핸드폰 화면이 번쩍였다. 무음

속에서 전화는 끈질기게 울렸다. 창문을 덮은 커튼 사이로 푸른 새벽빛이 파고들었다. 정확한 시간을 가늠할 수 없는, 그런 시간이었다. 침대 앞에 무릎을 꿇은 은우가 핸드폰의 녹색 버튼을, 아주 힘겹게 눌렀다.

비로소 우리가 스칠 수 있는 틈이 생겼다.

통화를 종료한 은우는 옷장을 열어 패딩 한 벌을 꺼내 입고서 남이 이곳으로 들고 온 유일한 물건인 교복 대신, 남에게 처음 입혔던 남색 후드를 꺼냈다. 거실은 커튼을 까맣게 친 탓에 사물의 윤곽이 흐릿했다. 옷가지를 품에 안은 채 거실로 나선 은우가 용기를 내 손가락을 뻗었다. 커튼을 살짝 걷어내자 마치 거대한 공에 맞은 듯 가운데가 움푹 주저앉고 날개가 꺾인 비둘기의 행색이 처참했다. 주위를 통제한 폴리스 라인과 커다란 소방차, 경찰차들이 보였다. 광경이 참혹하여 해가 뜨지 않는 것만 같았다. 멍하니 하늘 너머를 응시하던 은우는 서서히 멀어지는 현실감 속에서 깨어나듯 속눈썹을 깜빡였다. 거실 창의 매끄러운 표면 위로 뽀얀 눈송이가 떨어졌다.

소복소복. 삽시간에 온 세상은 하얗게 물들었다.

은우는 소파 옆 옷걸이에 걸린 커다란 패딩을 한 벌 더 챙겨 집을 나섰다.

물에 젖은 코트가 마르지 않아 남은 니트 한 장 차림으로 돌아왔다. 구석구석 먼지가 묻은 모습이 학생이 아닌 피난민처럼 보였다. 그네는 없지만 두 사람 모두 그네의 흔적을 기억하는 자리에는 오렌지색 가로등이 켜져 있었다. 눈구름 때문인지 여전히 태양은 모습을 드러내지 않았다. 뿌연 공간 속에서 남은 어느 순간 은우와 가까워졌다. 아무런 표정도 짓지 않고 그를 빤히 바라보던 은우는 손에 쥐고 있던 패딩을 남의 어깨에 둘러 입혔다. 은우를 그대로 끌어안는 남의 몸이 얼음장처럼 차가웠다. 하지만 은우는 남을 집으로 데려갈 생각이 없어 보였다. 은우의 다른 팔에는 눈에 익은 남색 후드가 걸쳐져 있었다. 드디어 손바닥에 만져지는 남의 등을 토닥인 은우가 살며시 남을 떼어냈다.

"고마워. 사람들이 많이 살았어. 남이 네가 살린 거야."

입꼬리를 간신히 끌어올린 은우의 얼굴이 수척해 보였다. 하지만 눈동자만큼은 또렷했다. 조용히 눈이 내리는 가운데, 별이 은우의 얼굴에 박힌 것 같았다. 밤도, 낮도 아닌 시각. 가늠할 수 없는 어둠, 혹은 밝음.

남은 이 가로등 아래에서 시간이 멈춘 것 같다는 생각이 들었다. 잠시 머물렀던 2024년이라는 낯선 환상처럼.

"거기에도 살릴 사람들이 있지?"

"……네. 제가 살릴 수 있는 사람들이 있대요."

인사를 위해 불렀구나. 류남은 우는 듯 웃었다. 그리고 별다른 말은 없이 고개를 끄덕였다. 은우는 미소를 지었다. 항상 차가운 손이라 남이 놀라지 않게 주먹을 쥐어 잠깐의 온기를 머금은 은우가 남의 뺨을 어루만졌다.

"……그 영화에서, 브루스 윌리스는 결국 인류를 구하지 못하고 타임 루프에 갇히고 말아."

"〈12 몽키즈〉요?"

"응. 지금이랑 진짜 비슷해. 그러니까 너랑 나는 시간에 갇히지 말고 인류를 구하자. 이제 모르는 곳으로 가. 나도 모르고, 너도 모르는 진짜 미래로 말이야. 하나는 희망이 없다고 했지만, 아닐 거야. 내가 널 만났던 것처럼. 수학여행은 그런 거야."

은우는 엄지를 타고 흐르는 남의 눈물을 조심스레 닦아준 뒤 남에게 울지 말라고 덧붙였다. 은우는 잘 개켜진 남색 후드를 남에게 건네주었다. 남은 커다란 한 손에 옷가지를 움켜쥐고서 고개를 떨구었다. 아무것도 바꿀 수 없어 당하고 마는 것이 운명이라기엔, 이미 너무 많은 일을 바꾸어낸 우리였다. 천천히 남의 머리칼을 쓰다듬던 은우가 이제는 가벼워진 손으로 조금 더 마음을 놓고 남을 안았다.

"남아, 준비 다 됐어?"

류남은 오히려 남은우가 사라져버릴 것처럼 깊이 끌어

안았다. 그 말이 맞았다. 준비된 이별이라고 덜 슬프지는
않았다.

"우리…… 언젠가 다시 같은 시간을 살 수 있겠죠?"

마지막 포옹을 하면서 울음을 참는 목소리가 들려왔
다. 영원할 것 같지만 영원하지 않아 더욱 따뜻한 포옹이
었다. 살며시 남의 몸을 떼어낸 은우는 눈물을 잔뜩 머금
은 얼굴로 애써 미소를 지은 채 고개를 끄덕였다. 분명,
다시 같은 시간을 살 수 있을 거야.

"사랑해요. 여기서부터 제 평생까지."

은우가 부탁한 세 번째 물거품은 은우의 손길을 타고
충분히, 천천히 사라졌다. 이제는 배가 항구에 다다르는
줄 알았다. 어쩌면 류남이 육지인 줄 알았다. 하지만 류
남은 마치 뱃사람의 지표와 같은 북극성이 되어 저 하늘
에 가 박혔다.

끝나지도 않았는데 사라진 사랑이었다. 남은우는 평생
류남을 잊지 못했다.

4

기울어져 가는 타임슬립 건물 밖에는 류남과 남하나가 앉아 있었다. 아직 무너지지 않았지만 조만간 무너질게 분명한 건물 앞에서 두 사람은 복잡한 심경을 느꼈다. 하지만 후회는 없었다. 미련조차 없노라면 거짓말이겠지만, 남은 은우의 말처럼 곧 해를 넘길 2121년을 궁금해할 생각이었다.

"잘 생각해보렴. 아직 한 번은 더 돌아갈 수 있을지 몰라."

"누나 말이 맞아요. 여기에도 사람들이 있잖아요."

"제 잇속 차리겠다고 널 못 잡아먹어 안달인 사람들?"

남은 부스럭, 소매를 걷어 제 팔뚝을 내려다보았다. 흉터는 은우의 보살핌을 증명하듯 아주 옅게 남아 있었다. 속박되었던 그때와는 달랐다. 수평의 세계에서 다시는 만나지 못할 만큼 멀어진 은우였는데 오히려 은우가 가슴속 깊이 박힌 기분이었다. 이제 남은 뭐든 할 수 있을 것만 같았다.

"제 잇속 좀 챙겨주고 싶은 사람들이요."

하나는 설레설레 고개를 저으며 핏빛으로 노을 지는 하늘을 바라보았다. 남도 그 시선을 따랐다. 하늘과 땅을 구별하지 않고 저 지평선 어딘가 아스라이 일렁이는, 작별의 시간이었다. 하나는 어릴 적 항상 제 귓가에 들려왔

311

던 익숙한 노래를 느릿느릿 허밍했다. 하나의 목에 박힌 스피커가 그 선율을 따라 물고기의 아가미처럼 조금씩 움직였다. 류남도 익히 아는 노래였다.

"누나가 이 노래 엄청 좋아했는데. 청소할 때마다 틀었어요. 딸기 꼭지 따면서도 듣고, 퍼즐 맞추면서도 듣고."

"대학생 때는 다 같이 공연도 하셨다고 했어."

류남은 어렵지 않게 반복되는 후렴을 따라 부르며 쓴웃음을 지었다. 그러다가 하나를 휙 돌아보며 아는 체했다.

"2018년 크리스마스?"

"2018년 크리스마스."

하나와 남은 동시에 대답했다. 두 사람이 충분히 마주 웃은 뒤에는 약간의 정적이 흘렀다. 하나는 다른 세상의 두 사람이 서로의 흔적을 찾을 수 있게 연결고리를 만들어 주고 싶었다. 그래서 2024년 이후의 남은우가 단 하나의 사랑을 믿고 얼마나 멋진 사람으로 나아갔는지, 얼마나 주변을 돌보고 아끼는 좋은 사람이었는지 남에게 얘기했다. 남은 고작 1년 남짓한 시간이었지만 늘 선의만이 가득했던 은우와 그의 친구들을 떠올렸다. 생각해 보니 그 밴드의 보컬이 되었었지. 남은 그것이 자신이 이루고 온 최고의 업적이라고 생각했다. 단 한 번이라도 좋으니 그들의 얼렁뚱땅 합주를 들어보고 싶다는 생각을 했다.

"우리가 2018년 겨울에 크리스마스 자선 공연을 한 적이 있었거든? 대학로 마로니에 공원에서. 오합지졸 밴드인 마당에 자선할 돈이 퍽도 모이겠다, 아니다, 우리도할 수 있다, 태영 언니랑 은우 언니랑 박 터지게 싸우면서도 어쨌든 지원한 공연이니까 꾸역꾸역 올라갔어. 그무대에서 우리가 '오아시스' 노래를 합주하는데, 호응은무슨……. 그날부로 밴드 활동은 쫄딱 망했고 우리는 이름만 남았답니다."

그날의 나풀나풀한 기억이 하나의 허밍을 타고 돌아왔다. 부드러운 웃음을 터뜨린 남은 턱을 괴고 제 안에 남아 있는 은우의 목소리를 떠올렸다.

"그때 자선 행사에서 돈 많이 모았으면 아름이 수술도도와줄 수 있었을 텐데. 지역 신문에서 취재까지 나왔단말이야."

남밖에 모르던 바보.

남의 시선이 자연스럽게 건물로 향했다.

"……저 잘 생각해봤는데. 다녀오고 싶은 시간이 있어요."

"빨리 돌아오지 않으면 건물이 무너져버릴걸. 자칫하다 그 시간에 갇힐 수도 있어."

하나의 눈이 가늘어졌지만 남은 힘차게 몸을 일으켰다. 10분이면 충분했다. 1년처럼 느끼고 싶은 10분일 테다.

"누나한테 선물을 주고 싶거든요."

내내 안고 있던 남색 후드를 뒤집어쓴 남은 하나의 은근한 걱정을 뒤로한 채 아직 무너지지 않은 건물로 그를 이끌었다. 기울어진 수조가 노을빛을 받아 일렁이고 있었다. 남은 마구잡이로 고쳐놓은 코드가 떨어지는 모니터 앞에 하나를 앉혔다. 남은 마침내 작게 뜬 창에 직접 목표 날짜를 입력했다.

─2018.12.25

마지막 타임슬립으로 누나가 가장 그리워하는 추억의 파편이 되고 싶어요. 설령 누나가 절 몰라도 좋아요.

이런 속마음은 너무 이상하지만……. 은우라면 이해할 수 있을 것이다.

수조에 몸을 담그기 전, 남은 작은 탄성과 함께 도로 모니터에 돌아와 무언가를 검색했다.

"저, 돌아오는 티켓 좀 챙겨 갈게요."

2018

'우와시스'는 해체 직전이었다. '리더'라는 감투를 쓴 남은우가 제멋대로 공연 일정을 잡아놓고 제멋대로 그 공연에서 연주할 노래를 골랐기 때문이었다.

여느 때처럼 동아리방 복도를 거닐던 은우는, 같은 학교의 꽤 실력 좋은 아카펠라 동아리가 거절한 크리스마스 자선 행사에 덜컥 지원했다. 다들 뭐가 그리 바빠서인지 한사코 거절하는 자리였다. 자선 행사다 보니, 딱히 밥값조차 나오지 않는다는 이유가 컸다. 하지만 대학생 남은우는 걸어 다니는 자선냄비였다. 후배들 식권을 사주라는 것도 아닌데, 자선 행사 무대에서 노래 한 곡 부르고 내려오는 게 어려운 일인가? 하지만 국태영의 의견은 달랐다.

"자선 공연을 잡아 왔다고? 제정신이냐? 너 그 공원에 지나다니는 사람이 얼마나 많은지 알아? 이 엉망진창 합주를 어디에 얹어! 돈이 퍽이나 들어오겠다!"

드럼 스틱을 집어 던지는 태영 앞에서 은우는 벅벅 목덜미를 긁었다.

"한 푼도 안 모이면 내가 5만 원 넣고 오지 뭐."

"5만 원은커녕 5천 원도 안 모여. 절대 안 모여. 그냥 망신만 당하고 끝장나는 거라니까? 너 인스타에서 도살당하고 싶어?"

"거기까지 갈 건 또 뭐야. 아니, 의도가 좋잖아, 의도가. 크리스마스 자선 공연. 우리가 지금 아니면 이런 공연을 언제 해보는데?"

기껏 좋은 기회를 물어왔더니 우리의 실력부터 의심하고 드는 태영에게 마찬가지로 은우도 화가 났다. 물과 기름처럼 티격태격 시끄러운 두 사람을 두고 연습실 바닥에 앉아 있던 희재가 치나츠를 향해 속삭였다.

"말려야 하는 거 아녜요?"

"뭐……. 애들도 아니고. 난 그냥 노래만 할 수 있으면 된다."

한국말이 살짝 어색한 치나츠는 친히 저 두 사람을 뜯어말릴 만큼 밴드에 애정이 크지는 않았다. 무릇 밴드부에 소속되면 '가오'가 살기 때문에 입부한 나나세 치나츠였다. 동아리방 복도에 붙은 홍보 전단에 '우와시스 베이시스트 구함', 이런 게 적혀 있길래 뭣도 모르고 입부한 김희재 역시 마찬가지였다. 결국, 스물셋의 남은우와 국태영은 이 공연이 망할 시 알아서 책임을 물고 밴드를 깨자는 강수를 두기에 이르렀다. 자기들이 무슨 '갤러거' 형제라도 되는 양 말이다.

"밴드 동아리는 무슨, 주식 동아리에 가입했어야 했어."

리허설까지 올라왔건만 리드기타의 코드를 틀려버리는 은우의 뒤통수가 태영의 따가운 시선에 뚫릴 것만 같았다. 드디어 때는 크리스마스. 계단 서너 칸이 올라간 높이의 야외 공연장은 협소했으나 그 위로 펄럭이는 '2018 크리스마스 자선 공연' 현수막은 제법 화려했다. 그 아래, 지나가는 사람들의 동정심을 자극할 만한 문구가 적혀 있었다. '희귀 폐병을 앓고 있는 다섯 살 아름이를 도와주세요.' 이 자선 행사에서 모인 금액은 모두 아름이의 치료를 위해 쓰인다고 했다. 그렇다면 더욱이 물러날 이유가 없는 남은우였다.

겨울이라 해가 짧아 슬슬 파랗게 내려앉는 하늘 아래로 전구 같은 사람들이 반짝이며 거리를 오갔다. 연인이나 친구인 듯 보이는 사람들이 대부분이었다. 악기를 정비하느라 공원 무대에 꾸물거리고 서 있던 그들은 조금 머쓱한 기분을 느끼다가도 애써 그렇지 않은 척 어깨를 폈다. 막상 무대 앞에 놓인 동그란 의자들과 여기서 무얼 하나 빼꼼 쳐다보는 사람들이 꽤 되어 손은 오들오들 떨고 있었지만.

"사람 엄청 많네……. 뭐 하나 시작하면 확 몰리겠다."

베이스의 줄을 알맞게 조인 희재가 주변을 살피며 중얼거리자 태영은 완곡한 목소리로 쏘아붙였다.

"이런 데서는 사람이 몰리는 것보다 뚫고 지나가는 게 더 무서운 거."

"끝까지 재수 없는 소리야."

"너한테 말한 거 아니거든?"

"누구세요? 저는 혼잣말인데요?"

"그만 싸우고 시작하지."

치나츠가 어깨에 걸친 기타를 내려두고 스탠드 마이크를 잡았다. 약간의 하울링이 공원을 울렸다. 벤치에 앉아 그들의 세팅을 기다리고 있던 어떤 한량 같은 할아버지가 팔짱을 끼운 채 날카로운 시선을 보냈다. 더는 미룰 수 없었다. 여전히 시니컬한 표정을 꾸며낸 치나츠가 살짝 목소리를 깔았다. 치나츠의 숨을 따라 하얀 입김이 멋들어지게 터졌다.

"안녕하세요. 한국대 밴드부 '우와시스'입니다. 저희가 이 의미 깊은 크리스마스 자선 공연에서 선보일 곡은 '오아시스'의 〈원더월(wonderwall)〉입니다. 아름이를 위해 많은 모금 부탁드립니다."

남은우는 첫 번째 코드를 20초간 연주했다. 은우와 시선을 맞추며 호흡을 뗀 치나츠는 수준급의 영어 발음으로 노래를 시작했다. 드럼이 시작되는 구간은 45초가 지난 다음이었다. 동시에 서너 명이 발걸음을 멈추었다. 하지만 누구나 들어봤을 오래된 명곡이 귀에 익어 한 번쯤 돌아볼 뿐 다시 가던 길을 갔다. 한량 할아버지가 쯧쯧 혀를 찼다. 희재가 열심히 베이스를 울리고 치나츠의 세컨드 기타가 들어와도 마찬가지였다. 태영의 예언대로 사람들은 정말 관객석을 뚫고 지나갔다. 묵묵히 드럼을 치던 태영은 안 그래도 추운 날씨에 얼음을 뒤집어쓴 기분을 느꼈다. 이게 수치심이나 모멸감 비슷하다는 걸 깨닫는 순간 푹 고개를 떨구었다. 슬슬 모두의 박자가 어긋나고 있었다. 같은 코드가 자주 반복되어 엇나가는 은우의 기타 소리까지, 모든 선율이 무너지기 직전이었다.

처음으로 걸음을 멈춘 사람은 남색 후드를 쓴 남자였다. 그는 치나츠가 뱉는 가사를 따라 부르며 코드를 놓쳐버린 은우를 바라보다가 드럼에 맞추어 손뼉을 쳤다. 그는 겉옷이 없었고 달랑 후드 하나만 걸친 채였다. 날이 추워 길쭉한 손가락의 마디마디가 붉디붉었다.

정갈히 가꿔진 가로수가 크리스마스의 조명에 일렁이고 있었다. '우와시스'를 바라보는 초롱초롱한 눈빛 하나가 다시 정박을 만들었고, 그의 호응 때문인지 몇 사람이 더 발걸음을 멈추었다. 무리를 진 사람들이 저들끼리 속삭이며 웃는 모습이 무대에서 훤히 보였다. 혀를 차던 할아버지는 이제 허리를 바짝 세운 채 본인도 아는 노래라는 듯 입술을 끔뻑이고 있었다.

가장 유명한 구절을 부를 때엔 훨씬 많은 목소리가 모였다. 아직 연주는 2분이 더 남아 있었다. 기타를 연주하던 중, 후드티를 입은 남자와 잠시 눈이 마주친 은우는 반사적으로 웃었다.

눈을 감았다 뜨는 짧은 시간에 마로니에 공원의 동그란 의자는 만석이 되었다. 까맣게 물들었으나 빨갛고 노란 조명 덕분에 알록달록한 하늘과 퍽 어울리는 모두의 연주를, 더는 뚫고 지나가는 사람이 없었다. 이제 머릿수도 세기 힘든 그 많은 관객은 다 함께 똑같은 노래를 불렀다.

제각기 시작된 목소리여도 괜찮았다. 치나츠는 마이크를 고쳐 잡아 시원하게 목울대를 텄고, 은우는 처음으로 제 손가락이 이들을 따라 움직이는 것만 같다고 느꼈다. 희재와 태영 역시 마찬가지였다. 그들은 이따금 각자의 악기를 연주하는 서로를 바라보며 시선을 교환했다. 처음에야 코드를 삐끗했던 은우는 친구들 덕에 든든해진 이 무대가 다시 순항하는 기분을 느꼈다. 기울어지지 않는, 안정적인 공간. 같은 것을 좋아하는 사람들이 한데 모여 눈을 반짝이고 있으면, 아무리 새까만 밤이라도 그 반짝임을 지표 삼아 균형을 맞춰 항해할 수 있었다. 은우는 잠시 눈을 감았다. 우리가 좋다고 올라온, 계단 서너 칸 위의 단출한 무대. 노래하는 사람들.

우리는 구원을 노래했다. 너만이 내 구원이라는 가사를 반복하며.

가지각색 크리스마스 오너먼트가 흔들리고 있었다. 귀까지 불긋해져 상기된 은우는 함께 노래하는 관객 틈 유독 커다란 남자와 눈을 맞추었다. 가사를 따라 부르는 소년의 입 모양이 또렷해서, 정말이지 '원더월'이 된 기분이었다. 저 이름 모를 남자의 '구원자'가.

은우의 기타 소리가 절정을 찍고 여음을 남겼다. 작은 기교를 끝으로 음악이 잦아들자 그곳에 모인 모든 사람이 큰 박수를 보내왔다. 무대에 선 그들은 생전 처음 느끼는 연대감에 서로를 바라보며 벅찬 숨을 터뜨렸다. 굉장한 열기였다.

쾌감은 전율을 자아냈다. 꼭 학교의 동산 한 바퀴를 뛰고 온 느낌이었다. 은우가 벅찬 숨을 갈무리하던 그때, 완연한 미소를 띤 남색 후드를 쓴 남자는 어느새 빼곡해진 무리를 뚫고 은우의 코앞까지 다가와 주머니에서 꺼낸 것을 모금함에 넣었다. 그의 뒤에 있던 사람들 역시

천 원이나 만 원권을 가지고 그의 행동을 따라 했다. 그는 잠시 스물셋 남은우의 얼굴을 눈에 담았다. 몇 초를 쳐다보는데, 꼭 몇 년이 흐른 것 같은 기분이 드는 시선이었다. 남자는 엄지를 치켜세운 뒤 무대로부터 등을 돌려 인파를 향해 사라졌다. 저 멀리 어딘가에서, 물거품이 타고 올라와 크리스마스 밤하늘을 수놓았다. 멍하니 하늘 너머를 응시하던 은우는 서서히 얼어들어가는 속눈썹을 깜빡였다. 은우의 매끄러운 콧대 위로 뽀얀 눈송이가 떨어졌다.

희귀 폐병을 앓고 있는 다섯 살 아름이는 2018년 크리스마스 자선 행사의 수익금으로 수술을 받았다. 성공적으로 끝난 수술을 통해 아름이의 운명이 바뀌었다. 자선 행사에서는 한국대학교의 밴드 동아리 '우와시스'가 성황리에 공연을 마쳤다.

지역 신문에는 이렇게 실렸다.

같이 읽고 싶은 이야기
텍스티 (TXTY)

텍스티는
모두가 같이 읽고 싶은 이야기를
만들고 제안합니다.

읽고 나면
주변에서 벌어지는 일에 관심이 생기고
다른 이들과 나누고 싶어지는 이야기를 만들겠습니다.

계속해서
이야기의 새로운 재미를 발견하고
이야기를 통한 공감이 널리 퍼지도록 애쓰겠습니다.

텍스티의 독자라면 누구나
이야기 곁에 있도록 돕겠습니다.

남의 타임슬립

초판 1쇄 발행	2025년 11월 10일
지은이	최구실
책임 편집	김하명
IP 제작	신소윤 조민욱 이원석
출판 마케팅	최연욱
IP 브랜딩	홍은혜 텍수LEE
IP 비즈니스	조민욱 김하명
경영지원	장윤석 옥민주 손혜림
교정·교열	신소윤
예타단 3기	모혜진 신나라 전지혜
일러스트	선우
북디자인	그리너리케이브
북-음	서효성 권지수 천유현
북-콘텐츠	유수정
인쇄	올북컴퍼니
배본	문화유통북스
사업 총괄	조민욱
발행인	유택근
발행처	㈜투유드림
출판등록	제2021-000064호
주소	(02810) 서울특별시 성북구 종암로13길 16-10
대표전화	02-3789-8907
이메일	txty42text@toyoudream.com
인스타그램	@txty_is_text
홈페이지	http://www.toyoudream.com
ISBN	979-11-93190-48-7(03810)
정가	16,800원